LE ROMAN

D'UNE

HONNÊTE FEMME

PAR

VICTOR CHERBULIEZ.

HUITIÈME ÉDITION

PARIS

LIBRAIRIE HACHETTE ET Cie

79, BOULEVARD SAINT-GERMAIN, 79

1880

LE ROMAN

D'UNE

HONNÊTE FEMME

OUVRAGES DU MÊME AUTEUR

PUBLIÉS PAR LA LIBRAIRIE HACHETTE ET Cie

Format in-18 jésus à 3 fr. 50 le volume.

Le Comte Kostia; 8e édition. 1 vol.

Prosper Randoce; 3e édition. 1 vol.

Paule Méré; 4e édition. 1 vol.

Le Roman d'une honnête femme; 7e édition. 1 vol.

Le Grand-Œuvre; 3e édition. 1 vol.

L'Aventure de Ladislas Bolski; 5e édition. 1 vol.

La Revanche de Joseph Noirel; 3e édition. 1 vol.

Miss Rovel; 6e édition. 1 vol.

Méta Holdenis; 4e édition. 1 vol.

Le fiancé de Mlle Saint-Maur; 4e édition. 1 vol.

Samuel Brohl et Cie; 5e édition. 1 vol.

L'Idée de Jean Têterol; 5e édit. 1 vol.

L'Espagne politique (1868-1873). 1 vol.

Études de littérature et d'art. 1 vol.

L'Allemagne politique; 2e édition. 1 vol.

Les Amours fragiles. 1 vol.

A LA MÊME LIBRAIRIE

Hommes et choses d'Allemagne, Croquis politiques, par G. Valbert.
1 vol. in-18 jésus, broché.   3 fr. 50

Coulommiers. — Imp. PAUL BRODARD

LE ROMAN

D'UNE

HONNÊTE FEMME.

PREMIÈRE PARTIE.

I

Vous êtes fâché contre moi, monsieur l'abbé. Vous me grondez sur ma paresse, que vous taxez tout uniment d'ingratitude; vous me reprochez avec amertume d'avoir été trente mois sans vous écrire. Vos sévérités m'affligent. Gardez-vous de soupçonner mon cœur, n'accusez que les distances. Non, je ne vous ai point oublié; *Isabelle la sérieuse* (vous souvient-il de ce nom que vous m'aviez donné?) saura toujours ce qu'elle vous doit. Pendant des années, vous avez été

mon conseil, presque mon oracle, le refuge de mes
tristesses et ma plus chère amitié ; mais vous êtes
parti, soldat de Dieu, pour les forêts du Canada. Que
nous sommes loin l'un de l'autre ! Vous avez mis
entre nous les mers et les tempêtes. Hélas ! j'avais
beau vous interroger, rien ne me répondait que le
bruit confus des vagues qui nous séparent. Prêtres et
femmes, nous sommes à la merci de l'imprévu. Vraiment vous flattiez-vous de gouverner de si loin tous
les accidents de ma vie ? Mon père, les trente mois dont
vous me demandez compte, je les ai passés à plaider
contre la destinée. Peut-on suivre du fond du Canada
un procès qui s'instruit en France ?

Mais vous le voulez, vous saurez tout. Comme autrefois, Isabelle va répandre son âme devant vous. Ses
combats et ses faiblesses, ses défaites et ses douteuses
victoires, elle ne vous taira rien. L'aimerez-vous encore, ou seulement la reconnaîtrez-vous ? Je vous entends dire : Est-ce elle ? est-ce là cette enfant, l'objet
de mes complaisances ? Soyez indulgent, mon père.
Avant de partir, que ne donniez-vous vos ordres à
la Providence ? Que ne disiez-vous aux orages, d'un
ton de maître : Passez loin d'elle ! — et aux rochers
de notre vallon : Cachez-la à tous les yeux et rendez-
la-moi telle que je vous la laisse !

Notre dernier entretien,... ce jour ne s'effacera jamais de mon souvenir,... le soleil se couchait, un soleil d'automne. Vous et moi, nous arpentions en tête-

à-tête la grande allée du jardin. Vous me contiez vos
projets, votre prochain départ, les difficultés de votre
mission, les hasards que vous alliez courir, les mœurs
des Indiens, les plages inconnues où Dieu vous appelait. Vous parliez avec feu, et je voyais briller dans
vos yeux l'ardeur de votre zèle et la joie des âmes fortes qui se possèdent. Je vous écoutais, je vous regardais, et je pensais qu'il est plus facile d'oser que d'attendre, plus aisé de se dévouer que de s'oublier.
Je me représentais votre longue traversée; je vous
voyais, à peine débarqué, vous enfonçant dans les
déserts sans autre escorte que votre Dieu, à qui vous
offriez d'un œil serein vos lassitudes et vos détresses.
Alors, comme enivrée de vos futures souffrances,
quand je reportais les yeux sur nos tristes rochers,
éternels témoins de ma vie, et sur le bouquet de hê-
tres jaunissants qui frissonnaient au vent du soir, un
soupir mal étouffé venait expirer sur mes lèvres.

Enfin nous nous assîmes sur le banc de pierre :

« Ma chère enfant, me dîtes-vous, il m'est amer de
vous quitter. Une seule chose adoucit pour moi la tristesse de cette séparation, c'est le sentiment que je ne
vous suis plus nécessaire. Qu'ai-je encore à vous apprendre? Quelles leçons, quels conseils puis-je vous
donner, sans que votre cœur m'ait prévenu? Aussi bien
vous ai-je rien appris? Jamais votre innocence ne
connut les vanités du monde, ni ses maximes. L'austère devoir, la piété filiale furent vos plaisirs. Quand

votre mère mourut, la vue d'un père désespéré calma subitement votre propre douleur. « Je vivrai pour lui, vous êtes-vous écriée, et je le consolerai. » L'amour de l'étude, des goûts d'anachorète que rien ne combattait plus, étaient ses seules passions. Vous lui avez persuadé que ses préférences étaient les vôtres, et vous vous êtes ensevelie avec lui dans la retraite de son choix. Il vous aime, votre bonheur lui est cher. Un seul mot, une plainte, et il eût changé sa vie pour vous complaire ; mais, maîtresse de vos désirs et de vos regards, rien ne l'avertit, et votre dévouement lui demeura caché. Qui dira vos attentions, vos tendresses, vos sourires, qui rassuraient son inquiétude, ce front toujours serein si habile à le tromper ? Que dis-je ? Non, il ne s'est point trompé. Son contentement fait le vôtre, et vous avez trouvé le bonheur dans l'amertume du devoir accompli. Aujourd'hui rêves, regrets, tout s'est évanoui, et votre âme se réjouit dans la paix. Mon enfant, pourquoi vous louerais-je ? Les cœurs purs vont au bien, comme les eaux des fleuves à la mer. Aussi vous quitté-je non sans tristesse, mais sans inquiétude, car selon toute apparence votre sort est fixé. Dans la petite ville où vous passiez les hivers, dans ce canton solitaire où vous ramènent les beaux jours, il n'est point d'homme qui soit digne de vous ni qui puisse prétendre à vous donner son nom. Vous ne connaîtrez pas les douceurs du mariage ; vous en ignorerez aussi les

soucis, les tracasseries, et souvent les déceptions;
mais je ne crains pour votre âme aimante ni l'ennui
ni le vide; elle trouvera toujours à qui se donner;
Dieu, votre père, les pauvres, voilà de quoi l'occuper
et la remplir.... » Et levant les bras au ciel: « Que le
Dieu clément bénisse cette plante qui croît au désert
et qui passera sans avoir été vue du monde! »

Ainsi parliez-vous, monsieur l'abbé. Oserai-je vous
confesser ce que je vous répondais tout bas? Vos
louanges outrées me contristaient; j'y sentais comme
une pointe de cruauté cachée. « Eh quoi! murmurais-
je, me connaissez-vous bien? Êtes-vous sûr d'avoir
lu jusqu'au fond de mon cœur? Cette paix, ce bonheur que vous peignez, est-ce là vraiment mon partage? Quoi! pas un soupir, pas un regret, pas un
rêve?... Mon père, en êtes-vous bien sûr? »

Voilà ce que je vous répondais, mais vous ne m'en-
tendiez pas. Le soleil disparut à l'horizon. Il fallut
nous dire adieu. Je vous reconduisis jusqu'à la grille,
— et là, immobile sur le seuil, écoutant le bruit dé-
croissant de vos pas, je me surpris à croire au malheur.

II

Quelqu'un a dit que personne n'était jamais « resté
au milieu d'une semaine ». Ce qui diminue le prix
de cette consolation, c'est que, la semaine finie, personne n'est dispensé d'en recommencer une autre.
C'est l'expérience que je fis après votre départ. Les
premières journées qui le suivirent me parurent infinies. A la vérité, vos visites n'avaient jamais été très
fréquentes, mais elles revenaient à des époques réglées. Je les espérais, je les attendais; c'était le seul
événement de ma vie. Et puis (ne vous fâchez pas !),
vous aviez beau venir seul, un hôte invisible vous
accompagnait : c'était le monde, le monde en soutane,
je le veux, mais le monde enfin. Vous saviez des nouvelles, vous vous plaisiez à les conter. Jamais piété
ne fut plus enjouée ni plus aimable que la vôtre, et je
doute que dans votre ordre même, qui de tout temps

s'est piqué de rendre la religion agréable, vous
ayez votre pareil. Au risque de vous pousser à
bout, j'ajouterai que jamais saint ne fut plus instruit
que vous des choses de la terre. Vous l'aimez, cette
pauvre terre, sans que le ciel ait le droit d'être jaloux. De quoi ne causions-nous pas! Minuties, baga-
telles, chiffons même, tout nous était bon, car, ne
vous en défendez pas, vous avez l'esprit de détail, et
par ce côté, monsieur l'abbé, vous êtes un peu femme.
Les hommes, je parle des plus subtils, résument
tout; c'est le gros de l'affaire qui les intéresse. Les
femmes seules savent le prix d'un détail.

« Désormais, me dis-je, tous mes jours se ressem-
bleront. Une porte vient de se fermer, il n'entrera
plus personne. » Et je songeais à ce bûcheron qui
avait charbonné cette inscription sur le devant de sa
cabane : « Ici il ne se passe rien. » Pendant longtemps,
je ne pus regarder sans une sorte de frémissement le
fauteuil où vous aviez coutume de vous asseoir : lui
aussi semblait appeler tout bas l'infidèle; mais, honteuse de ma faiblesse, « je n'y penserai plus, » me
dis-je, et j'eus presque la force de n'y plus penser.

Quant à mon bon et excellent père, il n'eut guère
le loisir de vous regretter. Vous vous rappelez que,
s'il avait acheté Louveau, c'est qu'il avait cru reconnaître dans le petit plateau qui termine la *combe* l'em-
placement d'une villa gallo-romaine. Bâtiment et terrain, il eut le tout à bon compte. Le voilà grattant le

sol. Les fouilles, longtemps infructueuses, récompen-
sèrent enfin ses peines. Infatigable, ne se rebutant
jamais, à force de questionner la terre, il l'obligea de
répondre. Une hache, des poteries, des débris d'am-
phores,... enfin la villa parut. Habitant du Canada,
avez-vous oublié les transports d'un antiquaire du
Jura le jour qu'il vous fit toucher du doigt d'antiques
murailles liées par du ciment romain, et qu'au fond
d'un caveau il vous montra des fresques dont les couleurs n'avaient point pâli? Dès lors sa fortune ne se
démentit pas, jusqu'à ce qu'une semaine après votre
départ il fit une trouvaille qui dépassait toutes ses
espérances. Je m'entends appeler, j'accours. Il était
pâle comme un linge.

« Mon père, vous trouvez-vous mal? »

Mais il me fit signe de me taire, et d'une main
tremblante il me montrait l'extrémité d'un doigt de
marbre qui sortait du sol. Dès que ses esprits se furent calmés, il fit écarter les ouvriers et acheva le
déblaiement avec ses ongles. Un bras apparut, puis
une tête, puis une draperie, un bout d'aile, bref une
charmante statue de trois pieds de haut et d'une belle
conservation. Le cou tendu, il demeura quelque
temps en extase, et je ne crois pas qu'aucune mère
ait jamais regardé avec plus de tendresse dans le ber-
ceau où sommeille son premier-né.

« C'est une Némésis! s'écria-t-il en se redressant.
Voyez plutôt ses ailes, son front noble et calme, sa

fière chevelure qu'ombrage une couronne de nar-
cisses! Isabelle, incline-toi devant l'image de la justice antique et embrasse ton père, il est le plus for-
tuné des hommes. »

Dans l'ivresse de son triomphe, il envoya querir
tous nos gens pour leur faire part de sa découverte.
Le valet de chambre, le cuisinier, les fermiers, le ban
et l'arrière-ban furent convoqués, jusqu'à Janicot, le
petit porcher.

« Némésis! Némésis! » criait mon père à pleine
tête.

Némésis! répétait après lui Janicot, qui, à le voir
si content, pleurait de joie sans savoir pourquoi. La
statue fut emportée comme en procession, et quelques jours plus tard, dressée sur un socle, elle occupait la place d'honneur dans ce sanctuaire où le plus
digne et le plus innocent des hommes a rassemblé
ses vases antiques, ses poteries, ses figulines, délices
de son cœur, fruit précieux des recherches, des voyages et des dépenses de toute sa vie. Après cela,
monsieur l'abbé, vous étonnerez-vous qu'on se soit
consolé de votre départ?

Cette trouvaille, l'espoir d'en faire d'autres, inspi-
rèrent à mon père un goût si vif pour Louveau, qu'il
me proposa d'y passer l'hiver.

« Que perdrons-nous, me dit-il, à ne pas retour
ner à ***? Dix méchants platanes alignés en quin
conce sur une petite place, quelques dîners d'en

nuyeuse mémoire, quelques parties de whist, des
commérages, des caquets de petite ville, des fâcheux
à éconduire, force bâillements à étouffer. Restons
ici, ma reine, dans cette divine petite combe où l'on
déterre des chefs-d'œuvre. Nous y coulerons des
jours tranquilles. Foin des importuns et des sots !
Que notre solitude sera douce ! Loin du tumulte du
monde, j'aurai l'esprit plus libre, et je prétends,
sous tes auspices, achever en trois mois un mémoire
dont il sera parlé dans les deux hémisphères. »

Je lui fis quelques objections, je lui représentai que
la divine petite combe serait bientôt ensevelie sous
la neige, que les caquets des petites villes valent bien
les hurlements des loups, et qu'à *** le tumulte du
monde n'avait rien d'effrayant; mais je le vis si épris
de sa fantaisie que je n'insistai pas. Cependant j'eus
regret au quinconce; croiriez-vous qu'à force de voir
des sapins on finit par trouver de l'esprit aux platanes ?

L'hiver se passa comme il put. Les premiers mois,
il tomba beaucoup de neige; pendant quatre semaines, nous ne pûmes mettre le nez à l'air; pendant dix
jours au moins, le sucre et le café nous manquèrent;
nous étions au bout de nos provisions. Je ne parle pas
des fureurs du vent ni de nos cheminées qui fumaient;
elles nous donnèrent bien du mal. Il fallut s'ingénier,
se débattre; mais rien ne prit sur la belle humeur de
mon père. Némésis lui tenait lieu de tout; je ne l'avais
jamais vu si épanoui : le moyen que je ne le fusse pas ?

Le matin, il travaillait à son mémoire sur la villa gallo-romaine, et, passant mes manches de serge grise, je remplissais mon office de secrétaire. Vous savez qu'il dicte toujours, que ses idées, trop abondantes, arrivent toutes à la fois, se pressent en bouillonnant, se confondent, s'enchevêtrent, et qu'Isabelle la sérieuse s'entend quelquefois à débrouiller ce chaos. Le soir, après dîner, nous passions au salon, et le plus souvent mon père s'en allait chercher et plaçait devant lui sur un guéridon ces deux vases grecs qu'il idolâtre, et qui sont le plus précieux joyau de son musée. Vous-même, vous avez souvent admiré cette amphore à support et à quatre anses, décorée de figures noires sur un fond jaunâtre. Les proportions en sont belles, le profil en est pur et fier. Quelle grâce fuyante dans les lignes! et qu'ils sont nobles et ingénus ces deux enfants si bien drapés qu'une prêtresse initie aux saints mystères! Mais vos préférences étaient, je crois, pour cette petite urne de bronze à côtes saillantes que porte un trépied à griffes de lion, et dont le couvercle est orné sur ses bords de quatre gentils cavaliers galopant autour d'une ourse qui les regarde faire. En conscience, moi, je tiens pour l'amphore. Quant à mon père, il ne se prononce pas; il contemple, il adore et se tait.

Les vases placés devant lui, quand il leur avait payé son tribut de muette admiration, il tirait un volume

de ses grandes poches, et renversé dans son fauteuil,
me traduisait à livre ouvert quelques centaines de
vers d'un poëte grec; puis, pour mettre le comble à sa
béatitude, il m'envoyait au piano et se faisait jouer un
thème de Mozart, le seul grand musicien, disait-il,
qui fût un Athénien. Alors en vain vous vous dé-
chaîniez, vents du Jura; en vain vous faisiez trembler
nos vitres et craquer nos solives! Mon père n'avait
cure de vos fureurs. Cri funèbre des girouettes rouil-
lées, aboiements désespérés des chiens de garde,
grondements lugubres et houleux des sapinières, tous
ces bruits funestes n'arrivaient pas jusqu'à lui. Entendre du Mozart en contemplant deux vases grecs!
Son âme nageait dans les délices, et par intervalles il
se frottait les mains avec frénésie jusqu'à s'enlever la
peau. C'étaient de véritables rages de joie qui ne
sont connues, je crois, que des hellénistes.

Si vous le voulez savoir, monsieur l'abbé, je crois
que j'aimais autant que lui les deux vases grecs, mais
je les aimais autrement. Je n'ai jamais osé vous dire
tout ce que je ressentais en les regardant. Quelquefois
la vénération qu'ils m'inspiraient se mêlait de pitié.
« Pauvres exilés! pensais-je, vous rêvez en grelottant
à votre ciel bleu! Qu'y a-t-il entre vous et nos brouillards, nos sapins en deuil, notre air sans couleur et
sans parfum? » Mais le plus souvent ils me répondaient : Partons! — Et nous partions. Mon père, qui
avait visité la Grèce dans sa jeunesse, la revoyait, je

pense, à volonté. Moi, qui ne l'avais pas vue, je l'imaginais à ma façon, ou, pour mieux dire, les deux
vases me racontaient je ne sais quels champs ély-
séens où je me perdais avec eux. Je voyais une mer
d'un bleu foncé, tachetée par endroits de violet et de
pourpre, et que des rivages onduleux embrassaient
étroitement, et sur ces rives fleuries je me représentais des statues d'ivoire, des colonnes, des fron-
tons étincelants d'or et d'azur, des marbres qui
semblaient respirer, des bois d'oliviers, des brises
délicieuses, des chants, des danses, des plis flottants,
une vie libre et pourtant réglée, des âmes à la fois
douces et passionnées, des vertus couronnées de
beauté, des sages aux lèvres d'or, d'aimables fous,
des dieux indulgents et familiers.... Ah ! j'en dis trop
Quand je m'abandonnais à ces imaginations, il me
semblait qu'autrefois, dans un passé lointain, j'avais
vu tout ce qu'aujourd'hui j'étais réduite à rêver. Des
souvenirs endormis se réveillaient en moi, et je comparais mon âme au château de la Belle au bois dor-
mant. Vous en souvient-il ? à peine le prince eut
passé le seuil du palais, le charme fut détruit : la
princesse se dressa sur son séant, ses filles d'honneur se frottèrent les yeux, les broches recommen-
cèrent à tourner, le canari chanta.... Ainsi faisaient
mes souvenirs. « Prenons garde ! me disais-je. Silence, ne réveillons pas ceux qui dorment ! »

Un soir de février, mon père me dit (ses paroles

me sont demeurées dans l'esprit, car j'eus l'occasion d'y repenser depuis) : « Mon Dieu ! que nous sommes heureux, mon enfant ! Non, le sort de l'empereur de la Chine n'est pas comparable au mien ; mais au fond, à le bien prendre, c'est une chose très-simple que le bonheur, et à la portée de tous. Ce matin, en m'habillant, je faisais réflexion que le grand fléau de notre pauvre espèce, ce sont les idées confuses. Folles ambitions, sottes vanités, tout vient de là. Quiconque voit clair découvre que le bonheur est de vivre au fond d'une retraite avec son Isabelle.

— Vous oubliez, lui dis-je, les fouilles heureuses, les Elzévirs, les vases grecs.

— Ce sont les accessoires ; Isabelle est le principal.

— C'est le cas de dire, repris-je, que l'incident emporte quelquefois le fond.

— Allons, ne me taquine pas, répondit-il. Veux-tu que je mette cette amphore en pièces ? Morbleu ! j'en sens le prix, et je tiens que la vue d'un ove bien tourné peut consoler de tous les chagrins ; mais encore faut-il qu'Isabelle soit là.

— Bien, lui dis-je ; mais ne parlons pas trop haut de notre bonheur. Némésis nous entend, et vous savez qu'elle est jalouse des heureux.

— Au nom du ciel, ne la calomnie pas ! » me répondit-il avec feu.

Et, me conduisant devant la statue : « Regarde-la bien : a-t-elle l'air méchant ?

— Je ne sais, lui dis-je ; mais ses coins de bouche, ses sourcils....

— Ne sont sévères, ma fille, qu'aux parjures, aux orgueilleux, aux grands coupables, et franchement nous ne sommes pas de ces gens-là. L'abbé lui-même en conviendrait. Je sais bien que le bonhomme Hérodote nous a conté certaines historiettes de la jalousie des dieux ; mais, à le bien interpréter, il savait comme moi de quoi il retourne. Qu'est-ce que Némésis ? La règle souveraine qui ramène chaque chose à sa juste mesure, car, suis-moi bien, tous les êtres ont leur destinée, leur lot, et il convient qu'ils s'y tiennent. Par malheur, la plus forte tendance de notre nature est d'abuser :

> De tous les animaux l'homme a le plus de pente
> A se porter dedans l'excès.

C'est alors, ma fille, que Némésis intervient : *vouloir tromper le ciel, c'est folie à la terre.* Dans sa juste aversion pour tout ce qui est excessif et qui entreprend sur les lois communes de la vie, elle frappe sans pitié de sa lance les fronts superbes, et, en terrassant leur insolente prospérité, elle donne du jour et de l'air aux humbles et aux petits. Adorons Némésis, mon enfant : elle représente la mesure suprême. La mesure ! nom sacré et la plus belle définition de Dieu : car beauté, sagesse, bonheur, la mesure est le secret de tout. Après cela, je te le demande, qu'avons-

nous à craindre d'elle? Nous n'abusons de rien;
notre maison n'est pas un palais, pas plus que Janicot
n'est un page; depuis tantôt dix jours, nous buvons
notre thé sans sucre; nos cheminées sont vastes,
mais elles fument; tu es la plus belle fille de l'univers, mais tu n'en sais rien; je suis un très-savant
homme et je le sais un peu, mais je ne le crie pas
sur les toits. Allons, rassure-toi; Némésis nous veut
du bien, et j'en reviens à mon dire : pour être heureux, il suffit d'y voir clair. »

Alors je lui récitai ce mot d'un poëte grec qu'il
m'avait lu la veille : « Prenez garde aux hasards dont
la vie est pleine; il n'est pas de pierre sous laquelle
un scorpion ne puisse se glisser. »

Mais il me répondit : « Les scorpions! les scorpions! Je ne crois pas aux scorpions! »

Vers la fin de février, l'hiver s'adoucit, la neige
fondit. J'en profitai pour faire chaque après-midi
une promenade à cheval. Un jour que, montée sur
ma chère jument grise, je traversais ce bois que vous
aimiez, à défaut d'un scorpion, je fis rencontre d'un
loup. J'eus peur, mais je fus fâchée d'avoir eu peur
Les loups du Jura sont courtois. Celui-ci me devina et
fit à ma fierté la grâce de s'enfuir.

III

Le printemps fût précoce. Contre son naturel maus-
sade, avril eut pour nos montagnes quelques rares
sourires dont je lui sus gré. Mai nous fut plus propice encore; il nous accorda quelques beaux jours,
sans compter qu'il amena dans ma vie un changement inattendu. Oui, monsieur l'abbé, en mai il
m'arriva quelque chose. Moi qui ne croyais plus aux
événements ! Et cet événement ne fut pas un loup.

A vingt minutes de Louveau, sur la crête opposée
de la combe, vous avez remarqué un château à donjon et à tourelles qui, en dépit de son délabrement,
se ressouvient de ses origines et a conservé les grands
airs d'un manoir féodal. Pendant dix ans, ce château
était demeuré inhabité; j'en avais toujours vu les
fenêtres et les portes closes; l'herbe poussait à foison
dans les cours; sauf le cri des chouettes, c'était le

2

royaume du silence. Un jour, passant par là, j'entendis à ma grande surprise des voix, des bruits de pas. Les portes étaient ouvertes; des ouvriers de campagne, qui prenaient les ordres d'un valet de pied en livrée, sarclaient les orties, secouaient des tapis et déchargeaient des fourgons dans la cour. Je m'informai; j'appris que la baronne de Ferjeux venait passer l'été dans son donjon délaissé; on l'attendait sous peu.

« Que sera-ce que cette baronne?» me demandai-je. Les jours suivants, je pensai plus d'une fois à elle. Je me la représentais toute pareille à son château, de grandes manières, l'air solennel et tragique. Je fus bien surprise quand je la vis. Je ne sais si elle vous plairait. Figurez-vous une petite femme entre deux âges, toute ronde, grassouillette, potelée, de belle humeur, vive comme la poudre, étourdie comme le premier coup de matines, une vraie tête à l'évent, de bruyantes gaietés, une pétulance inouïe, de grands yeux noirs bien fendus qui se moquent du monde, mêlant tous les tons, contant gravement des folies et traitant follement les affaires d'État, prenant la vie comme un jeu, mais incapable de feintes, de manéges, et gagnant à jeu découvert; au demeurant, la meilleure femme du monde, qui veut du bien à toute la terre, et dans les occasions jette son argent et son cœur par les fenêtres.

La première fois que nous nous rencontrâmes, elle

me dit que, lasse de l'Opéra, des bals, des concerts,
des dîners, des papotages, des colifichets et des pom-
pons, elle était venue à Ferjeux pour y tâter de la
tristesse. Je crois bien que c'était la seule connaissance qu'il lui restât à faire; mais la tristesse ne
voulut pas d'elle. Janicot prétendait que cette femme
était capable de *dérider un tas de pierres.* Il y parut
bien. A peine arrivée, son lugubre château se trans-
forma comme si une fée l'eût touché de sa baguette.
Elle fit venir de toutes parts des légions d'ouvriers, fit
regratter ses murs, percer des portes et des fenêtres,
remettre à neuf ses plafonds. Elle se levait à l'aube,
et, juchée sur une poutre, au milieu des plâtras,
l'éventail à la main, les doigts barbouillés de vernis,
elle donnait ses ordres, gourmandait son monde,
dominait de sa petite voix perçante le cri de la ripe et
le grincement des scies, haranguait à la fois Pierre et
Jacques, leur brouillait l'esprit par le décousu de ses
explications, et riait de leurs méprises et de tout à
gorge déployée. Elle trouva moyen de faire durer ce
tintamarre tout l'été. C'était sa façon de goûter le
charme de la solitude.

Mon pauvre père fut d'abord très-effrayé de ce qu'il
appelait « une invasion inattendue. » Il venait de
s'apercevoir, disait-il, que Loûveau est un endroit
très-*passant*, et il se plaignait que le « tumulte du
monde » s'acharnât à le poursuivre. Vraiment il a
l'humeur sauvage, et pourtant je ne connais personne

qui soit plus propre que lui à frayer avec les hommes.
A-t-il une fois surmonté sa paresse, il est aimable,
liant, causant, entre sans effort dans la pensée et les
convenances d'autrui, s'intéresse à tout et tient jeunes
et vieux sous le charme de sa gaieté facile et de son
esprit aisé. A *** on l'adorait; les robins et les douai-
rières de la ville le proclamaient à l'envi un causeur
accompli et un joueur de whist consommé. Lui-
même, en sortant de ces réunions où j'avais eu mille
peines à l'entraîner, me confessait tout bas « qu'il ne
s'était pas trop ennuyé; » mais, à peine au logis, son
âme rentrait dans ses plis naturels, et il en revenait
à trouver que la solitude est préférable à tout. Aussi,
quelque visiteur sonnait-il à la porte, il s'écriait en
bondissant sur sa chaise :

« Bon Dieu! voilà l'ennemi! »

Et quand je lui présentais quelque billet d'invi-
tation :

« Mais qu'ai-je donc fait à ces gens-là, disait-il,
pour qu'ils attentent à mon bonheur? »

J'allai à Ferjeux souhaiter la bienvenue à la baronne. Dès le lendemain, elle me rendit ma visite. Je
venais de sortir. Mon père, épouvanté, se hâta de faire
dire qu'il n'y était pas; mais, à je ne sais quel flotte-
ment de rideau, elle s'aperçut qu'on y était et qu'on
se cachait. Elle n'était pas femme à se rebuter. Elle
donne sa carte, feint de s'éloigner, puis, revenant
par un détour sur ses pas, elle avise un trou dans la

palissade, enjambe, se glisse à pas de loup dans le jardin. Là, elle s'embusque, attendant sa proie. Mon père, qui croit l'ennemi parti, sort; elle s'élance, le voilà dans ses bras,

Honteux comme un renard qu'une poule aurait pris.

« Ah! vous n'êtes pas chez vous, monsieur l'antiquaire! mais j'y suis.... »

Et, lui prenant le bras, elle le promène, le questionne, répond pour lui, l'agace, l'émoustille, lui conte mille sornettes et fait si bien qu'au bout d'une heure ils étaient les meilleurs amis du monde. Je la rencontrai comme elle retournait à Ferjeux.

« J'ai affaité l'oiseau! » me cria-t-elle de sa voiture.

« Cette femme est une charmante folle, me dit à son tour mon père en me revoyant; mais je ne lui montrerai plus mes vases. Avec son grand diable d'éventail en écaille, elle a pensé vingt fois tout fracasser. »

Vous avez tenté par instants de vous persuader, monsieur l'abbé, que je suis une femme supérieure. Là, convenez que c'est une chose que vous mouriez d'envie de croire. Que vous étiez loin de compte! Figurez-vous qu'en dépit de ses travers et de sa futilité, la baronne de Ferjeux me plut beaucoup. Nous nous arrangions pour nous voir presque tous les jours, et j'avoue à ma confusion que je trouvais dans

sa société d'agréables distractions. Elle me contait
Paris, ce Paris que j'avais quitté pour toujours à l'âge
de quinze ans, et après lequel, sans trop le savoir, je
soupirais tout bas. Ses historiettes m'enchantaient ; je
l'écoutais bouche béante, comme les enfants regardent
la lanterne magique ; moins attentifs, moins sus-
pendus aux lèvres du narrateur sont des chameliers
turcs lorsque, pendant une halte, ils font cercle autour d'un *hadji* qui revient de la Mecque et qui les
promène de la Kaaba au puits de Zemzem. Mon père
ne pouvait se plaindre, car en revenant auprès de lui
il me semblait que je venais de lui faire une sorte
d'infidélité, et je me croyais tenue à le dédommager
par un redoublement de petits soins. De son côté,
Mme de Ferjeux paraissait se plaire infiniment dans
ma compagnie ; elle me caressait beaucoup, me ta-
quinait et, tout à la fois, m'encensait un peu. J'aurais
dû m'en défendre ; à vrai dire, mes résistances étaient
faibles. Dans un pays où il y a des loups, monsieur
l'abbé, une aimable baronne prend bien de l'empire
sur les cœurs. Le contraste de nos caractères la char-
mait ; elle se divertissait à me mettre en belle humeur,
à m'étourdir de sa vivacité.

« Vous êtes étonnante, ma chère, me disait-elle. Je
veux mourir si je m'attendais à trouver dans ces vi-
lains bois une fille de vingt-quatre ans faite comme
vous. Je cherche en vain à vous définir, je m'y perds.
Élevée à l'ombre d'un sapin par un savant en *us* et

par un jésuite, quel bizarre composé vous faites! Vous
n'êtes ni une Parisienne ni une provinciale. Vous
n'avez pas le « je ne sais quoi », et cependant on ne
s'aperçoit guère qu'il vous manque. Savez-vous ce que
c'est? Je gagerais que vous êtes une statue antique,
une Galatée. M. de Loanne vous a déterrée dans un
de ces affreux caveaux que j'ai consenti à visiter par
complaisance, et où j'ai perdu une robe, un organdi
superbe, s'il vous plaît. Le bon Dieu bénisse tous les
antiquaires de France! Mais, dites-moi, êtes-vous
bien sûre d'être en vie? Là, pourriez-vous en jurer?
J'imagine, moi, qu'en grattant la femme, on trouve-
rait le marbre. Ne vous fâchez pas. Je ne veux pas
dire que vous soyez une antiquaille; mais vous êtes
classique, ma toute belle, et le classique n'est ni vieux
ni jeune, il n'a point d'âge. Votre démarche, vos regards, votre geste, tout est dans les règles, tout va en
mesure; il n'y a rien de trop, rien n'est à côté, c'est
ce qui me fâche. On est tenté de vous accompagner
sur la harpe. Voyons, mon ange, convenez que depuis
que vous êtes au monde, vous n'avez jamais fait de
folie. Quoi! pas une fantaisie, pas un caprice! Un
cœur qui bat comme un chronomètre Bréguet! Le
mien, ma chère, je vous en préviens, ressemble
comme deux gouttes d'eau à la montre du Gascon qui
abattait son heure en quarante-cinq minutes. Qui ne
s'agite pas dépérit d'ennui; il faut un peu d'étourdis-
sement. Se repentir et recommencer, voilà la vie, et

quand je ne déraisonnerai plus, je n'aurai plus besoin que d'un *De Profundis.* »

L'un des grands plaisirs de la baronne était de me coiffer et de me parer à sa guise. Elle s'enfermait avec moi dans son boudoir, seule pièce où les maçons n'eussent point accès. Là, étalant sur sa toilette ses boîtes à poudre, ses houppes, ses cache-peignes, ses fers à friser, dont elle s'escrimait avec une merveilleuse dextérité, ses plumes, ses rubans, mille affiquets, elle me poudrait, me pomponnait, m'attifait, reculait de trois pas pour me regarder, pirouettait sur ses talons, s'applaudissait de son œuvre, répétait cent fois : « Ma toute belle, vous avez les plus beaux cheveux de France et de Navarre ! » Je la laissais faire, souriant moitié d'aise, moitié d'indulgente pitié. J'ai promis d'être sincère : ce petit manége ne m'ennuyait pas. Il y avait longtemps que personne n'avait admiré mes cheveux. Je leur disais : Profitez de l'occasion, vos beaux jours sont comptés.

Un jour qu'elle m'avait coiffée à la Marie-Antoinette et décorée comme une châsse, elle se prit à pousser de vrais cris d'admiration, et, se jetant dans un fauteuil :

« Savez-vous que vous êtes ravissante, mon cœur ? Mais, je vous le demande, où avez-vous donc pris ces grands traits réguliers ? On dirait une muse. J'ai à Paris un dessus de porte qui vous ressemble. Le bel avantage que vous avez là ! De quoi vous sert-il ? Dire qu'une fille qui a vos yeux, un nom, une dot et vingt-quatre ans, vit ici enterrée dans un trou! C'est une horreur, c'est un meurtre, c'est mille fois pire que le sacrifice d'Iphigénie. A votre place, comme j'en appellerais! M. de Loanne est un égoïste. Ne me mange-pas, je le lui dirai à lui-même, et pas plus tard que demain. Laissez-moi faire, je prétends vous soustraire à la puissance paternelle. Je vous marierai, moi qui vous parle. Ce n'est pas que le mariage soit une invention bien miraculeuse; mais, jusqu'à présent, on n'a rien trouvé de mieux. Nos Solons ont l'imagination si stérile! Le plus beau des métiers, ma mignonne, est le mien; malheureusement on ne naît pas veuve comme on naît poëte; il faut passer par l'autre cérémonie pour en arriver là. Fiez-vous à moi, je me charge de vos affaires. Il ne sera pas dit qu'en plein dix-neuvième siècle un père égorge sa fille sans que la justice informe. »

Elle continua longtemps sur ce ton. Je la laissai dire et ne fis que rire de cette belle sortie. « Un clou chasse l'autre, pensais-je; les maçons vont avoir leur tour, et il n'en sera rien de plus. » Mais je découvris qu'elle avait plus de suite dans l'esprit que je ne le croyais. Le lendemain, le surlendemain, elle revint à la charge. Alors je lui représentai tout doucement qu'elle était mille fois trop bonne; qu'elle se mettait à tort martel en tête; que je n'avais nulle envie de me marier; que j'avais formé le projet de rester fille; que

mon tyran était le meilleur des hommes ; que j'étais
heureuse, très-heureuse à Louveau ; que mes inclina-
tions s'accordaient avec mon devoir ; qu'au surplus
les soupirants ne m'avaient point manqué ; qu'il en
était jusqu'à deux dont mon père eût agréé la recherche, mais que j'avais des exigences ridicules
et préférais ma liberté aux meilleurs partis. —
Elle haussa les épaules et me répliqua que ce n'é-
tait pas à elle qu'on faisait accroire ces choses-là ;
puis, s'égayant aux dépens de mes prétendants, elle
fit du premier un jeune dadais délicat et blond, cha-
marré de phébus, du second un vieux gentillâtre à
lièvre ; elle les accommoda de toutes pièces, découpa
leur silhouette dans une feuille de carton, les mit en
scène, singea leurs tons, leurs manières, me fit rire
aux larmes. Quand elle fut lasse de ses deux pan-
tins, elle les hacha menu et les fit dévorer par son
bichon.

« Ce qui me consterne, dit-elle, ce qui me déses-
père, c'est que, si on vous laissait faire, vous finiriez,
de guerre lasse, par avaler le morceau et par épouser
quelque sot, sentant son bourgeois d'une lieue, qui
ferait râfle sur votre beauté et n'aurait pas même le
mérite de s'étonner de son aventure.

Vous irez par le coche en sa petite ville,
Qu'en oncles et cousins vous trouverez fertile.

Le dimanche il se fera honneur de vous à la promenade, à l'heure où l'on entend le trombone et où la cassonade et les nouveautés font assaut de toilettes. Vous pondrez, vous couverez. Quelle bénédiction! Battue en brèche par les œillades assassines du hausse-col, désespoir des laiderons, espoir inavoué d'un clerc de notaire, vous vous éteindrez dans une douce langueur, le nez sur un pot de giroflée et contant vos chagrins à la lune. Mort de ma vie! j'enrage quand je pense que les cheveux que voici blanchiront sans avoir été vus aux Italiens! Mais je suis là, je protégerai l'innocence sacrifiée. »

Ses insistances me déplurent; je demeurai quelques jours sans la voir. Elle n'eut garde de s'en affecter. Quand je retournai à Ferjeux, je la trouvai cachetant une lettre.

« Vous arrivez fort à propos, me dit-elle. Je m'occupe de vous. Lisez cette adresse : cela vous intéresse plus que vous ne pensez. »

Je jetai les yeux sur le pli et je lus : « A monsieur le marquis Max de Lestang. »

« Dieu ait en sa sainte garde le marquis de Lestang! lui dis-je; mais je n'ai pas l'honneur de le connaître.

— Votre cœur ne vous dit rien? Point de pressentiments? Mettez-vous là, ma belle, et écoutez-moi. Le marquis de Lestang, mon neveu, est un superbe garçon de trente-deux ans, beau comme un Apollon, brave comme Artaban, fin et discret comme le prince

Charmant, et qui possède un hôtel à Paris et un château dans le Dauphiné. Orphelin à douze ans, il a
mené sa jeunesse à grandes guides. Ce bel écervelé,
ma chère, a fait bien des passions, et m'est avis qu'il
n'a jamais trouvé de cruelles. Je le conjure de faire
une fin : il m'a d'abord renvoyée bien loin ; mais depuis peu une douce mélancolie s'est emparée de lui,
et dernièrement il m'écrivait que, si je pouvais lui
découvrir une femme qui ne ressemblât à aucune de
celles qu'il a connues, il se résignerait sans trop
d'effort à lui sacrifier sa liberté. Vous m'entendez, il
veut une femme qui ne soit pas la femme. Avec cela,
il exige beaucoup de principes; les Lovelaces n'épou-
sent que des dragons de vertu. Je viens de lui répondre que j'avais trouvé son fait, qu'il prît la poste,
qu'il accourût, que je lui ferais voir dans nos bois
quelque chose qui l'étonnerait fort. Je le connais, il
viendra, et je prétends qu'avant deux mois le contrat
soit signé et parafé. Vous raffolerez de ce monstre,
ma charmante; il a été mis au monde tout exprès
pour faire votre bonheur. Son passé vous répond de
lui; il est bon qu'avant de se marier un homme ait
épuisé la liste de ses curiosités. Ce sont les curieux
du lendemain qui font les mauvais maris. De son
côté, je gagerais qu'il vous adorera. Vous l'étonne-
rez, c'est le principal: il n'a rien vu qui vous ressemble. Les belles mondaines, les reines de salons,
les femmes à la mode, il connaît tout cela par le

menu; mais vous, mon cœur, à force de vivre avec des vases grecs, vous avez contracté des airs de tête et des attitudes qui lui seront tout nouveaux. Ce que vous avez, ce n'est pas de la grâce, ce n'est pas du charme, c'est du style. Je ne sais trop m'expliquer, mais je crois que le style est une sorte de beauté dans les règles qui ne sait pas qu'on la regarde. Je vous l'ai déjà dit, on vous prendrait pour une statue antique qui a reçu le feu de la vie et qui fait ses premiers essais dans l'art d'exister. Par moments, vous vous ressouvenez trop de votre premier état, et l'on se prend à craindre que vous ne vous rendormiez de votre sommeil de marbre; mais je me repose sur le marquis du soin de vous réveiller tout à fait : il achèvera de vous dégourdir. Tenez, dans ce moment, vous êtes adorable. S'il était ici et qu'il vous vît avec votre air ébahi et vos grands yeux effarés, il ne se ferait pas prier pour tomber à vos genoux. La première ois que vous le verrez, tâchez de retrouver cette expression. Allons, voilà une affaire faite. Arrivez vite, mon beau monsieur : la divine Galatée vous attend. Du même coup je m'en vais faire deux heureux; ce sera la plus belle action de ma vie.

— Madame la baronne, lui dis-je, votre plaisanterie est charmante; mais donnez-moi cette lettre, je vous prie.

— Qu'en voulez-vous faire, mon cœur?

— La déchirer, madame, ou la brûler. »

Et j'avançai le bras pour m'emparer du pli; mais elle l'éleva en l'air, et, courant à la fenêtre, le lança sur la terrasse; puis, appelant son chasseur à grands cris, elle lui commanda de ramasser le précieux papier, de seller promptement un cheval et de courir bride abattue au prochain bureau de poste.

En vérité, je ne savais si je devais rire ou me fâcher.

« J'aime à croire, lui dis-je, que tout ceci n'est qu'une histoire en l'air, que vous vous amusez de ma crédulité....

— Croyez tout ce qu'il vous plaira, interrompit-elle; mais j'ai des ordres à donner à mes ouvriers. Je veux faire réparer et meubler le petit pavillon qui est au bout de la terrasse. C'est là que logera votre adorateur.. Ce pauvre garçon ne peut pourtant pas coucher à la belle étoile. Maltraitez-le tant que vous voudrez, je n'entends pas que son désespoir s'enrhume.

— Voyons, lui dis-je, soyez bonne une fois dans votre vie; convenez que le marquis est votre oncle, qu'il a soixante-dix ans, et que....

— Peste! s'écria-t-elle, je n'ai pas affaire à une Agnès, et vous savez toutes les rubriques. Vous l'avez dit, mon ange : ce pauvre marquis est un septuagénaire fort cassé, un peu cacochyme. Il a besoin d'un bâton de vieillesse. Vous lui chaufferez ses bouillons. C'est votre partie que le dévouement.

— Au moins, repris-je, je me flatte que mon-père ne saura rien de ce badinage. Un mot suffirait pour troubler son repos et empoisonner sa vie.

— Oh! que voilà de grandes phrases! s'écria-t-elle; sachez qu'hier je suis allée trouver M. de Loanne dans ce joli caveau où j'avais juré mes grands dieux de ne plus remettre les pieds. Une seconde robe perdue, ma chère! Vous voyez si je me ménage pour servir mes amis. J'ai commencé par tout regarder, par tout admirer sur parole, depuis le cèdre jusqu'à l'hysope; je me suis attendrie sur un petit morceau de brique, un tesson de pot, s'il le faut nommer par son nom; j'ai consenti à voir des fresques invisibles; j'ai juré sur mon honneur que j'apercevais du rouge, du bleu, toutes les couleurs de l'arc-en-ciel; bref, j'ai eu des transports, des syncopes. Jugez s'il était content de moi; j'imagine qu'en ce moment j'aurais pu lui demander sa vie. J'ai profité de ces bonnes dispositions pour lui conter mes petites raisons. Je vous avouerai qu'il a eu l'air d'un homme qu'on réveille en sursaut : c'est ce qui s'appelle un saisissement désagréable. Donnez une douche à mon bichon : vous verrez comme il se secouera; mais que parliez-vous de poison? L'ai-je empoisonné, ce pauvre homme? Vous voyez en tout cas qu'il n'en est pas mort. Il faut croire que les archéologues résistent au curare. »

Cette fois je perdis patience, je lui adressai les plus

vifs reproches; mais avec cette étrange femme il n'y
a pas moyen de se fâcher longtemps.

« Oh! que la colère vous va bien! s'écria-t-elle.
Vos joues se colorent, vos yeux pétillent. Adieu la
statue! voilà la femme. Pends-toi, marquis, tu n'es
pas là! Mais regardez-vous donc dans la glace; vous
êtes jolie à croquer, madame la marquise de Lestang! »

Je retournai à Louveau fort préoccupée. Je maudissais la baronne et son zèle indiscret. La veille,
j'avais trouvé mon père rêveur; ce soir-là, il le fut
encore. Il ne regarda point ses vases, laissa son poëte
grec sommeiller en paix dans ses grandes poches.
Silencieux, se retournant dans son fauteuil, il m'observait du coin de l'œil et poussait par instants de
gros et bruyants soupirs. Je m'approchai de lui.

« A qui en avez-vous? lui dis-je. S'est-il fait en moi
quelque changement qui vous étonne?

— Pourquoi ne pas me le dire! me répondit-il en
secouant mélancoliquement la tête.

— Quoi vous dire? lui demandai-je. Je vous cer-
tifie que vous avez tous mes secrets.

— Tu sais si je t'aime, reprit-il. Que ne m'avouais-
tu que tu t'ennuies, que tu broies du noir?

— Qui vous a mis en tête ces folles idées? m'écriai-
je en lui prenant les mains. Je gagerais que c'est
cette maudite baronne. Ne voyez-vous pas que cette
femme est un vrai brise-raison? Ses maçons ne suf-

fisent pas à amuser son ennui, il faut à toute force qu'elle s'agite et agite autrui.

— Non, non, dit-il, la baronne n'est pas si folle qu'elle en a l'air. Sur un mot fort sensé qu'elle m'a dit l'autre jour, j'ai fait un retour sur moi-même. Ma conscience a parlé; elle m'a fait convenir que j'étais un franc égoïste, Isabelle, un mauvais père. Depuis des années, je te sacrifie sans vergogne à mes goûts; je ne pense qu'à moi, je suis comme un avare qui enterre son trésor. Tu as de la beauté, de la fortune. Je tiens tes grâces sous clef, je te séquestre de tout commerce du monde, je te fais vivre avec les loups et te condamne à coiffer sainte Catherine.

— Vous avez raison, interrompis-je; vos crimes font frémir la nature. Peste soit de la sorcière! Les gens qui s'ennuient s'amusent à faire des ricochets. Cette odieuse femme en a fait dans votre cœur *avec des cailloux plats, ronds, légers et tranchants.* Et voilà ce pauvre cœur uni comme une glace qui s'émeut, bouillonne, se hérisse; mais, je vous prie, parlons raison. Ai-je l'air triste, la mine allongée et les yeux battus? Demandez à ces murailles si je me cache pour pleurer dans les petits coins. La vérité vraie est que ma liberté m'est chère et que je me soucie du mariage comme d'une noisette vide; mais que dis-je? je ne suis plus libre; j'ai engagé ma foi à ce petit homme noir sur fond jaune que vous voyez là-bas.

3

Regardez donc ce port de tête et les plis que fait son manteau. Tout autre parti me ferait pitié.

— Il est certain, reprit-il, que jusqu'à ce jour il ne s'en est guère présenté de sortables ; mais il est de par le monde certains hommes....

— Des marquis?

— Et pourquoi non? répondit-il.

— Ah! marquis, marquis, m'écriai-je, que me veux tu? Mais c'est donc un charme, un ensorcellement· Mon père, vous êtes malade ; autrement vous ne donneriez pas dans les visions cornues de Mme de Ferjeux. Écoutez-moi, je suis votre médecin ; la Faculté vous ordonne de travailler à votre mémoire, de ne plus songer creux et de rentrer dans votre repos.

— Tu en parles à ton aise, dit-il. La conscience, une fois réveillée, a peine à se rendormir, et les reproches que je me fais....

— Au moins, interrompis-je, gardez vos réflexions pour vous. Je ne veux plus entendre un mot; sinon, je vous en avertis, je me sauve avec mon bel Athénien dans quelque endroit moins fréquenté que Louveau. »

Là-dessus, me mettant au piano, je lui jouai de mon mieux l'un de ses airs favoris; mais il ne battit pas des mains, et son front demeura soucieux.

« Vous n'aimez donc plus la musique? lui dis-je.

— Si fait, j'aimerai toujours Mozart, me répondit-il, mais je commence à croire aux scorpions. »

Les jours suivants, cette fâcheuse question ne fut pas remise sur le tapis. Mon père cependant n'était point dans son assiette naturelle; il avait perdu son bel appétit et persistait à me regarder en coulisse.

Une semaine s'était passée sans que je remisse les pieds à Ferjeux, quand la baronne vint nous voir. Je la pris à part.

« S'il vous échappe un mot qui puisse chagriner mon père, lui dis-je à voix basse, je ne vous reverrai de ma vie. »

Elle fit l'étonnée.

« De quoi craignez-vous donc que je lui parle? Du marquis? Il est mort; j'en reçois à l'instant la nouvelle : voyez mes larmes. A vrai dire, ce pauvre homme ne tenait plus qu'à un fil. Il a reçu ma lettre, et la joie l'a suffoqué. Il a succombé, ma chère, à une indigestion d'espérance.

— Je le plains de tout mon cœur, lui dis-je, mais point de distraction; n'allez pas oublier qu'il est enterré. »

Elle parla de la pluie et du beau temps, de ses maçons, des impatiences qu'ils lui causaient, de trois girouettes qu'elle faisait venir de Paris, du parfum des violettes, de sa passion pour les bois, de la douce mélancolie qu'on y respire. Lorsqu'elle eut tout dit, elle témoigna à mon père le désir de revoir ses figurines; il s'empressa de la satisfaire. Ce jour-là, par

bonheur, elle avait oublié chez elle son éventail. Introduite dans le sanctuaire, elle examina tout d'un
œil ravi; elle eut même des attendrissements, des
pâmoisons qui me furent suspects. Elle s'extasia surtout devant Némésis; excité par ses questions, mon
père se lança à corps perdu dans une dissertation
mythologique qui se termina par de longues réflexions sur les prospérités démesurés dont la déesse
condamne et châtie l'insolence. Crésus et Polycrate
ne furent point oubliés.

Mme de Ferjeux semblait charmée. Elle nous dit
adieu; puis au moment de sortir :

« Votre Némésis me fait peur, dit-elle à mon père,
et votre Polycrate me trotte dans la cervelle. A votre
place, je jetterais mon anneau à la mer.

— Je n'en ai point qui soit de prix, belle dame, lui
répliqua-t-il.

— Malepeste! vous avez une fille! » dit-elle, et elle
disparut; mais, rouvrant la porte :

« A propos, j'attends la visite d'un parent, jeune
ou vieux, mon oncle ou mon neveu, il n'importe. Ce
jeune vieillard ou cet antique adolescent a la passion
des vases et des statues. Me permettrez-vous de vous
l'amener?

— Nous sommes tout à votre dévotion, madame,
répondit mon père.

— Dieu soit loué! la voilà partie, dis-je en frappant
du pied. Je ne comprends pas que cette femme ait pu

me plaire. Aujourd'hui ses grands yeux émérillonnés me mettaient aux champs. »

Mon père demeura quelque temps silencieux, se promenant en long et en large dans le salon. Je devinai que son esprit travaillait. Tant savant qu'il soit, il est un peu poëte. Les hommes d'imagination, monsieur l'abbé, sont sujets à se passionner contre leur propre intérêt; vous les voyez aujourd'hui s'éprendre résolûment de ce qui, hier encore, les désolait; rêver des malheurs, c'est encore rêver, et ils ont pour tous leurs songes une tendresse paternelle.

Après quelques minutes, mon père se jeta dans un fauteuil et se prit à dire entre ses dents :

« Eh bien! qu'il vienne, qu'il vienne! et que le destin s'accomplisse! le plus tôt sera le mieux. Assurément il m'en coûtera. O mon cher anneau, qui avez si longtemps brillé à mon doigt, je vais vous donner en pâture aux requins! O mes chers dieux pénates, vous allez voir se séparer les deux êtres qui se sont aimés sous vos yeux. Du moins, ma conscience sera contente, et les regrets sont moins cruels que les remords. Oui, j'abusais du dévouement de cette chère enfant; elle me cachait son ennui : un heureux hasard vient de m'éclairer. Némésis elle-même a parlé : Isabelle, tes sacrifices trouveront enfin leur récompense. Le marquis de Lestang est un homme charmant....

— Encore ce marquis! lui dis-je, étonnée et impatientée au dernier point; mais vous le connaissez donc?

— Ne m'interromps pas, petite, poursuivit-il, et laisse-moi raisonner avec moi-même. Je disais donc que le marquis est charmant. Cette union sera fort bien assortie. Vos âges se conviennent; il est bien fait, et tu es belle; il est riche, et tu as des rentes. L'hiver à Paris, l'été en province, vous coulerez ensemble de beaux jours. Quant à ton vieux bonhomme de père, il ne sera pas aussi à plaindre qu'il veut bien le dire. Avant quinze mois, il aura terminé ses fouilles de Louveau, et, emportant avec lui ses trésors, il ira te rejoindre. Le marquis est un homme de goût; il sait ce que vaut un antiquaire; il me logera volontiers dans le coin le plus retiré et le plus silencieux de sa maison. J'aurai mon ménage à moi; je ne veux gêner personne. Dans douze ans d'ici, mon petit-fils sera en âge de discerner un vase grec d'avec un vase étrusque; je me chargerai de son éducation; j'en veux faire mon secrétaire. N'oublions pas que le château de mon gendre est situé dans le voisinage de Saint-Paul-Trois-Châteaux, la vénérable capitale des Tricastins, ville consacrée à Diane, ville chère aux antiquaires, où l'on a déterré tant de mosaïques, tant de médailles, et ce précieux camée qui représente la Pudeur se retirant au ciel avec Astrée. Qui peut dire ce que j'y trouverai? Depuis la découverte de la

Némésis, je crois tout possible. A mes heures perdues, j'irai relire Mme de Sévigné à Grignan; je ne
serais pas fâché de savoir ce qu'était cette bise qui
faisait mal à sa *seconde poitrine.* Ah! par exemple,
j'exige qu'on respecte ma liberté. Quand mon gendre
aura du monde, je m'enfermerai chez moi. Si quelque invité demande : Où est M. de Loanne? répondez-
lui : Que voulez-vous? il est quinteux, sauvage, un
peu bizarre....

— Très-bizarre, interrompis-je, et très-enfant. »

Et, secouant doucement sa tête grise entre mes
deux mains, j'ajoutai :

« Quand vous vous réveillerez, nous prendrons le
thé. »

IV

Eh bien! monsieur l'abbé, qu'en pensez-vous ? Que va-t-il advenir de tout cela ? Croyez-vous au marquis ? Sera-t-il jeune ou vieux ? Mais votre esprit s'est rouillé chez les Indiens ; vous n'aimez plus à deviner, et jetez du premier coup votre langue aux chiens.

Le fait est que pendant une semaine je dormis mal. Je faisais des rêves extravagants : une nuit, je crus me voir poursuivie par un loup, la baronne accourait à mon secours et ramassait une pierre pour me défendre ; mais en la soulevant elle mettait à découvert un scorpion, lequel se transformait subitement en un beau jeune homme qui m'appelait en souriant. Comme je m'approchais de mon sauveur, je découvris qu'il portait au front un dard acéré, reste de son premier état, et qu'il cherchait à m'en percer le cœur. Cela m'inspira de la tendresse pour les loups. Une autre fois je rêvai d'une étoile rougeâtre qui dominait fatalement ma vie; en vain je m'enfuyais par monts et par vaux, elle rayonnait toujours sur ma tête, et je me sentais en proie à sa maligne influence. Apparemment c'était l'étoile de Mme de Ferjeux. — Que tout cela est absurde! pensais-je en me réveillant; mais il est des heures où le cœur croit à l'absurde.

Souvent je m'écriais : « Je n'ai pas le sens commun. Il n'y a point de marquis; notre voisine nous mystifie; elle rit sous cape de notre émoi et de nos transes. » Et dans ces moments-là, direz-vous, vous étiez rassurée et contente? Et si Mme de Ferjeux elle-même était venue vous dire : « Pure plaisanterie que tout cela! n'attendez personne, car personne ne viendra, ni aujourd'hui, ni demain, ni après-demain! » oh! pour le coup, vous l'auriez embrassée avec effusion. — N'en doutez pas, monsieur l'abbé. Et cependant, vous le dirai-je? au fond du cœur.... Mais ne vous fâchez pas, je n'ai rien dit.

En revanche, quand il m'arrivait de croire résolûment au vrai marquis, beau comme Apollon, brave comme Artaban, à ce prince Charmant, qui n'avait point trouvé de cruelles, ah! croyez-moi, je me promettais de lui faire un accueil qui déconcerterait sa fatuité; car j'avais décidé qu'il était fat, dédaigneux, blasé sur tout, et je me le figurais m'observant d'un

œil à la fois indiscret et superbe. Et même, n'eût-il
pas été fat, je lui en voulais d'être le neveu de sa
tante, de répondre avec tant d'empressement à son
appel, d'accourir à son ordre pour examiner la bête
curieuse qu'elle lui promettait. Je croyais l'entendre
raisonnant avec elle, lui disant : « Épouserai-je ?
n'épouserai-je pas? L'affaire ne se présente pas aussi
bien que je le pensais.... » Et puis il me déplaisait
qu'on prétendît régler mon sort, disposer de moi
sans mon aveu. La délicatesse de mes sentiments en
était froissée, ma dignité s'en indignait, et je me rappelais ce mot de ma mère, qui assurait qu'il y a deux
sortes de poésies, celles qui sont nées et celles qu'on
a faites, que les premières sont bonnes, que les secondes ne valent pas le diable, et qu'il en va de même
des mariages. « Arrivez, mon gentilhomme! disais-je
en moi-même. Je tiens pour vous en réserve mes
plus grands airs et mes plus grandes manières. » Et
vraiment je les préparais d'avance, je répétais la
scène dans ma tête, mes premières phrases étaient
toutes prêtes.... Hélas! ce que c'est que de nous, et
comme la bizarre fortune se joue de nos précau-
tions !

Un matin j'étais descendue dans la cour pour
porter du grain à mes pigeons. D'où vous êtes, vous
les voyez accourant à ma voix, voletant autour de
moi, se posant à l'envi sur mes bras, sur mes épaules
et sur ma tête. Lionne, cette chienne qui vous aimait,

survint en bondissant et aboyant, et les oiseaux épou-
vantés s'enfuirent sur les toits. Je grondai Lionne, la
fis coucher à mes pieds en lui enjoignant un religieux silence; puis je rappelai mes pensionnaires
ailés, qui se décidèrent à revenir et reprirent l'un
après l'autre leur poste accoutumé; mais tout à coup
ils s'envolèrent de nouveau à grand bruit d'ailes. Il
fallait que je fusse bien préoccupée, car je n'avais
entendu venir personne. Et cependant quelqu'un
était là; sur le pavé de la cour éclairé du soleil, je
voyais se dessiner une grande ombre immobile, ac-
compagnée d'une autre ombre plus petite qui re-
muait.... J'eus un frémissement. « Il est ici, me dis-je;
c'est lui! » Et dans mon émoi je n'osais tourner la
tête. Dans cet instant, approchant à pas de loup,
Mme de Ferjeux me prit le menton d'une main, de
l'autre releva le bord pendant de mon chapeau de
campagne, et s'adressant à lui (car c'était bien lui) :

« Eh bien! mon beau chevalier, fit-elle, que vous
en semble? »

La brusquerie de cette attaque inopinée qui rom-
pait toutes mes mesures, qui déroutait toutes mes
prévisions, me jeta dans un tel désordre d'esprit que
je ne pus trouver une parole. Moitié confusion,
moitié dépit, je me sentis rougir jusqu'aux oreilles,
et les larmes me vinrent aux yeux; tout tournait
autour de moi; j'aurais voulu être à cent pieds sous
terre.

Alors le beau chevalier vint à moi, me fit un profond salut, et me dit d'un ton doux et respectueux :

« J'aime à croire, mademoiselle, que vous connaissez assez Mme de Ferjeux pour ne plus vous effaroucher de ses plaisanteries ; mais il en est, je l'avoue, que j'ai peine à lui pardonner.

Quelle fut ma réponse ? Impossible de vous le dire, ni de quelle langue je me servis pour la faire, car la mienne était hors de service ; mais M. de Lestang eut la délicatesse de ne pas me regarder. Penché vers Lionne, qui était demeurée couchée à mes pieds, il la flattait de la main, lui tirait tout doucement les oreilles, me faisait compliment sur sa beauté. En ce moment, mon père parut ; on entra dans la maison, je réussis à me dérober, et je me sauvai dans ma chambre. Là, cachant mon visage dans mes mains, je maudis mon mauvais sort, et je songeai à cette fatale étoile, à cette étoile rouge de mes rêves, qui malgré moi gouvernait ma vie. Toutefois, comme je suis une fille raisonnable, je ne tardai pas à secouer mon chagrin ; ma bonne humeur reprit le dessus, et, tout en faisant ma toilette, je ne pus m'empêcher de rire un peu au souvenir de mes beaux plans de campagne et de ces airs majestueux dont je m'étais promis de foudroyer l'ennemi. « Je suis punie, me dis-je, par où j'ai péché. Ne prenons point d'airs, gardons celui qui nous est naturel. Il en sera ce qui pourra. »

Quand je redescendis au salon, Mme de Ferjeux venait de partir, et mon père faisait au marquis les honneurs de son cabinet d'antiques. On a dit que rien n'empêche tant d'être naturel que l'envie de le paraître. Cependant je crois que je me présentai devant M. de Lestang de l'air le plus aisé du monde; car dans son premier regard je vis percer un peu d'étonnement, comme s'il avait eu quelque peine à me reconnaître; je lui sus gré de sa surprise, elle me fit plaisir. Du reste, il eut pour ma personne le degré d'attention qu'exigeait la politesse, mais rien de plus. Il était fort occupé d'examiner les trésors d'art étalés sous ses yeux. Il en parlait non en savant, mais en homme du monde qui a beaucoup vu. La Némésis surtout l'enchantait, il ne se lassait pas de la regarder.

— Ma chère enfant, me dit mon père, M. de Lestang est fou de ma statue; il estime que c'est un morceau achevé et du premier mérite.

— Je ne pense pas, dit le marquis, qu'il puisse y avoir deux avis à ce sujet. — Et il justifia son dire par des raisons où l'on sentait le connaisseur qui a du coup d'œil et du goût. Mon père semblait ravi au septième ciel, et à chaque mot clignait des yeux en signe d'approbation.

« Peste! vous vous y entendez, disait-il, et vous seriez digne de savoir le grec.

— Je ne suis qu'un ignorant, répondit le mar-

quis ; mais je crois avoir de l'instinct, et je n'ai garde
d'apprendre ; ce serait me priver du plaisir de deviner.... De deviner et de me tromper, ajouta-t-il en
souriant ; mais enfin deviner bien ou mal et vouloir,
il n'y a que cela qui compte, ce sont les deux épices
de la vie.

Vous conviendrez, monsieur l'abbé, que je pouvais
me rassurer. Cette théorie sur les épices n'était pas
propre à me tourner la tête.

Là-dessus M. de Lestang tira de sa poche un portefeuille en maroquin et un crayon, et se mit en devoir de prendre un léger croquis de la statue. Mon
père lui arrêta la main.

« Ne faites pas cet affront à la déesse, dit-il. Elle
croirait que vous lui faites vos adieux. Vous nous
demeurerez quelques jours, j'espère, et vous reviendrez la voir. »

En vain je lui jetai un coup d'œil suppliant qui
signifiait : de grâce, pas trop de zèle ! Le père avait
disparu, il ne restait que l'antiquaire, lequel était
sous le charme. Ce fut cet antiquaire obstiné et tout
entier à son idée qui retint le marquis à déjeuner.
A vrai dire, M. de Lestang ne se fit pas prier ; il paraissait se trouver à l'aise sous notre toit. A table, il
fut gai, nous conta ses voyages, et je trouvai qu'il
contait bien. Il avait la parole nette et facile et de la
douceur dans la voix. Par intervalles seulement, il
s'animait tout à coup, élevait le ton, accentuait for-

tement certains mots ; dans ces moments-là, ses sourcils se fronçaient légèrement, et ses yeux, d'un bleu sombre, s'enflammaient. C'était comme un éclair de passion, on eût dit que son âme allait prendre feu ; mais cela passait vite, et il revenait avec un sourire à son ton dégagé et uni.

En sortant de table, mon père lui dit :

« Après les vases, les bouquins. Allons faire un tour dans ma bibliothèque.

—Ah ! pour le coup, repartit M. de Lestang, vous tenez à me dépayser et à m'humilier. Épargnez-moi, ne me demandez mon avis que sur les reliures. »

Il suivit mon père, se laissa tout montrer, écouta avec la plus accorte complaisance toutes ses explications.

« Que de richesses ! dit-il. Vous en avez fait sans doute le catalogue ?

—Il est incomplet, répondit mon père, et je remets d'année en année à le terminer. Je me fais vieux, je suis devenu très-paresseux pour tout ce qui n'est pas ma besogne d'affection. Voyez comme ces rayons là-haut sont poudreux ! Il faudrait que le plumeau passât partout ; mais je ne saurais souffrir que la main d'un domestique touchât à mes chers volumes, et quant à moi, le temps me manque. La vie est si courte !

—Il y a cette différence entre nous, dit M. de Lestang, que vous êtes trop occupé pour achever l'inven-

taire de vos biens et que je suis trop inoccupé pour
ne pas faire le mien ; car, moi aussi, je possède une
bibliothèque, vieux patrimoine de famille un peu endommagé par les rats, mais les restes en sont bons.
Cette année, pour la première fois, j'ai passé l'hiver à
Lestang, et soit faute de savoir comment remplir mes
journées, soit amour de l'impossible et des tours de
force, j'entrepris de disputer mes livres aux rats et
d'en faire à moi seul un beau catalogue par ordre
de matières. Jugez si les bévues y fourmillent. J'ai
fait peut-être comme celui qui rangeait le *Traité des
fluxions* de Newton parmi les ouvrages de méde-
cine.

— Je n'en crois rien, repartit mon père ; vous nous
avez dit, et prouvé que vous avez le don de deviner.

— Enfin, reprit-il, je suis venu à bout de cette
aventure, et, qui mieux est, j'ai pris goût au métier.…
Voyons, ajouta-t-il, mettez mes talents à l'épreuve.
Nommez-moi votre épousseteur en chef. Nous allons
commencer par ouvrir toutes les fenêtres, après quoi
je grimperai sur cette grande échelle que voici, et je
descendrai un à un tous vos poudreux in-quarto.
Fiez-vous à moi du soin de faire leur toilette. Oh !
n'ayez crainte, je vous jure de n'y toucher qu'avec
des doigts respectueux. De votre côté, monsieur le
bibliothécaire, vous profiterez de l'occasion pour re-
dresser votre registre et en remplir les blancs. Courage, à l'œuvre ! En quelques jours, tout sera fait, et

vraiment je ne serais pas fâché de laisser à Louveau une trace de mon passage. »

Mon père s'en défendit bien fort, il n'avait garde d'infliger à son hôte l'ennui d'une si ingrate besogne, il résista le plus longtemps qu'il put; mais le marquis ne s'entendait pas moins à vouloir qu'à deviner. Il avisa sur une chaise une méchante souquenille de toile dont il s'affubla, l'échelle fut dressée, et le voilà à l'ouvrage.

J'étais restée au salon, je brodais au tambour près de la petite table ronde; la porte de la bibliothèque étant demeurée ouverte, de ma place, sans même remuer la tête, je voyais et j'entendais tout. Franchement, monsieur l'abbé, vous l'auriez trouvé adorable, ce beau gentilhomme au fier profil, aux petites mains blanches, dont toute la personne portait un cachet d'exquise élégance, et qui, vêtu d'un sarrau, docile comme un enfant, gai comme un écolier, leste comme un écureuil, allait et venait aux ordres de mon bon père ébahi, grimpait aux échelles, époussetait des livres, charmant la longueur du travail par des lazzis et de francs rires, et conservant, le plumeau à la main, toute la distinction de sa noble et fine nature.

Pendant ce temps, comme vous pensez bien, la fille de mon père causait un peu avec elle-même.

« Comme l'événement, me disais-je, trompe toujours notre attente !... Qu'il soit beau, bien fait, qu'il ait de grands yeux d'un bleu sombre à la rigueur je

pouvais le prévoir ; mais où est ce fat que j'attendais,
impertinent, rongé d'ennui, revenu de tout ? Son
cœur et son esprit sont restés jeunes. N'ayons pas
l'air de le regarder ; mais se doute-t-il qu'il est
à peindre, là-haut, sur son échelle ?... Ce qui est
unique, c'est ce charme de simplicité ; ce serait par
là qu'il pourrait être dangereux.... Autre chose encore : il.paraît à la fois doux et passionné comme ces
fameux habitants de mes *champs Élysées*.... Il est charm-
mant quand il fronce le sourcil. Nous autres femmes,
nous adorons la force ou ce qui lui ressemble ; mais
ce qui nous subjugue tout à fait, c'est la douceur des
violents. N'est-il pas de cette race ?... En vérité, ma
pauvre Isabelle, il est heureux que nous n'ayons plus
dix-huit ans ! Notre imagination risquerait bien de se
monter ; mais aujourd'hui adieu les chimères ! Quand
ce bel épousseteur partira, nous lui dirons adieu sans
le moindre frémissement dans la voix, et il s'en ira
ayant rangé une bibliothèque sans avoir rien dérangé
dans notre cœur. »

Lorsque M. Max de Lestang se fut retiré en promettant de revenir le lendemain de bonne heure,
mon père s'avança vers moi sur la pointe des pieds,
et, me regardant dans les yeux :

« Eh bien ! me dit-il d'un ton de mystère, qu'en
pensons-nous ?

— Oh ! c'est à vous de parler, repartis-je. Je l'ai à
peine vu et encore moins regardé.

— C'est un homme délicieux, reprit-il vivement.
Figure-toi que, grâce à lui, j'ai retrouvé un Alde superbe que je croyais perdu. Ce malheureux volume
avait disparu dans une crevasse de la boiserie. Notre
jeune homme s'avise de tout, il a des yeux au bout
des doigts. Avant peu, ma bibliothèque sera nette
comme une perle. Il ne sait pas le grec, c'est dommage; mais il serait capable de l'inventer à ses moments perdus. Il est charmant! te dis-je, et sa bonne
grâce m'a tant jeté de poudre aux yeux que je n'ai
plus vu le larron qui s'apprête à me dérober mon
bien.

— Ah! quant à cela, lui répondis-je en riant, vous
pouvez dormir sur vos deux oreilles; votre bien est
fort en sûreté, il ne songe pas à le convoiter.... Mais
vraiment vous vous échauffez. Épousez-le donc, ce
beau marquis, je ne m'y oppose pas. »

Le lendemain, M. de Lestang reparut à l'heure dite
et retourna bien vite à ses échelles, à son plumeau.
Il en fut de même les jours suivants. Je ne le voyais
guère qu'au déjeuner, pendant lequel il avait pour
moi, comme je vous l'ai dit, la mesure d'attentions
que la courtoisie exige. Il était aimable, toutefois
sans empressement: notre maison lui plaisait, il pro-
menait autour de lui des regards satisfaits; mais il
ne me fit pas un doigt de cour, ni le plus petit compliment. Un jour cependant, comme mon père, en
sortant de table, m'avait obligée de lui jouer un *an-*

dante de Mozart, le marquis m'écouta avec une attitude rêveuse, et quand j'eus fini, il me dit d'un ton pénétré :

« J'avais souvent entendu cet air, mais je ne le connaissais pas. »

Le même jour, il s'écria du haut de son échelle :

« Décidément la poussière de cette bibliothèque a des vertus magiques. Depuis que je m'en barbouille les doigts, je me sens rajeunir. Hier je n'avais plus que vingt ans, aujourd'hui je me plairais à des jeux d'enfant. Je crois entendre des bruits de crécelles, des ronflements de toupie. Vous auriez dû me prévenir, monsieur, car cela devient effrayant. Demain un *tonton* me semblera plein de charmes, et après-demain il faudra me tailler un béguin. »

Oh ! pour le coup, il n'y avait pas à s'y tromper, le compliment n'était pas à mon adresse : c'est de *tontons* qu'il rêvait.

Le jour d'après (c'était un vendredi), M. de Lestang avertit mon père que son départ était fixé au surlendemain.

« Travaillons bien, lui dit-il ; je serais désolé de vous quitter avant que notre monument soit achevé. »

Ce jour-là, je fis seller ma jument grise, et, laissant ces messieurs déjeuner en tête-à-tête, je me rendis chez la vieille Thérèse, cette pauvre infirme que nous avons souvent visitée ensemble. J'y restai fort longtemps. En rentrant, je trouvai mon père seul, le menton dans la main, arpentant le salon d'un air grave. Il vint à moi et, sans me donner le temps d'ôter mes gants et mon chapeau, il me fit asseoir sur le sofa et me dit à brûle-pourpoint :

« Isabelle, l'aimes-tu ? »

Je le regardai avec surprise et ne répondis rien.

« Oh! je t'en conjure, reprit-il, ne l'aime pas encore. Attends quelques jours, il faut que nous sachions d'abord.... Il m'est venu certains doutes.... Comment te dire?... Mais figure-toi que je suis incertain si c'est à toi qu'il en veut ou à la statue.

— La chose est plaisante, lui répondis-je, avec une gaieté forcée. Vous a-t-il demandé Némésis en mariage ?

— Non, il n'a pas osé.... Mais qu'est-ce que je dis ? tes plaisanteries me brouillent l'esprit. Ce qui est certain, c'est qu'il en raffole. Dieu le lui pardonne ! elle est si belle ! Seulement il l'aime trop.... Cette après-midi, il m'a dit tout à coup :

« Reprenons un instant haleine et allons nous reposer auprès d'elle. »

— J'ai cru qu'il voulait parler de toi, et j'allais lui rappeler que tu étais sortie; mais, avant que j'eusse le temps d'ouvrir la bouche, il a traversé en courant le salon, s'est élancé dans la galerie et s'est placé en contemplation devant la déesse; puis il a pris un crayon et l'a dessinée. Un charmant croquis, je t'assure. Il est sorcier.... Mais à sa pose, à ses longs regards pensifs, on eût dit un amant faisant le portrait de sa maîtresse. Pendant qu'il crayonnait, je me suis souvenu que l'autre jour il m'avait parlé d'une sorte de grande niche qui coupe par le milieu la galerie vitrée de son château ; il y a des bustes antiques aux quatre coins avec un grand socle de porphyre au milieu.

« Ce socle, me disait-il, est encore vide, il attend sa statue. »

— Et vous pensez qu'il aura l'indiscrétion de vous dire : Votre statue me plaît : elle ferait bel effet sur mon socle, vendez-la-moi?

— Les amateurs d'objets d'art, Isabelle, sont une race sans scrupule. Les plus honnêtes ne volent pas à main armée; voilà tout. Ce qui m'épouvante, c'est que je suis faible, je ne sais pas résister. Tu te rappelles que plus d'une fois je me suis laissé prendre à des cajoleries, quitte à m'en mordre les doigts, *jurant, mais un peu tard....* C'est pour cela que je crains le monde. Les moutons y sont tondus de près, heureux quand le berger ne les écorche pas!... Passe encore, ajouta-t-il, si M. de Lestang aimait à la fois ma statue et ma fille, car je donnerais presque sans regret Némésis à mon gendre ; je n'aurais pas le chagrin de m'en séparer ; tu sais que mon gendre sera tenu de me loger chez lui.

— Oh! de grâce, lui dis-je, laissons dormir toutes ces folies, elles n'ont pas même le mérite d'être gaies.

—Attends, attends, reprit-il, je ne t'ai pas tout conté. A cinq heures, je suis sorti avec M. de Lestang et l'ai reconduit jusqu'à Ferjeux. Là il m'a quitté pour aller faire un tour dans les bois, et j'ai demandé à voir la baronne.

— Bon Dieu ! m'écriai-je. Vous avez parlé à Mme de Ferjeux ?

— Ne me fais donc pas de si gros yeux. Dans ce siècle, comme les enfans sont sévères ! Voyons, Isabelle, ai-je du tact ou n'en ai-je pas ?... Mme de Ferjeux me demanda où en étaient *nos affaires*.

« Oh ! lui répondis-je en riant (je te jure, Isabelle, que j'avais l'air fort enjoué), oh ! chère madame, j'ai l'esprit bien tranquille ; c'est à ma Némésis que votre beau neveu fait les yeux doux. Elle se mit à rire comme une folle.

— Croiriez-vous, me dit-elle, qu'hier soir il vint à moi se frottant les mains et disant : Décidément je l'aime, et par l'étoile du berger je l'aurai, je l'aurai !

— Mais, beau neveu, vous l'a-t-on accordée ?

— Qu'à cela ne tienne ! si on me la refuse, je l'enlève.

— Oh ! oh ! y consentira-t-elle ?

— Chère madame, qui ne dit mot consent.

— Je la connais, Lovelace, soyez sûr que Clarisse criera.

— Il partit d'un éclat de rire, continua-t-elle, et il

m'expliqua qu'il aimait Némésis, qu'il adorait Némésis, qu'il enlèverait Némésis, et que sûrement Némésis ne crierait pas. Se moquait-il de moi? Cela lui
arrive quelquefois; mais d'autre part il a des lubies
si étranges, notre gentilhomme, et il veut si bien
tout ce qu'il veut! Enfin cela vous regarde. Tirez-
vous d'embarras comme vous pourrez. Mon neveu,
qui est aussi mystérieux que votre fille, m'a fait jurer
que durant son séjour ici je ne remettrais pas les
pieds à Louveau. Il entend faire ses affaires lui-
même. A merveille! je ne me mêle plus de rien. Le
loup rôde autour de la bergerie; montez la garde,
mon brave homme! Qu'on vous enlève votre statue
ou votre Isabelle, je m'en soucie comme de la pan-
toufle de la reine Berthe, et je m'en vais de ce pas
retrouver mes maçons. Ce sont de braves gens qui
ont le cœur sur la main. »

— Là-dessus elle me mit à la porte en me donnant
de petits coups d'éventail sur les doigts; mais comme
je traversais la cour d'honneur, elle avança la tête à
la fenêtre et me cria :

« A propos, que pense de tout cela votre belle insensible?

— Oh! lui dis-je, elle est d'une superbe indifférence dont rien n'approche.

— Ce sont deux sournois, reprit-elle. En dépit de
mes serments, j'irai dîner demain à Louveau, et je
découvrirai le pot aux roses.... »

— Voyons, Isabelle, t'ai-je compromise ?

— Je suis désolée, mon père, lui dis-je avec un peu de dépit, que vous ayez fait vos confidences à Mme de Ferjeux. Je vous préviens que j'aurai la migraine demain. Je suis décidée à ne pas voir M. de Lestang en présence de sa tante. »

Pendant tout le dîner, nous nous querellâmes un peu. Je l'accusais d'être trop confiant; il me reprochait d'être trop fière.

« Si tu avais pris la peine de questionner tout doucement son cœur, me dit-il, tu l'aurais forcé de se déclarer, et nous saurions à quoi nous en tenir, tandis qu'il pourra nous dire adieu demain sans que nous ayons un reproche à lui faire. »

Je lui répondis qu'il faisait bon marché de ma dignité, et j'ajoutai quelques mots piquants qui le chagrinèrent. Je sentais gronder en moi comme une sourde colère qui s'en prenait à tout le monde et qui menaçait à tout coup d'éclater. Je me renfermai quelque temps dans un morne silence; mais quand nous eûmes pris le thé, je regrettai mes rudesses et je lui dis en l'embrassant:

« Pardonnez-moi, mon bon père, et quittez vos soucis; vous garderez votre déesse et votre fille. »

Je suivis la galerie pour me retirer chez moi, et en passant devant la Némésis, je ne pus m'empêcher de la regarder. Ma lampe éclairait le bas de son corps et ses draperies; sa tête restait dans l'ombre. Il me

sembla qu'elle s'animait, et je crus voir courir sur
ses lèvres de marbre le sourire insultant d'une rivale.

Rentrée dans ma chambre, je m'assis près de mon
rideau, le coude appuyé sur le rebord de la fenêtre,
ma joue dans ma main. La nuit était claire et sereine,
le ciel étincelait de mille feux. Le cri monotone des
grillons formait avec le clapotis d'un ruisseau un
doux concert auquel par intervalles une orfraie mêlait sa note triste et rauque. En face de moi, de l'autre côté de la combe, j'apercevais de vagues blan-
cheurs de rochers qui me révélaient le précipice que
domine Ferjeux. Il me semblait que mes pensées
secrètes, pareilles à des oiseaux longtemps captifs
à qui l'on rend la clef des champs, s'étaient envolées
de mon cœur resté vide, qu'elles erraient autour de
moi dans la nuit, qu'elles me parlaient par la voix du
grillon, par le murmure de l'onde agitée, par la
plainte entrecoupée de la chouette. Un cœur troublé
intéresse l'univers entier à ses ennuis ; il se flatte de
tourmenter de sa fièvre l'âme tranquille de l'indiffé-
rente nature ; sa folle passion interpelle jusqu'à cet
abîme des cieux étoilés, jusqu'à ces mornes espaces
qui n'ont jamais rompu leur vœu d'éternel silence.
Étrange orgueil de tout ce qui souffre ! La douleur
nous devrait avertir du peu que nous sommes, et cependant qui de nous ne prend à témoin de ses larmes et les hommes et les choses mêmes, ces divines

aveugles à qui nous prêtons des yeux pour nous voir
et de mystérieuses pitiés pour pleurer avec nous ? Ce
soir-là, je me figurais que tout autour de moi agitait
la question de mon bonheur. Des voix secrètes m'appelaient par mon nom. Les unes me disaient: « Crains
tout ! » les autres : « Espère tout ! » Je crus entendre aussi ces mots: « Défie-toi surtout de tes espérances ! » Enfin je secouai mes songes, je me levai,
je regardai une dernière fois le vallon solitaire, les
étoiles, les bois, les pâles rochers....

« Hélas ! c'en est fait, je l'aime ! » dis-je à demi-voix
en refermant la fenêtre.

V

Le lendemain, après le déjeuner, M. de Lestang nous proposa une promenade à cheval.

« Nous avons travaillé comme des bûcherons, dit-il à mon père. Donnons-nous un peu de relâche : au retour, le reste sera l'affaire d'une heure. »

Mon père me consulta du regard. Je cherchai une défaite, je n'en trouvai point. M. de Lestang courut à Ferjeux et reparut monté sur un des beaux alezans de la baronne. La petite cavalcade, après avoir gravi la côte, s'enfonça dans les bois, Le *beau chevalier* parut apprécier mes talents d'écuyère et me donna des éloges flatteurs. Je reçus son compliment de bonne grâce ; j'étais résolue à être gaie ; quel que fût l'événement, j'entendais sortir avec honneur de cette aventure. Et puis ce jour-là, je me sentais jolie ; dans ces heureux moments une femme est bien forte.

Au bout d'une heure, nous vînmes à passer près de ce *tumulus* que vous connaissez. Mon père ne put revoir cet ancien ami sans que son cœur tressaillît; il voulut lui donner le bonjour; attachant son cheval à une branche d'arbre :

« Allez toujours, nous dit-il, je suis à vous dans l'instant. »

Nous fîmes prendre le pas à nos chevaux. En cet endroit, comme vous savez, le chemin est assez large pour qu'on y puisse marcher de front.

Le marquis garda quelques instants le silence; il semblait réfléchir, puis il me dit :

« C'est le séjour du bonheur que Louveau. En faisant mes adieux à la bibliothèque de M. de Loanne, j'aurai soin d'emporter au bout de mes doigts un peu de cette poussière sacrée qui rajeunit; mais après tout le bonheur ne suffit pas à l'homme, encore moins aux femmes, j'imagine. Ne vous ennuyez-vous jamais ?

— Malgré ses défauts, lui répondis-je, le bonheur est de bonne compagnie. Je m'en contente.

— Quoi que vous en disiez, reprit-il, il est nécessaire, pour se sentir vivre, de se procurer de temps en temps de bons petits accès de fièvre, avec fréquence du pouls, chaleur et frisson.... Ne regrettez-vous jamais le monde? N'avez-vous point de questions à lui faire?... Mais vous allez trouver que je suis trop curieux.

— Oh! dis-je en riant, les amis avec qui je vis
(et je lui montrais du doigt les silencieux sapins qui
bordaient le chemin) sont d'un naturel si discret, si
réservé, que votre curiosité m'étonne sans me fâcher ;
c'est dans ma vie une nouveauté agréable : aussi bien
une fois n'est pas coutume.... Vous me demandez, je
crois, quels sont mes plaisirs ?

. . . . Quelquefois à l'autel
Je présente au grand prêtre ou l'encens ou le sel.

—·Fort bien ; mais après ?
— Après ? Ne vous ai-je pas présenté mes amis ?
J'adore les bois. ·
— Il suffit de les aimer. Assurément les hommes
sont moins innocents que vos discrets amis ; mais,
puisqu'il s'agit des plaisirs du spectacle , j'estime
qu'un vice est plus intéressant qu'un sapin.
— Cela dépend des goûts, lui dis-je. Les choses
sont plus complaisantes que les hommes ; elles se
prêtent à toutes nos fantaisies, nous en pouvons disposer à notre guise. J'aime ces marionnettes dociles
qui répètent sans se tromper tous les rôles qu'il nous
plaît de leur souffler. Et ce qui est charmant, c'est
que nous prenons la représentation au sérieux et
croyons naïvement aux fureurs des vents déchaînés,
aux soupirs des ruisseaux et aux regards de la lune.
— Ah ! pour la lune, dit-il, je ne me suis jamais
flatté d'en être regardé.... Non, je tiens à mon dire,

comme spectacle, les bois ne valent pas le monde, et je préfère au tumulte des vents dans une sapinière le bruit que font les passions dans des cœurs de chair et de sang.

— Les passions ! dis-je. Il faudrait y croire.

— Peste ! voilà un doute bien injurieux pour notre pauvre espèce !... Les passions ? il n'est que de les chercher pour les trouver.

— Combien souvent on s'y trompe ! repris-je. Les hommes sont si entendus dans l'air de faire la papillote ! L'enveloppe est brillante, argentée, dorée ; on y lit l'un de ces mots pompeux qui font battre le cœur : dévouement, enthousiasme, noble ambition.... Ouvrez : la dragée est un pauvre petit calcul bien plat, bien vulgaire, et l'on est fort heureux quand l'amande n'est pas amère.

— Voilà, dit-il, ce qui se raconte au fond des bois. Vos amis sont bien médisants, pour ne rien dire de plus. Croyez-moi, ce pauvre monde est fort sot, mais il n'est pas si faux que vous le pensez. Aujourd'hui l'hypocrisie est très-rare, et tous les masques sont si usés, si transparents, qu'il n'y a plus que les niais qui s'en couvrent le visage ; les gens d'esprit les portent à la main. Ce n'est plus un expédient, c'est une contenance.

— Ah ! permettez, répondis-je, la sagesse des bois n'accuse pas le monde d'imposture, elle prétend que le monde est habile à se tromper lui-même. Si les

hommes nous donnent avec assurance leurs combi-
naisons pour des sentiments et leurs courses au clocher pour des romans, c'est qu'à défaut d'autres
passions il en est une du moins, la fureur du jeu,
qui se mêle à tous leurs calculs et se charge de leur
procurer quelques bons accès de fièvre, tels que vous
les aimez, avec fréquence du pouls, chaleur et frisson. Cette sorte de fièvre ne me plaît guère, je vous
l'avoue, et pourtant je suis tentée de croire que c'est
la plus commune. J'ai ouï parler d'hommes d'esprit
et même de cœur qui ne voient dans la vie qu'une
suite de tailles à perdre ou à gagner, et qui se mour-
raient d'ennui s'ils n'avaient un paroli à tenir. La
partie engagée, les voilà tout yeux, tout oreilles; s'il
survient quelque accroc, leur orgueil se pique, s'a-
charne; l'enjeu est leur bonheur, quelquefois celui
des autres; le gain le plus souvent ne vaut pas la
peine qu'on en parle : une courte ivresse de l'amour-
propre, le vain plaisir de se dire : J'ai contenté mon
caprice, la fortune a trouvé son maître.... Non, je
n'aime pas les joueurs. Étant petite fille, je fis rencontre, dans une ville de bains, d'un beau vieillard
frais et enjoué qui aimait les enfants et s'en faisait
adorer. Un soir, je le vis ponter au pharaon. Grand
Dieu! quelle métamorphose! Ses yeux brillaient d'un
éclat vitreux qui me fit horreur. Depuis, j'appris à
connaître dans le salon de ma mère des hommes du
monde aimables, gracieux, qui semblaient ne se sou-

cier que des élégances de la vie, — et tout à coup je croyais surprendre dans leurs yeux un de ces tristes regards de ponte qui m'avaient tant effrayée. — Oh ! òh ! me disais-je, qui tient la banque ici ? — Enfin à chacun ses goûts ; mais rien ne me semble plus déplaisant que la mélancolie d'un joueur qui perd, si ce n'est le sourire d'un joueur qui gagne, et voilà pourquoi j'aime les bois. »

J'avais mis dans le blanc, presque sans viser. M. de Lestang assena un grand coup de cravache sur une branche de sapin qui lui barrait le passage, après quoi, fronçant le sourcil, il m'observa du coin de l'œil. Je le voyais fort bien sans le regarder. Car de quoi nous servirait-il d'être femmes, si nous avions besoin de regarder pour voir ?

« Il y a du vrai dans ce que vous dites, me répondit-il enfin ; mais vous chargez le portrait. Vous oubliez que nos inconséquences font métier de corriger nos vices. Quelqu'un a fort bien dit que le temps est le plus puissant des êtres abstraits ; il n'est pas de parti pris dont il ne vienne à bout. On se croit un homme fort, on a fait ses preuves et conquis par ses prouesses la sotte admiration des badauds, on se jure à soi-même de ne jamais fléchir, de demeurer intraitable, d'être à l'abri de toute faiblesse et de toute surprise, — et tout à coup, dans un moment de fatigue, la fibre s'amollit, on éprouve un trouble inconnu. On s'était flatté d'avoir tué son cœur, on le sent remuer et tres-

saillir, et voilà notre rodomont qui en un instant
dément tout son passé, et rend son épée sans combat.... Ceci n'est pas un conte de fées, et quand vous
reverrez le monde, vous me donnerez raison.

— J'aime mieux vous en croire tout de suite, lui
dis-je, car le reverrai-je jamais?

— Qui peut savoir s'il ne viendra pas vous enlever
à vos amis?

— Un enlèvement! m'écriai-je. Que fait-on en pareil cas? Je crois qu'on crie. »

Il tordit sa moustache et me sonda du regard.

« Non, non, poursuivis-je, la bonne providence
m'a fait une vie facile, je ne la veux pas changer. Je
suis craintive et défiante. J'aimerais à voir la mer,
mais je ne me soucie pas de naviguer.

— Les naufrages par imprudence sont les plus communs, me répondit-il d'un ton bref. Le point est de
bien choisir son pilote.

— En est-il de bons? repartis-je. Les meilleurs
s'endorment ou s'oublient à regarder les étoiles;
d'autres ont le goût des émotions et appellent tout
bas les tempêtes et les écueils. Le plus sûr est de ne
pas s'embarquer. »

Nous avions atteint le bord de cette côte nue et
ravinée qui termine la sapinière. « Regardez la belle
fleur! » dis-je à M. de Lestang pour rompre l'entretien. Et je lui montrai du doigt un grand lis mar-
tagon qui croissait sur la pointe d'un rocher.

Je n'avais pas achevé, qu'enfonçant brusquement l'éperon dans le flanc de son cheval, il le lança à bride abattue dans le ravin. Je me sentis pâlir. Vous savez comme la pente est rapide; en un clin d'œil, il arriva près du rocher, se pencha, étendit la main, arracha le lis. Un ressaut du terrain le déroba à ma vue; je ne pus retenir un cri : cheval et cavalier jouaient un jeu à se rompre vingt fois le cou; mais l'instant d'après je les vis reparaître l'un sur l'autre et franchir d'un saut le ruisseau qui serpente au pied du ravin. A peine eut-il touché l'autre rive, l'alezan furieux se dressa, se cabra, rua; M. de Lestang le réduisit à grands coups de cravache et le fit galoper jusqu'au bout du pacage. Quand il eut amorti sa fougue, il regagna le sentier au petit trot, contourna le ravin, et me retrouva immobile et tremblante à l'endroit même où il m'avait laissée.

Alors, attachant sur moi des yeux étincelants qui respiraient à la fois l'audace, la domination et l'amour, il me présenta le lis en me disant : « Avec cette fleur, je vous offre ma vie; la voulez-vous? »

Je penchai la tête; je me sentais fascinée comme le pigeon sous le regard de l'épervier. Je restai un instant muette, profondément troublée, ne voyant plus rien, ni autour de moi, ni en moi-même. Les bois, mon cœur, ma vie, tout se perdait dans la nuit. Enfin, non sans peine, je surmontai mon trouble, et, relevant les yeux, je le regardai fixement et lui dis :

« Est-ce plus qu'un accès de fièvre? Je ne m'en contenterais pas. »

Il ne me répondit rien; mais ses yeux, dont l'expression s'était adoucie, parlaient pour lui. Je pris la fleur, en respirai le parfum, et tendis la main droite à mon maître, qui la serra dans la sienne et la pressa sur ses lèvres.

En ce moment, mon père parut au bout du chemin.

« Arrivez donc, monsieur, lui cria gaiement le marquis. Vous n'avez pas l'air de vous douter que nous avons d'importantes affaires à terminer aujourd'hui.

— Je n'en connais qu'une, dit mon père, et qui ne nous tiendra pas longtemps.

— Ah! sans doute, à tout seigneur tout honneur, reprit le marquis, et nous devons d'abord finir notre catalogue; mais ensuite.... Hélas! vous ne savez pas encore, monsieur, quel hôte dangereux vous avez accueilli sous votre toit. J'aspire à vous dépouiller de votre bien; mais aussi pourquoi montrer imprudemment vos trésors? »

La figure de mon père se rembrunit. En passant près de moi, il me dit tout bas : « T'a-t-il parlé de la statue? » Je lui fis signe que non. Au même instant, M. de Lestang lui demanda des nouvelles de son *tumulus*, et il ne put m'en dire davantage.

Dès que nous fûmes à Louveau, ces messieurs s'enfermèrent dans la bibliothèqne, et je montai à ma chambre. Je me jetai dans un fauteuil, je repassai toute la scène dans mon esprit. Je revoyais l'endroit, le ravin, le lis sur son rocher, le bond furieux du cheval, et puis cette course dans le pacage, la côte gravie au petit trot, et enfin ce regard ardent qui réclamait sa proie et dont le charme impérieux m'avait subjuguée.... Était-ce un rêve? Non, le lis m'en faisait foi; il était là, je le tenais, j'effleurais de mes lèvres la corolle parfumée. — Belle fleur, pensai-je, sois-moi un gage de la pureté de ses sentiments et de la vérité de son amour! Puisse son cœur auprès de moi mourir au passé et naître à la vie nouvelle!

Je redescendis au salon. Bientôt la porte de la bibliothèque s'ouvrit, et mon père entra, l'air agité et perplexe. Quand il se fut assis près de moi, M. de Lestang, demeurant debout, le regarda en souriant.

« Jacob, dit-il, servit sept ans pour mériter Rachel. Je n'ai servi que sept jours. Jacob, il est vrai, gardait les troupeaux, ce qui est un métier de paresseux; aussi bien dans ce temps-là la vie des hommes était longue; moi qui ne vivrai pas cent cinquante ans, pendant une semaine j'ai grimpé aux échelles, j'ai avalé beaucoup de poussière, et, j'en atteste le ciel, j'ai déchiffré du grec. Puis-je espérer que mes jours de travail me seront comptés pour des années? »

Mon père, qui ne pouvait démordre de son idée, lui répondit d'une voix émue :

« Je vous suis reconnaissant de vos peines, monsieur; mais Rachel m'est chère.

— Je sais combien vous l'aimez, repartit le marquis, et que ce serait un crime de vous séparer d'elle. Vous viendrez la voir; je désire même que ma maison soit la vôtre.

— Ce ne sera pas la même chose. L'amour de la propriété....

— Mais ne peut-elle être à moi sans cesser d'être à vous?

— Que vous dirai-je? Songez, monsieur, que c'est moi qui l'ai trouvée.

— Trouvée? répéta le marquis avec étonnement. Trouvée? »

Ici mon père, qui se défiait de sa faiblesse, s'avisa d'un expédient.

« Êtes-vous bien sûr, dit-il, qu'elle ferait bel effet sur votre socle? Mais quand cela serait, je ne puis en disposer, je l'ai donnée à ma fille. »

M. de Lestang se mit à rire.

« Ah çà! de quoi parlons-nous? Ce n'est pas votre statue, monsieur, que je vous demande en mariage, c'est votre fille, et Dieu m'est témoin que je n'ai pas l'intention de l'exposer sur un socle. »

Mon père fit un geste de surprise, se leva, et, mettant ma main dans celle du marquis, il lui récita ce vers de l'un de ses poëtes :

« Jamais une fille ne fut égale en beauté à celle-ci,
ô mon gendre! »

Sur ces entrefaites, la baronne parut; elle avait tout
entendu à travers la porte.

« Quand je vous disais que c'étaient deux sournois, »
cria-t-elle à mon père.

Et se tournant vers son neveu :

« Eh bien! marquis, y avez-vous pensé? Êtes-vous
certain de votre choix? Cette belle enfant est-elle bien
votre fait, et n'enlèverez-vous point Némésis?

— Je la leur ai donnée, dit mon père; c'est le métier des enfants de dépouiller les pères.

— Nous ne l'acceptons, dit le marquis en me jetant
un coup d'œil, qu'à titre d'otage. Vous viendrez la
chercher à Lestang, et nous ferons si bien que vous
y resterez. »

Mon père me regarda d'un air de triomphe.

« Il est entendu dans ce siècle, dit-il, que les pères
n'ont pas le sens commun, et que leurs filles ont mission de Dieu, pour les gouverner. Je connais un brave
homme d'antiquaire qui rêva un jour qu'il avait un
gendre, que ce gendre était aimable, bien fait, capable de tout, même de savoir un peu de grec, et
qu'il disait à son beau-père : « Que ma maison soit
la vôtre! » Voilà ce qu'imaginait le bonhomme. »
Quand vous vous réveillerez, lui dit sa fille, nous
prendrons le thé. » Mais allons dîner, ajouta-t-il en

offrant son bras à Mme de Ferjeux, et se penchant
vers moi :

« A propos, Isabelle, et ta migraine? »

Le surlendemain, M. de Lestang dut repartir pour
le Dauphiné, où il avait des affaires pressantes à régler. Il fut décidé que le mariage se ferait à Paris,
qu'après la cérémonie nous partirions pour l'Angleterre, qu'en janvier nous reviendrions en France, et
qu'aux premiers jours du printemps j'irais prendre
possession de mon château de Lestang.

J'étais heureuse, mais un peu troublée. Peut-on ne
l'être pas dans les grandes crises de la vie? Quand je
songeais à ce changement inattendu et si rapide de
ma destinée, quand je me rappelais mes réflexions
d'autrefois, et que j'avais cru mon sort à jamais fixé,
je ne pouvais m'empêcher de me dire que toutes nos
prévoyances sont vaines, et qu'il ne faut compter sur
rien. Je m'étais crue à l'abri de l'imprévu ; n'avait-il
pas su me découvrir dans ma retraite et forcé une
porte condamnée? L'imprévu est un maître aux fantaisies changeantes ; on ne peut l'aimer sans le redouter un peu. Enfin, je vous le répète, j'étais heureuse;
mais il y a au fond de tous les grands bonheurs une
sorte d'amertume secrète : c'est à ce signe qu'ils se
font reconnaître. Ne nous en plaignons pas, mettons
la souffrance de moitié dans toutes nos joies : elle se
croit généreuse quand elle consent à un partage.

En revanche, la baronne était gaie comme une

alouette. Elle avait tout prévu, tout imaginé, tout
préparé, tout arrangé : d'heureux pressentiments
l'avaient amenée à Ferjeux ; elle était ma providence,
mon ange tutélaire, et se promettait de me servir de
chaperon dans le monde.

« Sans moi, disait-elle, vous auriez terminé vos
jours à Louveau. Quelle destinée, grand Dieu ! Dans
six ans d'ici, vous étiez finie, ma chère belle. Je sais
que les statues n'ont point de rides ; mais la vieillesse sans rides est plus affreuse que l'autre. J'en ai
connu de ces fronts unis, polis comme une glace,
sur lesquels on croit lire ce mot fatal : inutile de frapper, il n'y a plus personne !... Ma pauvre enfant, on
eût dit de vous à trente ans : Oh ! que voilà une femme
bien conservée ! Et dix ans plus tard on aurait écrit sur
votre tombe : « Isabelle exista, mais ne vécut point. »
Cette terrible femme ne me quittait plus. Bien qu'ils
eussent le cœur sur la main, ses maçons commençaient à l'ennuyer ; elle me trouvait plus intéressante,
j'étais son ouvrage, sa découverte, son invention ;
elle m'étourdissait de ses conseils, de ses leçons, de
ses sagesses et de ses folies. Heureusement elle imagina de retourner au plus vite à Paris pour nous
chercher un appartement et s'occuper de mon trous-
seau. Je m'empressai de lui donner des pouvoirs illi-
mités, et un beau matin elle mit tout son monde à la
porte, salua de la main ses plafonds à demi blanchis
et ses planchers encombrés de plâtras, ferma son por-

tail à double tour, fourra les clefs dans sa poche et
s'élança dans son coupé.

« Je pars en courrier, me dit-elle, et je donnerai du
cor le long du chemin. »

Je bénis ce départ : j'éprouvais le besoin de me re-
cueillir, de causer avec le passé, d'interroger l'avenir.
J'avais aussi mon père à consoler. La fièvre de l'événement calmée, son excitation factice était tombée à
plat; il voyait les choses sous un autre jour, et, se
perdant dans des réflexions qui n'étaient pas couleur
de rose, il lui prenait par intervalles de grands accès
de découragement qu'il ne réussissait pas à me cacher. Lui aussi avait cru son sort fixé, et, contre
toute attente emporté par un courant, le navire avait
chassé sur ses ancres. Ce pauvre père se demandait
s'il lui serait possible de renoncer aux douces habitudes dans lesquelles il s'était promis de vieillir.
Comment combler le vide qu'allait lui causer mon
absence ? Il perdait en moi non-seulement son unique
société, mais son secrétaire; il fallait me chercher un
remplaçant. Cet étranger serait-il d'un commerce
sûr et agréable ? Saurait-il le comprendre, le deviner ?
Je m'efforçais de le rassurer. — Vous m'avez souvent prêché, lui disais-je, que les idées confuses sont
notre plus grand ennemi. Gardons-nous, vous et moi,
de nous livrer à de vagues appréhensions. A la longue,
tout s'arrangera. Aussi bien vous l'avez voulu, et
croyez d'ailleurs que nous nous quitterons pour

peu de temps. Il me répondait qu'il ne se repentait de rien, qu'il avait fait son devoir et ce que la sagesse lui commandait, mais qu'il commençait à soupçonner qu'il ne suffit pas de voir clair pour être heureux. Ce qui effarouchait aussi d'avance son imagination, c'était Paris, des visites à faire et à recevoir, des cérémonies, tous les apprêts d'un mariage. Il n'avait jamais aimé ce grand et bruyant Paris, qu'en bon légitimiste il appelait « une pétaudière d'hommes d'esprit ingouvernables. » — Heureusement, lui disais-je, vous n'êtes pas chargé de les gouverner. — Et je lui promettais que tout se passerait en douceur et avec le moins de bruit et d'éclat possible.

Cependant sa tristesse influait malgré moi sur mon humeur. Avant de partir, je voulus visiter une dernière fois tous les environs de Louveau, ces rochers, ces sapinières qui avaient si longtemps borné l'horizon de ma vie. Je ne pus revoir ces sauvages amis sans que mon cœur s'émût, et il y eut quelque mélancolie dans nos adieux.

Un dimanche, comme je passais près du ravin qui avait vu se décider mon sort, je trouvai, à la place même d'où s'était élancé le cheval, la vieille Thérèse. Ses enfants, qui la traînaient dans un petit char, l'avaient amenée là pour humer l'air et le soleil. Je descendis de cheval, m'approchai d'elle, lui expliquai que j'allais quitter Louveau, que j'épousais un homme que j'aimais. Vous vous rappelez qu'elle est dure d'oreille ; je ne sais ce qu'elle crut entendre, mais elle me répondit en me pressant les mains : « Dieu vous bénisse, brave demoiselle, et vous donne bon courage ! »

La veille de notre départ fut employée à l'emballement de la statue, car en vain j'engageai mon père à la garder : il ne voulait pas manquer de parole à son futur gendre, et par je ne sais quelle superstition du cœur il tenait même à placer ma nouvelle vie sous cette divine protection. Excusez-le, monsieur l'abbé ; que ne passe-t-on pas aux antiquaires ? — Aussi bien, ajoutait-il, elle ne fera que me précéder à Lestang, et mon empressement à la revoir diminuera mon regret de me séparer des ruines de ma belle villa. — La déesse fut traitée en personne délicate pour le coucher, et qu'on ne pouvait trop prémunir contre les cahots du voyage. Emmaillottée d'étoupes, de chiffons, de couvertures de laine, on fit reposer mollement son beau corps sur un matelas fraîchement cardé. Avant qu'on recouvrît son visage, je me penchai sur elle pour la regarder. Sa figure me parut grave et noble, mais bienveillante. Il était clair qu'elle ne m'en voulait pas.

Un mois plus tard, j'étais à lui.

DEUXIEME PARTIE.

I

Je crois avoir souvenance, monsieur l'abbé, qu'au lendemain de mon mariage je partis pour l'Angleterre, où je séjournai deux mois ; mais ne me demandez pas comment le pays est fait, ne me questionnez ni sur les parcs ni sur les châteaux. Je suis à peu près certaine qu'on y trouve des Anglais ; mes informations ne vont guère plus loin. Il est des moments où le cœur est si occupé que sentir est toute la vie ; tout autre exercice de l'âme est suspendu, notre passion seule a des yeux et des oreilles, les choses de ce monde défilent confusément devant nous comme les visions d'un songe, et nous n'apercevons nettement que ces fantômes qui sont en nous.

Je ne veux pas dire que mon esprit demeurât inac-
tif, mais il ne travaillait qu'au service de mon cœur.
Que m'importait l'Angleterre ? J'étudiais Max. Étrange
situation que d'ignorèr ce qu'on aime ! Cette obscurité plaît d'abord ; le cœur s'y promène comme à
tâtons, se promettant mille surprises, agité de l'attente de perpétuelles nouveautés ; l'inconnu, n'est-
ce pas l'infini ? Mais, si l'amour est un enfant de la
nuit, la nature l'a condamné à chercher tôt ou tard
la lumière, dût la lumière le tuer. L'heure a sonné, et
le charme du mystère se change en tourment ; on
s'effraye de son bonheur, il faut à tout prix s'assurer
de ce qu'il vaut, et savoir ce qu'on possède, et compter pièce à pièce son trésor, quitte à gémir de son
indigence et à contempler tristement ses mains vides.
Qu'elle est vraie l'histoire de la Psyché ! Elle s'est
levée, elle allume sa lampe d'une main timide, le
cœur lui bat. A qui s'est-elle donnée ? Devra-t-elle
rougir de ses joies ? N'ont-elles point laissé sur son
front quelque souillure secrète !... Elle s'avance en
tremblant, elle frissonne, elle se penche.... Oh ! que
le Dieu s'évanouisse, pourvu qu'il reste un homme !

Et voilà comme il se fit qu'après huit jours de
paisible, de délicieux sommeil, mon âme s'éveilla, et
dans son inquiétude scruta jusqu'au fond le mystère
de son bonheur. Je fus bientôt rassurée ; je pouvais
admirer ce que j'aimais. J'eus beau chercher, je ne
découvris dans mon seigneur et maître rien qui dé-

mentît la noblesse de son visage. Il était, comme dit le sage, « de cette race dont les regards sont altiers et les paupières élevées. » Il avait de l'orgueil et point de sottes vanités, il était généreux dans ses dégoûts comme dans ses goûts ; en toutes choses, il aimait le grand et n'appréciait dans l'art comme dans la vie que ce qui lui donnait l'idée d'une force qui se déploie. Peut-être regardait-il avec trop d'indulgence les grands vices qui s'avouent, les passions de haut vol et qui ont des serres pour s'attacher à leur proie ; mais autant il admirait les audacieux, les combats à outrance, les grand coups d'épée, fussent-ils frappés dans l'eau, autant il méprisait les petits hommes, les petits calculs et les petits moyens. Le plus souvent il s'en exprimait sur le ton d'une ironie dédaigneuse ; mais parfois je sentais percer dans son accent comme un frémissement de colère qui rendait son regard un peu farouche ; dans ces moments, je l'adorais. N'affectant rien, il condamnait le mensonge comme une bassesse. J'aurais pu lui faire toutes les questions du monde, il m'eût répondu sans déguisement et sans détour ; mais je n'avais garde, j'avais juré dans ma sagesse que jamais je ne serais jalouse du passé.

Vous m'avez souvent dit, mon père, que s'il est quelque chose de divin dans l'Évangile, c'est cette foi dans la vie nouvelle que la terre avait ignorée pendant des siècles et qui a rajeuni comme par miracle son vieux cœur desséché : « Pierre, Pierre, dit à

l'apôtre une voix céleste, ne regarde pas comme
souillé ce que Dieu lui-même a purifié ! » Heureux
assurément qui s'élance de plein vol à la vérité !
Heureux aussi et plus cher peut-être à l'éternelle
bonté celui qui n'atteint les sommets sacrés qu'après
avoir gravi en trébuchant cet escalier sombre, étroit,
taillé dans l'âpre rocher de la vie et dont chaque degré est une erreur ! Moi, jalouse du passé ! Non ! j'é-
tais résolue à mourir sans avoir connu cette sotte
maladie, ce tourment des âmes vaines qui se font une
idole de leurs chimériques ennuis. Que pouvais-je
craindre ? Max était d'un caractère trop bien trempé
pour que les désordres et les déceptions de sa jeunesse
eussent abaissé ou flétri son âme. Son sourire en
faisait foi, son sourire fier et doux, et ses grands yeux
dont le regard était demeuré limpide, yeux de faucon
qui ont lié amitié avec le soleil et qui semblent boire
la lumière. Par instants, j'y voyais passer un nuage de
mélancolie, et, l'entendant soupirer, je lui disais à
part moi : « Je te comprends, tu te plains tout bas de
tes années perdues et des chimères qui t'ont séduit ;
ce qu'il t'en a coûté d'efforts pour contenter tes caprices d'un jour eût suffi à l'accomplissement d'un
grand dessein, peut-être d'une grande destinée, et tu
pouvais employer à vivre le temps que tu dépensas à
rêver la vie. Rassure-toi, regarde, me voici ; je ne suis
rien, mais je t'aime et je t'apporte l'espérance d'une
seconde jeunesse. »

O mon père, quelle confiance j'avais dans l'avenir !
Je croyais à un pacte scellé dans le ciel et je ne dou-
tais pas que l'ordre éternel des choses ne fût d'intelligence avec nous. Nos deux âmes, me semblait-il,
avaient été créées l'une pour l'autre; depuis longtemps elles se cherchaient, elles s'appelaient à travers l'espace; une main divine l'avait amené dans
mon désert, où je l'attendais sans le connaître. Et
maintenant il allait goûter auprès de moi les délices
pures d'un sentiment tout nouveau pour lui, je veux
dire cette sorte de passion tranquille ou de calme
passionné qui est la perfection du bonheur, car je
n'exigeais de lui ni transports ni adorations, et je me
gardais d'envier aux idoles qu'il avait encensées leurs
triomphants autels et ces hommages dont se repaît
l'orgueil des déesses. Non, non, je ne me souciais
pas d'être adorée, et l'amour que je réclamais de son
cœur est celui que ressent le voyageur poudreux et
altéré pour l'humble source de montagne qu'il découvre à l'un des tournants du chemin; il y trempe
son front et ses lèvres, et, se sentant renaître, il bénit
en silence cette onde fraîche que le creux d'un rocher
réservait à sa soif.

Je me souviens qu'un soir (c'est mon plus cher
souvenir de Londres) Max se préparait à sortir; nous
étions attendus je ne sais où, mais, me trouvant
lasse, je le priai d'aller seul. Il fit quelques pas, puis
se ravisant, ordonna qu'on dételât, et revint s'asseoir

près de moi. La neige tombait à gros flocons; nous
avions clos volets et rideaux; un bon feu flambait
dans l'âtre. « On est bien ici, » dit-il en me regardant; et, le bien-être déliant sa langue, il devint
expansif et parla plus en un soir qu'il n'avait fait en
huit jours. Il me conta les aventures de son enfance.
Sa franche gaieté me dilatait le cœur. Quels bons
rires ! Bientôt plus sérieux, mais toujours serein, il
se prit à rêver tout haut, discourut de la vie, de ses
illusions, de ses orages, de la sagesse qu'il avait ap-
prise à cette rude école, et qu'il faisait consister dans
l'art d'oublier et le courage d'espérer. Je l'écoutais
avec ravissement, et tout en écoutant je pensais à ces
grands sapins de mon Jura que l'effort des tempêtes
n'a pu courber, ou, remontant plus haut dans mes
souvenirs, à ces falaises escarpées des bords de l'Océan
qui, insouciantes de la vague qui les ronge, contem-
plent fixement l'immense horizon et semblent respirer des douceurs inconnues dans le souffle amer et
agité des flots. Notre entretien se prolongea bien
avant dans la nuit; nos genoux se touchaient, nos
yeux se cherchaient sans cesse, nos deux cœurs
avaient pris l'accord et le tenaient; par intervalles,
enivrée de ma joie, je croyais entendre au-dessus de
nos têtes le battement d'ailes et le chant d'une hirondelle, douce messagère qui nous annonçait les grâces
d'un éternel printemps.

A la vérité, cette soirée fut unique en son espèce;

on ne peut toujours entendre chanter l'hirondelle,
mais je savais qu'elle n'était pas loin. Et puisqu'il
faut que le bonheur ait toujours une ombre, je n'avais
qu'un souci, encore n'était-il pas cuisant. Si j'étudiais
Max avec une infatigable attention, j'aurais voulu que
de son côté il fût plus curieux. Je lui reprochais un
excès de confiance ; il était trop sûr de son fait : on
eût dit qu'il me connaissait de longue date, que
j'étais déjà pour lui une aimable habitude, qu'il
n'avait plus de découvertes à faire, plus de secrets à
deviner, plus de surprises à espérer ou à redouter, et
j'étais tentée de lui dire :

« Seigneur, Isabelle est une femme, et c'est une
chose assez compliquée qu'un cœur de femme. Sou-
ciez-vous un peu plus de l'inconnu ! »

Que vous dirai-je ? Je lui reprochais aussi de respecter trop ma liberté. Il ne me contraignait sur
rien ; son consentement, son approbation m'étaient
acquis d'avance. Tout ce que je faisais était bien fait,
je ne pouvais lui déplaire. Ni questions, ni exigences,
c'était pousser trop loin la discrétion, et ma liberté
me gênait. Je désirais moins de complaisance et qu'il
trouvât parfois à redire à mes caprices, à mes manières ou même à la couleur de mes robes. Le véritable amour est avide de servitude : la dépendance
est si douce quand on se sait aimé !

Un soir que je le consultais sur ma coiffure, il me
répondit :

— Faites ce qu'il vous plaira ; vous êtes une femme accomplie.

— N'est-ce pas un fait accompli que vous voulez dire ? lui repartis-je en souriant.

Il me prit la main, la baisa et me dit :

— Gardez votre esprit pour le monde ; je ne veux avoir affaire qu'à votre cœur. »

Nous retournâmes à Paris dans les premiers jours de janvier. A peine arrivée, je me sentis enlever par un tourbillon dont je fus étourdie, et je regrettai les longues heures de désœuvrement dont j'avais joui en voyage. Le monde ne convient pas aux cœurs sérieusement occupés, car il est lui-même une occupation et une affaire, et c'est ainsi qu'il faut le prendre quand on veut véritablement s'y plaire. Ceux qui ne lui demandent que d'amuser leur ennui et de les distraire d'eux-mêmes ne tardent pas à s'en lasser ; ses plaisirs sont monotones, ses fêtes se ressemblent toutes : elles tournent toujours dans le même cercle que leur tracent les conventions et la tyrannie de la mode. Une imagination vive trouve plus de ressources dans les circonstances les plus ordinaires de la vie domestique : libre de toute gêne, elle s'en empare pour les varier à l'infini, et se livre au bonheur de faire de rien quelque chose. J'avais huit ans quand on me fit présent d'une belle poupée de ma taille qui représentait une princesse chinoise. Superbement attifée, elle m'enchanta pendant quelques jours ; mais ce

beau zèle se refroidit, le sourire chinois était toujours le même, et je reportai toutes mes tendresses
sur un méchant bâton que j'enveloppais dans un
vieux châle et que je berçais en chantant, complai-
sante poupée avec laquelle je ne connus jamais l'ennui, car elle avait à toute heure l'âge et la figure que
je voulais. La princesse ne savait que le chinois, le
manche à balai parlait toutes les langues, me donnait des nouvelles de tous les pays, et dans sa société
je faisais tout le tour du monde et de la vie. Ce que
nous aimons dans les choses, mon père, c'est ce que
nous y mettons.

De ceci je conclus qu'il ne faut pas demander au
monde de nous amuser; ce n'est pas son métier,
et il a raison de prétendre qu'on le prenne au sérieux. Pour l'aimer, il faut regarder ses fêtes comme
des joutes à fer émoulu, il faut porter dans ces mê-
lées toutes ses passions avec soi, il faut y courir des
hasards, il faut que l'ambition, la vanité, le désir de
plaire se chargent d'intéresser la partie, il faut en
toute rencontre avoir quelque chose à perdre ou à
gagner. Je conviens que pour l'observateur désintéressé le monde est encore un spectacle fort captivant;
mais c'est à la condition que ce curieux qui ne veut
pas jouer connaisse toutes les règles du jeu, qu'il
puisse suivre toutes les parties, qu'il devine d'un
coup d'œil les enjeux engagés, que sa clairvoyance
ne soit dupe d'aucune grimace, qu'elle déchiffre les

visages à livre ouvert, démêle à travers l'indifférence
affectée les inquiétudes et les prétentions, et sache
découvrir sous les grâces du sourire les amertumes
d'un désir condamné ou le désespoir d'une vanité
aux abois. Une telle science demande au moins un
léger apprentissage, et l'état d'apprenti n'a rien qui
flatte l'amour-propre. Dans la première jeunesse, la
naïveté d'une novice est un charme de plus; à vingt-
quatre ans, elle touche au ridicule. Tant de petits
propos et de petites ruses de guerre, tant de secrets à
deviner, tant de riens qui pour les adeptes étaient
des événements, tant de demi-mots qu'un sourire
achevait, tant d'allusions détournées, de sous-en-
tendus et de sous-ententes me faisaient tourner la
tête; je déplorais mon ignorance et gémissais profondément sur mon néant. A vrai dire, je sentais
bien que mon noviciat ne serait pas long et que
j'aurais bientôt appris une langue qu'on m'avait
parlée dans mon enfance. J'avais de la facilité, du
talent naturel; mais que peut l'aptitude sans le zèle ?
S'il était dans mon caractère d'aimer quelque jour
le monde, qui sait ? peut-être de l'aimer trop, car
je suis curieuse et j'ai le goût des spectacles, le
moment n'était pas encore venu; mes pensées m'en-
traînaient ailleurs : je rêvais d'hirondelles; les va-
t-on chercher dans les salons ?

Ajoutez qu'à bonne intention Mme de Ferjeux
n'avait rien négligé pour accroître l'embarras de mes

débuts. En me quittant, elle m'avait promis de donner du cor; elle avait tenu parole et annoncé mon
existence à son de trompe; l'univers n'en pouvait
ignorer, et Dieu sait comme elle avait surfait sa découverte ! Jugez si la prétendue merveille fut dès
l'abord analysée, discutée, et passa par l'étamine !
Quelle était donc cette étonnante personne qui avait
su se faire épouser du plus beau et du plus désiré des
marquis ? Par quels attraits vainqueurs avait-elle
dompté ce cœur rebelle ? A quel mérite transcendant
avait-il sacrifié ses répugnances bien connues pour
le mariage...? « Ah ! la voilà ! C'est donc elle ! Sans
contredit, elle n'est ni difforme ni contrefaite : accor-
dons-lui de beaux yeux, de belles mains, une taille;
mais après tout.... »

Je vous épargne, monsieur l'abbé, le détail de tous
ces *mais;* la liste, je pense, en était longue. Songez
d'ailleurs que, dans le cercle de personnes que je
fréquentais d'ordinaire, mon bonheur excitait plus
d'une secrète jalousie. Par sa naissance, sa fortune,
la supériorité de son esprit, l'éclat même de ses aventures, qui l'avaient mis en vue, M. de Lestang était
un trop grand et trop brillant parti pour n'avoir pas
été le point de mire de bien des ambitions, et, parmi
les femmes influentes de qui dépendaient mes premiers succès dans le monde, il était deux ou trois
mères en quête de gendre qui avaient tout mis en
œuvre pour faire tomber ce beau coq de bruyère

dans leurs filets. Quelle bienveillance pouvais-je attendre de ces convoitises déçues ? N'étaient-elles pas intéressées à prendre ma plus juste mesure, sans me faire grâce sur rien ? Les vraies Parisiennes ont des rapidités de coup d'œil que rien n'égale ; je m'en apercevais à mes dépens, plus d'une fois je me sentis comme enveloppée tout entière dans un regard qui, dans une seconde, me parcourait des pieds à la tête et me réduisait en cendre et en fumée.

Je sais bien qu'il est toujours permis d'en appeler de ces prompts jugements, mais je n'ai jamais aimé à plaider ma propre cause ; les malveillants me resserrent en moi-même, et mon premier mouvement est de me retrancher dans une froide réserve et dans mon insouciance naturelle à l'égard de l'opinion. « Il en sera ce qui vous plaira. » Cette réponse est bientôt faite, un regard suffit. Toutefois la marquise de Lestang avait plus sujet qu'Isabelle de Loanne de se soucier des impressions de la galerie ; il pouvait lui importer que le monde la jugeât digne du choix auquel elle devait son bonheur. Chez les hommes, l'amour est toujours lié à l'orgueil de la possession, et il ne m'eût pas fâché que Max se sentît flatté dans sa vanité de propriétaire. Qu'en pensait-il ? Bien habile qui l'eût deviné, bien audacieux qui eût osé le lui demander. Au spectacle, dans les bals, partout, il portait sur son front le mystère d'un cœur impénétrable, et tenait toutes les curiosités à distance par les grâces de son ironie ou par les hauteurs presque orientales de son indifférence. Dans le tête-à-tête, je le retrouvais aimable, affectueux, gai par éclairs, le plus souvent un peu grave, mais toujours attentif à mes désirs et empressé à les satisfaire.

Un matin, Mme de Ferjeux vint me surprendre presque au saut du lit. Elle était dans une agitation si extraordinaire que je crus à un malheur. — Avait-on attenté à ses jours? Son banquier était-il en fuite?

« Ma pauvre enfant, s'écria-t-elle d'un ton tragique, le péril est en la demeure; avisez au plus tôt, ou tout est perdu. Vous avez manqué votre entrée. Dieu sait pourtant si j'avais plaint mes peines pour vous ménager un triomphe! Avec votre beauté de l'autre monde, avec vos airs de Galatée, vous pouviez faire fureur, et il ne tenait qu'à vous d'être l'une des reines de la saison; mais qu'est-ce que la beauté sans la manière de s'en servir? J'en conviens, tout ce qui a des yeux d'artiste racle la guitare en votre honneur, et vous avez un petit groupe d'admirateurs très fervents. En revanche, les puissances et les dominations sont contre vous; on vous discute, on vous accommode de toutes pièces. Bref, il s'est formé une cabale à laquelle par malheur vous vous plaisez à donner prise. De grâce, ma chère, secouez un peu votre indolence. Je vous observais l'autre soir : pas un

geste, pas un regard qui marquât l'envie de plaire....
Mais de quoi vous servent mes conseils? Je vous avais
prévenue que c'est par les vieilles femmes qu'on
réussit le plus sûrement dans le monde; il faut à
tout prix en avoir une dans sa manche; c'est une
règle infaillible, retenez-la pour votre gouverne.
Voyons, répondez-moi, n'avais-je pas recommandé
à vos empressements Mme de C...? Cette bonne
vieille duchesse a l'esprit d'intrigue, et elle a passé
sa vie dans les sapes; mais elle exige avant tout qu'on
ait l'air de croire à ses sentiments. Quelques chatteries auraient suffi pour la gagner; d'un petit air contrit, avec quelques larmes dans la voix, vous lui auriez peint vos embarras de débutante, vos mortelles
inquiétudes, le besoin pressant que vous aviez de ses
bons avis, de ses bons offices.... Je l'entends vous
répondre de son ton mielleux : Ma belle enfant, je
suis toute à vous. Et une fois sous son aile vous pouviez tout braver. C'est une clef de meute; elle s'entend
à faire valoir ses protégées et les défend comme son
bien; malheur à qui y touche? Cette bonne femme a
des épigrammes qui, comme les remords de lady
Macbeth, tuent le sommeil.

— J'en suis désolée, madame, interrompis-je;
mais la duchesse ne me plaît pas.

— Qu'elle vous plaise ou qu'elle ne vous plaise pas,
est-ce là la question? repartit-elle en bondissant sur
sa chaise. Voyez un peu le beau raisonnement! Ne

dirait-on pas qu'on est dans ce monde pour y chercher son plaisir? Voilà de ces enfantillages qui me
feraient douter de votre bon sens. Sachez, ma chère,
qu'il n'y a que les sots qui voient le bonheur dans
l'absence des peines. »

Il me fallut subir une rude mercuriale dont Max,
qui survint, entendit les derniers mots. Il dit à la baronne d'un ton narquois :

« Je vous prie, madame, ne grondez pas Isabelle.
Est-ce sa faute si elle ne saisit pas comme vous la vie
par ses côtés héroïques?

— A mon tour, je vous prierai de ne pas gronder
Mme de Ferjeux, lui dis-je en riant. On excuse le dépit d'un auteur dramatique qui vient de faire un
four.

— Moquez-vous l'un et l'autre tant qu'il vous plaira,
répondit-elle. J'aime votre femme, mon beau monsieur; je veux son bonheur, et je sais que si elle ne
plaisait qu'à vous seul, elle ne vous plairait pas longtemps. »

Pour me débarrasser de ses conseils et de ses
remontrances, je passai humblement condamnation, et je lui promis de faire tout ce qui lui plairait, et que ce jour même j'irais voir la duchesse
de C....

Dès qu'elle fut partie :

« Eh bien! qu'en pensez-vous? demandai-je à Max.
A-t-elle tort? a-t-elle raison?

— Tout dépend du point de vue, et j'estime que, selon les cas, tous les points de vue sont bons.

— Voilà une réponse qui ne vous compromettra pas. »

Quinze jours plus tard nous étions à un bal d'ambassade. Je ne sais si la duchesse de C... avait abaissé sur moi des regards propices; mais depuis quelque temps j'étais plus entourée, plus fêtée, et je voyais grossir le petit nombre de mes admirateurs. Ce soir-là, vers minuit, je quittai pendant un quadrille la galerie où l'on dansait, et je me réfugiai dans un petit salon. J'y fus suivie par un artiste célèbre qui, de prime abord, avait pris rang parmi mes plus chauds partisans. L'entretien s'engagea; peu à peu quelques personnes s'y joignirent; un petit cercle se forma autour de nous. J'étais gaie, animée; on paraissait me trouver de l'esprit, je crois vraiment que j'en avais; le bruit lointain d'une musique douce excitait mon imagination et la berçait d'idées riantes et flatteuses; sur tous les visages qui m'environnaient, je lisais une vive curiosité mêlée d'admiration; j'eus un petit triomphe dont je savourais la douceur, quand soudain, à quelques pas derrière moi, une femme qui traversait la chambre pour sortir prononça d'une voix aigre ces mots dont je ne perdis pas une syllabe :

« Le beau marquis a l'humeur sombre; il est occupé à faire des comparaisons. »

Quel était ce marquis? A qui en voulait cette voix aigre? J'eus assez d'empire sur moi-même pour ne pas me retourner, pour continuer à causer et à sourire. Le quadrille fini, je rentrai dans la galerie, et après quelques pas je découvris Max appuyé contre un pilastre. Il avait effectivement l'air sombre et les sourcils contractés; il était absent du bal; à quoi pensait-il? Dès qu'il m'aperçut, il changea de visage et vint au-devant de moi en souriant.

« Je suis fatiguée, lui dis-je, partons. »

En voiture, il s'aperçut que j'avais des frissons. J'alléguai le froid qui m'avait saisie et le laissant m'envelopper dans mes fourrures. Après un silence:

« Vous êtes-vous amusé ce soir? lui demandai-je.

— Moins que vous, je pense. Il m'a paru que vous étiez fort recherchée. Mme de Ferjeux sera contente de vous; pour la première fois vous avez été brillante.

— Vous êtes bien bon; mais vous me regardiez donc?

— Vous n'en douteriez pas si vous aviez eu le loisir de vous occuper un peu de moi; le tourbillon vous emporte, et je commence à craindre que Mme de Fergeux ne vous ait trop bien catéchisée.

— N'en croyez rien, lui répondis-je. Il est possible que l'hiver prochain le monde me plaise, mais pour le moment je n'ai que faire de lui. Oserai-je vous dire à quoi je rêve nuit et jour? Au château de Lestang. Je ne sais qu'y faire, mais je meurs d'envie de le voir. »

Il fit un geste de surprise.

« En février, dit-il, y pensez-vous? Et le mistral! »

Il y avait tant de douceur dans son accent, qu'entourant son cou de mes deux bras :

« Que m'importe le mistral! lui dis-je, là-bas tu m'appartiendras tout entier. »

Il me regarda un instant en silence, se décida à sourire et me dit :

« Je ferai ce qu'il vous plaira. »

Je renonce à vous peindre l'étonnement profond et la violente indignation qui s'emparèrent de la baronne quand elle eut vent de nos projets. Elle refusa d'abord d'y croire. Avait-on jamais ouï pareille extravagance? Quitter Paris au cœur de l'hiver pour aller s'enterrer en province! Ce n'était pas une retraite, c'était une fuite, une déroute. Qu'en dirait-on? J'allais me perdre sans retour.... Lorsqu'elle eut reconnu que ma résolution était prise, elle s'emporta tout de bon; pour la première fois je la vis vraiment en colère. Elle me déclara sur son ton de fausset que ma folle équipée aurait les suites les plus funestes, que Max ne tarderait pas à deviner mes secrets motifs, qu'il ne verrait plus en moi qu'une petite fille sauvage à qui le monde fait peur, qu'il n'en avait pas pour trois mois à m'aimer, que c'en était fait de mon bonheur, que pour sa part elle me retirait à jamais son affection, et qu'elle serait contente, très-contente de me savoir la plus malheureuse des femmes.

Là-dessus, quand elle eut bien exhalé sa bile, elle me tourna le dos sans vouloir me donner la main, et partit comme un coup de vent. On eût dit Mme Pernelle sortant de chez Orgon.

II

Tout est si incertain dans la vie qu'on n'est jamais
sûr d'avoir raison. A peine fus-je montée dans le
wagon qui allait nous emporter vers le Midi qu'il me
vint des doutes, des inquiétudes. Nous partîmes; la
nuit fut humide et froide, je ne pus dormir; j'avais
beau faire, les sinistres prédictions de Mme. de Ferjeux me trottaient dans l'esprit. Je croyais voir ses
grands gestes, ses yeux étincelants de colère; j'entendais sa voix glapissante.... « Une fuite, une déroute! » avait-elle dit. Oui, ce brusque départ était
une fuite, je fuyais les comparaisons. Quoi! sur un
mot?... Heureusement Max ne se doutait de rien;
mais n'était-il pas homme à tout deviner? Une voix
intérieure m'avertissait que la peur est une mauvaise
conseillère, et qu'en toute rencontre le meilleur parti
à prendre est celui qui coûte le plus.

Il fallut nous arrêter à Lyon. Max comptait y trouver des lettres de son intendant, qui devait le prévenir que tout était prêt pour nous recevoir; elles se
firent attendre deux jours. Enfin, le 8 février de bon
matin, nous nous remîmes en route; partout régnait
un brouillard épais et glacé. Malgré les assurances
de Max, je ne croyais plus au soleil du midi, mon imagination découragée se représentait Lestang comme
un autre Louveau; elle l'entourait des brumes, des
sapinières et des mélancolies du Jura. Je voyais un
château sombre, froid; cernés par la neige ou la
pluie, nous passions nos longues journées au coin
d'une grande cheminée qui fumait; nulle distraction,
pas un sourire de la nature. Que serait-ce si quelque
jour, à un geste, à un regard, j'allais découvrir que
Max regrettait Paris, et que je visse s'amasser sur son
front un nuage d'ennui? Cette idée me faisait frémir;
je déplorais mon imprudence, et une phrase de roman me revenait à l'esprit : « Toutes les années de la
vie dépendent d'un jour. »

A quoi tiennent souvent nos espérances et nos
craintes! Insensiblement le temps s'éclaircit; à
Vienne plus de brouillard. Sur le revers d'un fossé,
j'aperçus de grandes touffes d'ajoncs marins qui éta-
laient leurs fleurs jaunes. Je n'eus que le temps de
les saluer; mais il me sembla que du fond de ces
belles corolles le printemps me regardait, et je crus
entendre chanter l'hirondelle. « Te voilà donc! pen-

sai-je. Ne me quitte plus ! » Max lisait, sommeillait, ou de temps en temps me regardait d'un air railleur. Je détournais la tête et reportais les yeux sur les eaux grises du Rhône qui coulait à notre droite, sur les peupliers et les oseraies de ses rives, sur ses îles sablonneuses, sur ses villes fièrement campées ou coquettement assises au débouché de chaque étroite vallée qui apporte au grand courant un affluent de plus, torrents obscurs que leurs vieilles tours et leurs vieilles églises voient accourir du fond des montagnes pour chercher, en se mêlant au fleuve, de plus grandes destinées ; fier de ses conquêtes, le fleuve les accueille avec majesté et les emporte en triomphe à la mer. D'instant en instant, les contours des objets devenaient plus distincts ; les montagnes de l'Ardèche avec leurs rochers, leurs vignes dépouillées et leurs forêts de chênes, promenaient devant mes yeux des paysages blonds d'une douceur charmante. Les rochers attendaient avec confiance le soleil, comme on compte sur une vieille amitié d'enfance. Enfin il parut ; son premier regard éclaira un bouquet de pins et un berger qui s'en allait le long d'un chemin creux, poussant ses moutons devant lui. Au delà de Valence, le ciel se découvrit entièrement, et comme par un coup de baguette les nuages se replièrent de toutes parts sur la ligne de l'horizon. Tout m'annonçait que nous avions changé de zone et de climat. L'air avait cette douceur caressante que dans le Jura juin seul peut lui donner; la campagne semblait se réjouir dans la clarté. Mes yeux et mon cœur se baignèrent dans cette lumière limpide; il se fit en moi un rassérénement subit, et je recommençai à m'applaudir de ce voyage, dont je m'étais repentie pendant deux jours.

« Le monde, me disais-je, s'était mis trop tôt entre lui et moi. Max ne me connaît pas encore, il ne sait pas tout ce que je peux pour son bonheur. Je veux qu'il apprenne à sentir le prix de l'amour véritable dont il n'a connu que l'ombre, de cet amour qui seul est complet, parce que seul il met tout en commun, les destinées comme les sentiments, qui seul aussi sait allier la dignité à la passion, et qui est d'autant plus avide de dévouement qu'il est plus jaloux de ses droits. Dans la retraite et le silence, nous nous rendrons nécessaires l'un à l'autre, la vie intime nous dira tous ses secrets, nous amasserons heure par heure un trésor de souvenirs qui ne seront qu'à nous, et nos deux âmes se lieront d'une si étroite habitude que rien ne les pourra désunir.

Nous quittâmes à Donzère le chemin de fer et le Rhône. Pendant que nous déjeunions, je vis arriver devant l'auberge deux chevaux bais qu'un domestique nous amenait de Lestang. Je ne fus pas longtemps à ma toilette, et m'élançai au galop sur la grande route blanche qui déroulait devant moi son ruban. Cette route, qui remonte la rive droite de la

Berre, court au pied de roches buissonneuses dont
elle accompagne les contours. Ivre d'air, de soleil et
de je ne sais quelle gaieté sauvage que je n'avais jamais ressentie, je faisais caracoler mon cheval, je le
forçais de franchir les échaliers et les fossés. Plus
d'une fois Max s'effraya de mes témérités.—« Sur mon
honneur, me cria-t-il, vous êtes une incomparable
écuyère ! » — Incomparable ! c'était bien le mot que
j'espérais.

En passant au galop le long du monticule qui domine Valaurie, je vis courir à ma gauche comme un
nuage de gaze argentée : c'était un verger d'oliviers,
les premiers que j'eusse vus. Ce fut une date dans ma
vie, et dès cet instant je pris en affection cet arbre
dont le feuillage aux teintes changeantes reflète fidèlement l'humeur du ciel : par un temps couvert,
l'ombre qu'il répand est pesante, couleur de plomb
ou d'ardoise ; mais que le soleil paraisse, il revêt soudain une légèreté aérienne et semble s'imprégner,
selon les heures, d'une poussière d'or ou d'argent. Ce
jour-là, les oliviers de Valaurie étaient gais comme
moi, et je les vis répondre à mon sourire.

Au delà de Valaurie, le pays devient plus aride ; à
droite, sur le bord de la rivière, on aperçoit des
plantations de ces grands roseaux dont on fabrique
les claies pour les vers à soie, à gauche des friches
couvertes de bruyères que dominent d'étranges collines formées de marnes blanches et rayées de bandes

vertes et rouges du plus vif éclat, étincelante corniche qui se détachait sur le ciel bleu. Après avoir franchi la Berre, nous gravîmes une côte; enfin Grignan se montra avec la singulière beauté de son rocher circulaire et taillé au ciseau, dont la vaste plateforme est occupée par le magnifique débris du château seigneurial, et dont les flancs abrupts sont embrassés de tous côtés par la ville, qui les ceint comme d'une écharpe de rues grimpantes et de toits en désordre; mais Grignan ne nous arrêta pas : tournant bride vers le nord, nous nous hâtâmes de repasser la Berre pour nous engager dans les collines marneuses. Un chemin montant, encaissé, raboteux, nous conduisit à Bayonne, silencieux village dont les maisons blanches semblaient dormir au soleil comme des lézards, et, après avoir cheminé entre des champs d'un brun rougeâtre et un coteau boisé, je vis se dresser devant moi, sur la crête méridionale des collines, une butte arrondie couronnée de vieux murs d'enceinte et ombragée d'yeuses qui mariaient leur velours émeraude à la verdure luisante du buis et au sombre vert des genêts. Par endroits, le sol, pétri de chaux, paraissait à nu, et ces grandes écorchures formaient au milieu des buissons des plaques du plus pur argent. — « Voilà Lestang! » me dit Max.

Nous arrivons. Comme nous passions près d'un abreuvoir, dont l'eau claire repose sur un lit de mousses aquatiques, d'une petite tour que masquaient

les arbres se fit entendre un bruit argentin de cloch
dont le gai carillon annonçait ma venue à ces beaux
lieux. L'émotion me gagna ; je me laissai glisser de
mon cheval, et, m'appuyant contre un arbre, demeurai quelques instants immobile. Quel tableau s'offrait
à mes regards !

Au premier plan, entre deux promontoires de collines boisées, de grands champs en pente douce plantés de beaux amandiers, les uns fleuris, les autres
tendant de toutes parts vers moi leurs bouquets de
boutons roses impatients de s'ouvrir ; plus bas, un
bois de chênes-verts que des massifs de chênes-blancs,
couverts encore de toutes leurs feuilles sèches, mar-
quaient de larges taches d'un rouge cuivré ; plus loin
la Berre verdâtre, au lit sinueux, dont les falaises ra-
vinées ressemblaient à une grande fraise plissée ; au
delà de la Berre, le vaste plateau de Grignan, terminé
à l'ouest par le Rhône dont une vapeur argentée faisait deviner le cours à l'horizon, et commandé au levant par les monts de la Lance, avec leurs chênaies
rougeâtres, leurs croupes tachetées de neige et leurs
enfoncements où s'amassaient des ombres d'un bleu
suave et profond. Sur ce plateau, que rayent de longues rangées de cyprès, se dressent sur la même
ligne le rocher de Grignan, et à droite le monticule
que surmonte la tour carrée de Chamaret, antique
tour de signaux que virent bâtir des temps de trouble,
sentinelle perdue qu'on a oublié de relever, et qui

continue d'observer la plaine en comptant les heures
et les siècles. Sur un plan plus reculé coule le Lez
entre ses berges escarpées et ses peupliers; une ligne
allongée de collines l'accompagne dans sa fuite, et
plus loin ondulent d'autres collines encore, auxquelles succèdent les monts mamelonnés de Valréas;
toutes ces hauteurs courent en demi-cercle du levant
au couchant, et s'étagent comme les gradins d'un
prodigieux amphithéâtre. Enfin, dominant tout de sa
tête altière, le Ventour, à la cime chenue et neigeuse,
le Ventour, pareil, selon le mot du poëte de la Provence, à un grand et vieux pâtre assis parmi les hê-
tres et les pins sauvages, contemple à ses pieds son
troupeau de montagnes. Derrière tous ces sommets,
au-dessus de la mer invisible, flottaient de gros
nuages blancs et roux semblables à des outres gonflées
de lumière, tandis qu'au sud-est, dans l'échancrure
où se dessinaient les coteaux du Rhône, je voyais la
tour de Chamaret se profiler en noir sur un ciel de
nacre nuancé de rose et d'orange.

La magnificence de ce spectacle, le contraste de
cette campagne découverte et riante avec les sites
austères qu'avaient contemplés mes yeux pendant
tant d'années, la douceur du ciel et de l'air, la beauté
des teintes, la grandeur des lignes et la grâce des détails, ces lointains, ces espaces, cette immensité que
mon cœur s'efforçait d'embrasser et de posséder, le
bruit interrompu des clochettes d'un troupeau qui

broutait dans la chênaie, les fleurs naissantes des
amandiers, premier sourire du printemps, des pervenches entr'ouvertes qui me regardaient, un subtil
parfum de lavande, le frémissement des cloches qui
me souhaitaient la bienvenue et m'appelaient doucement par mon nom; toute cette scène m'émut jusqu'aux larmes, et je dus m'appuyer sur le bras de
Max pour traverser la cour et atteindre ce seuil après
lequel j'avais soupiré.

Digne de la vue qu'il commande, le château est une
villa de la Renaissance couronnée d'un attique; la
façade, percée de fenêtres cintrées que surmontent
des mascarons et des guirlandes sculptés, est précédée d'un perron à double rampe, à demi masqué par
un massif de cyprès et de lauriers. Max me fit faire
le tour des appartements et finit par me conduire
dans la galerie où m'attendait la Némésis, installée
sur son socle de porphyre. Cette galerie vitrée, qui
parcourt toute la largeur du château, a vue au midi
sur la plaine, au nord sur les hauteurs d'un aspect
plus sévère, dont Lestang occupe un poste avancé, et
que recouvrent dans toute leur étendue d'épais taillis
de chênes.

« Je prévois, me dit Max, que cette galerie vous
sera chère. Que vous soyez triste ou gaie, vous trouverez toujours ici des paysages selon votre cœur. »

Je m'assis près de la statue; j'étais heureuse de la
revoir. La déesse ne semblait point dépaysée; rien

de ce qu'elle voyait ne pouvait l'étonner, les dieux
sont partout chez eux. — « On m'a confiée à ta garde,
lui dis-je; accorde-moi souvent des journées semblables à celle-ci. »

Que vous raconterais-je des premiers jours qui suivirent mon arrivée? On a dit que les bons règnes
sont les pages blanches de l'histoire. A ce compte,
l'amour heureux serait comme les bons princes; il
tient les événements à distance, il lui plaît que le
temps soit vide, il a en lui-même de quoi le remplir;
tout ce qu'il demande à la vie, c'est de fournir des
circonstances à son bonheur, et ce bonheur se réduit
le plus souvent à la joie de se sentir et de respirer.

Le temps fut beau ; par moments le ciel se brouillait, mais notre soleil de Provence, ce grand mangeur
de nuages, dévorait en un instant toutes ces brumes,
ou, s'il pleuvait pendant quelques heures, je ne tar-
dais pas à voir l'horizon s'éclaircir et une bande de
lumière glisser au loin sur le penchant d'une colline
dont elle détachait les contours. Nous étions souvent
en course. Max me fit visiter en détail tout son domaine, qui est considérable. Dans ce pays, les fermes,
qu'on appelle des *granges*, sont d'ordinaire bien si-
tuées, toutes bâties en pierre, couvertes en briques,
et quelques-unes, avec leurs tourelles et leurs portes
voûtées, ont une assez grande tournure; pas une
chaumine, pas une cabane de bois; les carrières abon-
dent, et les matériaux sont à pied d'œuvre. Tout dans

nos excursions me plaisait ; je ne savais que préférer,
les taillis et les landes qui entouraient Lestang et nos
belles collines blanchâtres ombragées de chênes-
kermès, de genévriers grisâtres, d'yeuses, et qui sont
si bien tapissées de lavande, de thym, de mélisse,
qu'on n'y peut faire un pas sans parfumer l'air autour de soi, — ou au delà de la Berre le grand plateau onduleux et accidenté avec ses mûriers, ses
vignes basses sans échalas, ses champs de garance
relevés en billons, ses buttes de molasse noire ou
jaunâtre toute fendillée et crevassée que décorent à
l'envi le buis, le narcisse, la violette et la fraîcheur
des mousses, ses bouquets de chênes au sombre côu-
vert sous lesquels on voit s'enfuir un chemin poudreux qui semble chercher aventure, ses ruisseaux
au large lit caillouteux dont l'eau paresseuse se traîne
en murmurant parmi les oseraies, ses granges épar-
ses encadrées de figuiers et de lauriers, ses villages
en pierre aux toits plats qui se donnent des airs de
ville, tous perchés sur des rochers ou des terrasses,
tous ceints de murailles délabrées, surmontés d'une
vieille tour, et où tout retrace le souvenir d'anciennes
franchises, d'antiques fiertés bourgeoises qui savaient
se garder et se défendre.

Mais ce qui me plaisait plus que tout le reste, c'est
la beauté de la lumière, qui est l'âme d'un paysage
et donne à tout la vie et le charme. Pour mes yeux
accoutumés aux grisailles du Jura, à ses fonds tour à

tour trop voilés ou trop crus, cette limpide lumière
du midi était une révélation pleine d'enchantements.
Unissant la douceur à la force, elle accentue les formes , et du même coup les pénètre d'une grâce
aérienne; elle se dégrade par des passages insensibles,
s'enrichit de mille reflets, module à l'infini sans sortir du ton et fond tous les contrastes dans une divine
harmonie où chaque objet, chaque couleur fait sa
partie de concert. En même temps cette magicienne
multiplie les plans, les détache, les découpe, les
nuance, met le regard en possession de l'immensité.
Par ses prestiges, un charme indéfinissable s'attache
à un rocher nu, à un maigre buisson des premiers
plans dont elle accuse le relief et dont l'ombre portée
ajoute une nuance de plus à la teinte générale ; par
elle aussi, les lointains se détaillent, s'animent, et les
contours des montagnes, comme les nuages, au lieu
de s'appliquer sur l'horizon, en ressortent et laissent
entre le ciel et eux de l'air, du vide et comme une
profondeur où le rêve peut déployer ses ailes. Il est
facile d'agir par le vague sur notre imagination ; mais
trouver dans l'harmonie le secret de l'infini et nous
faire rêver en nous montrant tout, c'est l'effort suprême de l'art et le triomphe des grands poëtes du
midi. Leur premier maître fut leur soleil.

Quelquefois Max me raillait doucement sur mon
enthousiasme.

« Ne vous croyez pas en Grèce, me dit-il un jour.

Nos ruisseaux ne coulent point entre deux haies de
lauriers-roses ; nos orangers sont des mûriers, et le
buis nous tient lieu de myrte. Par un temps calme,
nos jours d'hiver ont une douceur printanière ; mais
craignez le mistral, vous savez ce qu'en pensait
Mme de Sévigné. Quand de petits nuages blancs flot-
tant sur les monts de la Lance vous annonceront l'approche de l'ennemi, croyez-moi, enveloppez-vous
dans vos fourrures. Voyez plutôt nos maigres oliviers;
ils ne se hasardent à croître que dans des lieux abrités ; timides et souffreteux, ils se tapissent derrière
des buttes ; remarquez aussi comme tous les arbres
de ce pays s'infléchissent vers le midi, preuve sans
réplique des insultes qu'ils essuient du mistral ; on
dirait des écoliers dont le gouverneur a la main
prompte, et qui, en l'entendant venir se cachent le
visage dans leurs mains. Après cela je conviens que
ce plateau est superbe, d'un admirable modelé, que
ces hauteurs en gradins produisent un grand effet, et
que Mme de Sévigné avait raison de vanter ce qu'elle
appelait *tous ces grands théâtres*. J'ajoute que nos
montagnes sont dans une juste proportion avec la
plaine. Ce n'est pas comme vos étroites vallées du
Jura et de la Suisse, où il faut se rompre le cou pour
voir l'horizon. Ici l'on respire, et la bordure n'écrase
pas le tableau. J'aime aussi nos forêts de chênes-verts,
bien que Mme de Sévigné prétende qu'il vaut mieux
reverdir que d'être toujours vert, et comme vous

j'aime surtout notre lumière. Si l'Italie et la Grèce
ont plus d'éclat, en revanche toutes nos teintes rom-
pues offrent une douceur et une délicatesse de nuan-
cès qu'on ne se lasse pas d'étudier. C'est ici que
commencent la Provence et le midi, et le charme de
tous les commencements est unique. Enfin je déclare
qu'exquis sont nos lapins sauvages, exquis nos moutons nourris de thym, de marjolaine et de lavande,
exquises aussi les truffes qu'on récolte au pied
de nos chênes.... Oui, ajouta-t-il en souriant, les
truffes et les demi-teintes, voilà les merveilles de la
Drôme.

— Défiez-vous de votre goût pour l'analyse, lui
dis-je. Il faut admirer trop pour admirer assez, et
un peu d'illusion est nécessaire au bonheur.

— Il n'est pas besoin de s'en faire, me répondit-il
galamment, pour être heureux auprès de vous. »

Ce fut ce même jour, je crois, qu'une nouvelle imprévue le força de partir pour Nîmes. Il apprit par une
lettre la mort d'un ami de sa famille, M. de R,... qui
lui laissait une terre de quelque valeur. Sa présence
sur les lieux était nécessaire. En partant, il me pria
très-sérieusement de ne pas m'envoler pendant son
absence. Sa nouvelle vie, disait-il, l'étonnait encore.

« Est-il bien sûr, me dit-il, qu'à mon retour je vous
retrouverai à votre place accoutumée, dans votre ber-
gère, près de votre fenêtre favorite? »

J'eus peine à prendre mon parti de cette absence.

Ne sachant comment tromper mon ennui, j'imaginai
de faire construire au bout du jardin un pavillon dont
Max avait lui-même dessiné le plan. Je lui avais donné
à ce sujet des conseils dont il s'était loué, conseils,
disait-il, de maîtresse-femme. Je mis aussitôt les ouvriers à l'œuvre, et plusieurs fois le jour j'allais donner un coup d'œil à leur travail. Je désirais que tout
fût achevé avant le retour de Max; j'avais à cœur de
lui donner cette preuve de mon savoir-faire. Mes
soucis d'architecte me furent une utile distraction;
mais un incident inattendu se chargea de m'en procurer d'autres.

III

Un matin, étant en humeur de courir, je sortis escortée du fidèle Baptiste, vieux valet de chambre né dans la maison et l'âme damnée de son maître qui me l'avait laissé pour me servir d'écuyer dans mes promenades. Je passai la Berre et me dirigeai du côté de Saint-Paul. Je contemplais tour à tour le Ventour encapuchonné de nuages et au couchant une cime lointaine de l'Ardèche qui découpait sur l'horizon ses rochers glacés d'un lilas pâle et fin. Après bien des détours, au delà de Montségur, je trouvai un site qui me ravit par ce mélange de douceur et de sauvagerie que le midi offre seul.

Au-dessus du chemin qu'encaissent de petits murs moussus en pierres sèches garnis de cades et de genêts, s'élève une colline aride, âpre, effritée, toute recouverte de cailloux et de blocs en désordre. Parmi

ces rocailles croissent de jeunes oliviers dont la chevelure grisâtre se détache sur le vert foncé d'un bouquet de chênes de haute futaie. Le bois dévale jusqu'au-dessous de la route qui s'enfonce sous des
arceaux de verdure dont les ombres profondes
étaient tachetées d'une lumière mate. Au travers d'une
percée j'apercevais des bruyères, une cannaie aux
quenouilles frissonnantes et un toit rustique d'où s'é-
chappait un mince filet de fumée. Sur la lisière du
bois paissait un troupeau de moutons noirs et blancs;
à leurs bêlements répondaient les cris d'une troupe
de pies perchées sur la cime des arbres. Un vieux pâtre barbu qui portait en bandoulière une poche de
serge verte, était occupé à la recherche des truffes et
poussait devant lui sa laie en la harcelant de sa gaule.
Je descendis de cheval, et j'arrivai à l'instant où l'a-
nimal commençait de fouiller le sol avec son groin.
Le pâtre le suivait de l'œil dans son travail; dès que
la truffe fut à découvert, il écarta la pauvre bête en
lui assenant un coup sec sur le nez et lui jeta quelques glands qu'elle dévora, faible salaire de ses peines, maigre consolation pour ses appétits déçus. Ce
pâtre avait l'humeur enjouée et causante, et nous liâ-
mes conversation. Le caractère de nos paysans de
Grignan, comme leur pays, tient à la fois du Dauphiné et de la Provence; ils ont la plupart une dignité
douce et fière qui se met à l'aise avec tout le monde
et que relève une pointe de vivacité méridionale. En

apprenant qui j'étais, le cœur du vieux berger s'épanouit; il connaissait les êtres de Lestang, où il avait été jadis en service; dans son français mêlé de patois, il me parla de Max, me conta quelques anecdotes de son enfance; j'aurais passé des heures à l'écouter.

« Oh! le beau garçon que c'était! me dit-il, mais vif, ardent; quand la colère le tenait, on eût dit une rafale de bise. Je vous parle d'autrefois; ne craignez rien, belle dame; si bien marié, il ne se fâchera plus. »

Et là-dessus il me récita ce couplet d'une romance célèbre:

> Emai fugue duro
> L'oulivo, lou vènt
> Que boufo is Avènt
> Pamens l'amaduro
> Au poun que counvèn.

Si dure que soit l'olive, le vent qui souffle à l'Avent ne laisse pas de la mûrir au point qui convient. »

J'allais lui répondre que j'étais fort rassurée, que l'olive avait mûri; mais une figure extraordinaire qui parut entre les chênes, au bout du sentier, détourna mon attention. Imaginez un long corps sec et décharné, tout d'une venue, dont la maigre échine porte un long cou surmonté d'une petite tête pointue. A sa figure, à sa démarche, on eût pris ce personnage pour un hidalgo castillan, pour une façon de don Quichotte rongé de mélancolie et en quête d'aventures; ce n'était qu'un honnête gentilhomme campa-

gnard des environs, lequel ne rêvait point de moulins
à vent. Il s'avançait gravement, suivi de deux domes-
tiques vêtus de gris et précédé d'un caniche noir qui,
l'oreille basse, paraissait prendre sa part des soins de
son maître.

« Voilà M. de Malombré, me dit le berger, avec
ses deux grisons et son vilain chien truffier que la
fièvre étouffe ! Tant le chien que le maître, on a dîné
quand on les voit. »

Et à ces mots, il s'en fut rappeler un de ses moutons
qui s'écartait. M. de Malombré vint droit à moi, me
fit un profond salut et m'adressa un petit compliment
fort ampoulé où il me comparait à la belle Herminie
retirée parmi les bergers, car il se pique de littérature. Au bout de chaque phrase, il souriait et soupirait, et son sourire était plus lugubre encore que ses
soupirs. Quand il eut fini, il redressa sa petite
tête au haut de son long corps et me considéra
avec attention ; il semblait délibérer, se consulter.

« Madame la marquise, reprit-il enfin, béni soit le
hasard qui m'a fait vous rencontrer ! Oserai-je vous
demander la faveur d'un instant d'entretien ? J'ai des
choses de la dernière importance à vous dire. »

Je pensai qu'il avait quelque vigne à vendre.

« Je n'entends rien aux affaires, monsieur, lui répondis-je. M. de Lestang est absent ; dès qu'il sera de
retour je l'avertirai de votre désir. »

Le ton froid dont je lui répondis le troubla ; il poussa quatre soupirs coup sur coup.

« Vous ne m'avez pas compris, madame. J'ai à vous révéler certaines choses.... C'est à vous seule que je dois les dire.... Sans doute il vous paraît singulier.... Hélas! on ne peut toujours choisir ses moments. Croyez-moi, il est nécessaire.... Il y va, madame, oui, madame, il y va de votre bonheur. »

Je ne savais à qui il en avait. Heureusement un incident tragi-comique fit diversion à son embarras et au mien. Le caniche, alléché par quelque secrète émanation de son gibier favori, s'était mis à fouiller au pied d'un chêne. Soit que sa figure lui déplût, soit jalousie de métier, la laie grogna, lui chercha noise. Peu endurant, le chien se fâcha ; d'un bond il se suspendit à l'une des oreilles du pesant animal, qui poussa des cris lamentables, et qui en se débattant réussit à saisir entre ses dents la queue touffue de son ennemi. Le berger accourut, et administrant aux deux combattants, sans acception de personne, de vigoureux coups de gaule, il parvint à les séparer. Puis, un peu fâché :

« Monsieur, libre à votre chien, dit-il au gentilhomme, de déterrer, s'il lui plaît, toutes les truffes de nos bois ; mais apprenez-lui à respecter les oreilles de nos cochons. Bien mal acquis ne profite guère. »

Cette remontrance piqua au vif M. Malombré, dont

le visage se colora légèrement ; mais il savait commander à ses passions.

« Brave homme, se contenta-t-il de répondre, si vous considérez froidement le cas, vous reconnaîtrez que les torts étaient au moins partagés. Sans doute mon chien Amadis a l'humeur trop prompte, mais en revanche votre laie a eu le tort de jalouser bassement ses incomparables talents.... Mon Dieu! continua-t-il en me regardant, il y a place au soleil pour le bonheur de chacun ; pourquoi faut-il que personne ne se contente de ce qu'il a, tant le bien d'autrui, tant le fruit défendu a d'appas? Le monde ira mieux, madame la marquise, quand la chèvre broutera où elle est attachée. »

A ces mots, il soupira profondément, me salua et s'éloigna en adressant à son chien des consolations marquées au coin de la plus sage philosophie. Je pris congé du berger et remontai à cheval. Quel homme était-ce que M. de Malombré? Qu'avait-il donc à me dire?.... « Il y va de votre bonheur.... » Avait-il toute sa tête? battait-il la campagne? Ce qui est bien certain, c'est que la mélancolie flegmatique du personnage avait fait impression sur moi. Il me semblait qu'une apparition sinistre venait de traverser ma vie, et je me surpris à presser la marche de mon cheval, comme si j'avais voulu fuir un danger. Fuir, toujours fuir! Je crus entendre la voix de Mme de Ferjeux qui criait: « Une fuite! une déroute! » Je mis mon cheval au pas, et quand Baptiste se fut rapproché :

« Qui est M. de Malombré ? lui dis-je.

— Un franc original, madame, qu'on a surnommé dans le pays la *grande chauve-souris.*

— Mais encore ?

— Un riche propriétaire de vignobles et de mûriers, ce qui ne l'empêche pas de donner la chasse aux truffes dans les bois communaux.

— Je m'explique son sobriquet : il a l'air lugubre.

— Sans compter que, passé la saison des truffes, il ne sort guère de chez lui qu'au crépuscule. Le reste du temps, il observe le pays du haut de sa tour, l'œil collé à une longue lunette qu'il braque sur les maisons et sur les passants.... Eh! vraiment, ajouta-t-il, madame peut apercevoir d'ici son château, là-bas, à une portée de fusil de Chamaret.

— Il y a bien trois kilomètres de ce château à Lestang, repris-je naïvement après un silence.

— Oui, madame, à vol d'oiseau; mais M. de Malombré a des enclaves chez ses voisins, et l'un de ses champs s'étend jusqu'aux berges de la Berre, en face de nos bois; c'est la rivière qui fait la séparation entre les deux domaines. »

« La bonne idée qu'elle a eue là ! » me dis-je, et je me remis à trotter. Le soir était venu. Je réussis à me distraire en contemplant au-dessus de ma tête deux nuages fauves entre lesquels scintillait une étoile, la

première qui eût apparu. Les nuages semblaient à
tout instant sur le point de se rejoindre et de l'engloutir; mais l'étoile scintillait toujours.

J'espérais trouver en arrivant quelques lignes de
Max; mon attente fut trompée. Je dînai tristement;
en sortant de table, je pris la plume et commençai
une lettre à mon père.

« Comment se porte Louveau? Vos cheminées
fument-elles? Je voudrais qu'un peu de cette fumée
arrivât jusqu'ici, dût-elle me faire pleurer; elle me
parlerait de vous et me tiendrait compagnie. Max est
absent; je suis toute seule, mon salon me semble
deux fois trop grand. Quand viendrez-vous? Vous
dérangeriez, dites-vous, notre lune de miel. Un père
tel que vous n'a jamais rien dérangé. Némésis vous
réclame; notre dévotion ne lui suffit point : dans le
bonheur, on néglige les dieux. Du reste, elle ne regrette que vous et non les brumes du Jura. Notre
ciel est doux, et nos paysages vous offriront cette
beauté que vous regardez comme le charme suprême
de la poésie grecque, la netteté des lointains, la trans-
parence des horizons. J'ai fait tantôt une belle promenade; ce qui me l'a gâtée, c'est la rencontre que
je fis d'un original.... »

Je posai la plume. « Ah! c'est trop fort! pensai-je.
Mon père a bien affaire de M. de Malombré et de son
chien truffier! »

Je me mis au piano, mais je le quittai bientôt. Je

m'assis au coin du feu; je contemplai fixement les
tisons. Il est des moments où le sentiment de la fra-
gilité du bonheur est si vif qu'on souhaiterait presque
d'être malheureux. Dans ce monde où tout change,
il est aisé d'acquérir; mais conserver est presque un
miracle. Je me comparais à un enfant qui a pris un
oiseau et qui sent dans sa main le battement et l'effort de ses ailes. Que les doigts de l'enfant se des-
serrent, et l'oiseau s'envolera, — et malgré lui l'émotion lui fait ouvrir la main.

Un domestique entra et me remit un billet encadré
d'or et d'azur qu'un petit paysan venait d'apporter.
Il était ainsi conçu :

« Madame la marquise, veuillez, je vous en conjure, avoir confiance en moi et me marquer une
heure où je pourrai vous entretenir sans témoins.

« Agréez, madame la marquise, les hommages respectueux de votre très-humble et très-obéissant ser-
viteur,

                    « HECTOR DE MALOMBRÉ. »

Je répondis sur-le-champ :

« Monsieur, vous faites appel à ma confiance : on
ne la donne point à un inconnu, et dans le cas dont
il s'agit je ne vois pas quel sens peut avoir ce mot;
mais si vous avez quelque service pressant à me demander, vous me trouverez chez moi demain matin,
je serais heureuse de pouvoir vous obliger. »

Le lendemain matin, je me promenais sur la terrasse, jetant par intervalles un regard distrait sur le pavillon dont on posait le toit, quand j'entendis un roulement de voiture et vis entrer dans la cour l'une de ces carrioles à deux places et à deux roues qui sont en usage dans le pays. Bientôt parurent devant moi M. de Malombré et son chien, dont la queue était précieusement serrée dans une compresse nouée d'une faveur rose. Le gentilhomme regardait à droite et à gauche et paraissait ne s'avancer qu'avec précaution. Il portait à sa boutonnière un bouquet de pervenches dont la fraîcheur jurait avec ses joues sèches et son teint olivâtre. Il me salua comme la veille avec une gravité cérémonieuse, et s'asseyant près de moi :

« Le pauvre Amadis a bien souffert !» me dit-il d'une voix creuse en me montrant du doigt le dolent animal, et il me fit une vive peinture de ses souffrances, le panégyrique de ses miraculeux talents, le détail de tous les soins qu'il avait donnés à son éducation. Puis, ayant épuisé ce propos, il attacha sur moi ses yeux ternes, soupira et me dit :

« Madame, si intéressant que soit Amadis, ce n'est point de lui que je veux vous entretenir; un sujet plus grave m'amène ici, et je suis sûr que vous excuserez ma démarche quand vous connaîtrez le sentiment qui me l'a dictée. Je suis pour vous un inconnu; mais une bizarrerie étrange de la fortune a voulu que le sort de cet inconnu fût lié au vôtre, et que nous eussions, vous et moi, des intérêts communs à défendre.

— Cela me paraît aussi étrange qu'à vous, interrompis-je, et je vous avoue que vous piquez ma curiosité.

— Ayez un peu de patience, madame, reprit-il en poussant un nouveau soupir, et sachez d'abord qu'à peu de distance de mon château, et tout près de la Berre, se trouve une petite maison de campagne qui resta longtemps inhabitée. M. Mirveil, à qui elle appartenait, fut pendant de longues années consul dans une des échelles du Levant. Il en revint il y a trois ans, ramenant avec lui sa jeune femme, une Levantine d'une merveilleuse beauté. Excusez-moi, madame; je sais bien que toute beauté pâlit auprès de la vôtre, mais j'ose dire qu'après vos yeux ceux de Mme Mirveil sont les plus beaux qui se puissent voir dans tout le monde.

— Passons, passons, lui dis-je, cette question m'intéresse peu.

— Vous êtes vive, madame, poursuivit-il; je ne m'en plains pas : votre vivacité pourra nous être utile; mais, pour reprendre mon récit, je vous dirai que peu de temps après son arrivée M. Mirveil mourut. Les attraits de sa jeune femme avaient fait sur moi la plus vive impression. Dès que les convenances me le permirent, je me déclarai, j'offris à Mme Mir-

veil mon château, mon cœur et ma main. Cette
femme cruelle.... Ah! madame la marquise, j'ai bien
souffert. Mon visage n'en dit-il rien? »

M. de Malombré s'étendit aussi longuement sur ses
souffrances qu'il avait fait sur celles d'Amadis; il les
décrivit dans un style fleuri de madrigal; il compo-
sait quelquefois des bouquets à Iris. Je crois qu'il
aimait Mme Mirveil, je crois qu'il aimait aussi une
vigne enclavée dans ses champs; je crois qu'il eût été
bien aise d'avoir une jolie femme qui charmât sa solitude, je crois aussi que la vigne.... (on aime à s'ar-
rondir, et rien n'est incommode comme une enclave);
je crois enfin que M. de Malombré était aussi romanesque qu'intéressé, et que ses intérêts et ses sentiments s'embrouillaient si bien dans son esprit, que
lui-même ne s'y reconnaissait pas.

« Mme Mirveil, continua-t-il, fut longtemps sourde
à mes prières, et j'essuyai d'elle des refus humiliants
qui auraient rebuté un cœur moins épris. Cependant
sa pauvreté plaidait pour moi; son mari, dont les
affaires s'étaient dérangées, lui avait laissé presque
pour tout avoir une maisonnette entourée d'une vigne
de médiocre rapport. On n'est pas belle sans aimer
la toilette; on n'est pas Levantine sans avoir tous les
goûts coûteux. Elle se radoucit, consentit à m'écouter, me donna quelques espérances; mais ma mauvaise étoile voulut que par un hasard fâcheux elle
fît la connaissance de M. de Lestang et qu'elle s'éprît

pour lui de la plus folle passion. J'ai trop de tact,
madame la marquise, pour m'appesantir sur ce point
délicat; je ne sonderai point le mystère de leurs re-
lations; il en courut des bruits qui me percèrent le
cœur. Ah! si Amadis, ce cher confident de mes peines,
pouvait parler! Ses récits, madame, vous arrache-
raient des larmes... Mais il suffit de vous dire que
Mme Mirveil se berçait du fol espoir d'être épousée.
Quand elle vit s'éloigner subitement celui qu'elle appelait le plus beau des marquis, et que peu après on
lui annonça son mariage, elle tomba dans un morne
désespoir. Pendant un mois, elle demeura enfermée
chez elle, défendant sa porte à tout venant, roulant
dans sa tête, m'a-t-elle dit plus tard, des projets de
suicide ou de vengeance. En vain je tentai de forcer
la consigne, je ne pus pénétrer jusqu'à elle.

« Je ne suis, madame, ni de mon temps ni de mon
pays; ma constance a des obstinations dignes des antiques paladins. Après une longue suite d'assauts
toujours repoussés, la place se rendit; je fus reçu, je
parlai, je me fis écouter. Mme Mirveil me promit de
combattre sa douleur, de chercher à oublier. Un jour
je crus voir son front s'éclaircir; me jetant à ses genoux, je la conjurai de prendre enfin pitié de mon
long martyre, de décider de mon sort. Elle me pria
de lui accorder quelques heures de réflexion, me remit au lendemain.

« J'arrive à l'heure convenue : la maison était vide.

O retours inattendus d'une passion qu'on croyait
morte! C'est une véritable maladie que l'amour, madame la marquise; j'en sais quelque chose. Surprise
à l'improviste par une crise de ce terrible mal,
Mme Mirveil venait de partir pour Paris : elle voulait
revoir son infidèle. Après bien des peines et des pas
perdus, elle le revit, paraît-il, dans une fête, et quand,
peu de jours après, elle revint ici, tout l'heureux effet de mon éloquence était détruit. Elle me traita
avec le dernier mépris, m'interdit de lui reparler de
mon amour, me déclara qu'elle ne se remarierait
jamais, qu'elle ne voulait plus vivre que pour la vengeance, que le châtiment du perfide qu'elle avait trop
aimé pouvait seul adoucir l'amertume de ses regrets,
que ce châtiment avait déjà commencé, qu'elle avait
lu dans les yeux de M. de Lestang un sombre ennui,
le repentir, peut-être le remords. D'autres fois elle
prétend qu'il lui a été ravi par d'indignes manéges,
et c'est sur vous, madame, qu'elle fait retomber tout
le poids de son courroux. Elle saura, dit-elle, humilier sa rivale.

« C'est une étrange personne que Mme Mirveil : tour
à tour vive ou languissante, emportée ou rêveuse,
sujette à de fréquentes bourrasques, insouciante des
convenances, incapable de gouverner sa langue et
son cœur. Vous voyez, madame, que je ne me dissi-
mule point ses défauts. Hélas! la connaissance que
j'en ai ne sert qu'à me la rendre plus chère. Cette

pauvre femme vous hait, elle a juré de se venger. Vous êtes sûre, je le crois, du cœur de M. de Lestang; cependant, au nom de notre commun intérêt, empêchez à tout prix qu'il ne la revoie, sinon... »

Quoique à plusieurs reprises j'eusse essayé d'interrompre M. de Malombré, il ne s'était point laissé déconcerter comme la veille. Son discours était préparé, il le récitait avec un flegme imperturbable, et je l'écoutai, malgré moi, jusqu'au bout. Étrange avidité de souffrir qui est en nous! Mais à ces derniers mots la révolte que me causait l'indélicatesse de sa démarche l'emporta sur tout autre sentiment : je me levai, le regardai avec hauteur, et j'allais lui exprimer toute mon indignation, quand Baptiste parut, m'apportant une lettre de Max. Dès qu'il l'aperçut, M. de Malombré quitta son siége, et, élevant la voix : « Madame, me dit-il, veuillez recommander à l'attention de M. de Lestang la petite affaire dont j'ai eu l'honneur de vous entretenir. Le vin de ma vigne de Sainte-Cécile a, je vous le répète, un fumet exquis, vin généreux, plein de séve, vrai nectar. Je peux lui en remettre une feuillette. Quant aux conditions, nous les débattrons avec cet esprit d'équité qui convient entre gentilshommes et entre voisins. »

Cela dit, il s'inclina, appela son chien, et s'éloigna de son pas grave et mesuré.

Après m'avoir remis la lettre, Baptiste était demeuré à quelques pas de moi, me regardant du coin de l'œil. Comme il ne quittait pas la place, je lui demandai ce qu'il avait à me dire:

« Oserais-je représenter à madame, répondit-il, que M. le marquis a peu de goût pour M. de Malombré, et qu'il serait fâché d'apprendre que madame l'a reçu ?

— Ne craignez rien, Baptiste, lui dis-je, et sachez que désormais, quand M. de Malombré se présentera à Lestang, je n'y serai pas.

— Madame y perdra peu, reprit-il avec un sourire. Il n'est reçu chez personne ; il a dans le pays la réputation d'être visionnaire, gobe-mouches, méchante langue, et d'aimer à faire battre les montagnes. »

J'aurais volontiers serré la main à ce brave Baptiste ; il venait en aide à cette partie de moi-même qui se refusait à croire et qui disait : « Le bonheur que donne l'amour est une chose noble et sacrée ; préservons-le avec un soin jaloux de toute profanation. Que le cèdre de la montagne tombe frappé de la foudre, cette fin est digne de lui : mais que les insectes et les parasites tarissent sa séve généreuse, que des animaux malfaisants fouissent la terre à son pied et dévorent ses racines, une telle indignité lui doit être épargnée. »

La lettre de Max était brève ; mais il m'y annonçait son prochain retour. Cette bonne nouvelle agit sur moi comme un charme bienfaisant ; elle dissipa mon inquiétude, changea le tour de mes idées. Je me promis d'oublier la visite de M. de Malombré ou de la compter au nombre de ces incidents fortuits et bur-

lesques dont on ne se souvient que pour en rire. Et
assurément l'étrangeté du personnage, sa tête qu'on
eût volontiers coiffée de l'armet de Mambrin, son
bouquet de pervenches, ses joues sèches, ses éternels
soupirs, son miraculeux Amadis avec sa compresse et
sa faveur rose, ce brûlant amour pour une chatte an-
gora compliqué d'une passion malheureuse pour une
vigne, tout cela prêtait à rire.

Deux jours plus tard, revenant d'une promenade,
je rattrapai sur la route de Chamaret un méchant
coupé traîné par un bidet efflanqué, couleur poil de
souris. Au moment où j'allais le dépasser, mon cheval fit un écart ; le bidet effrayé recula brusquement.
Un cri de terreur partit de l'intérieur du coupé, et je
vis s'avancer une jolie tête de poupée dont les yeux
en rencontrant les miens s'enflammèrent de courroux. La poupée parla :

« Quand on ne sait pas tenir un cheval, s'écria-t-elle
d'une voix aigre, on devrait éviter les chemins battus. »

Cette voix de perruche, je l'aurais reconnue entre
mille. C'était bien celle qui avait dit un soir : « Le
beau marquis fait des comparaisons!... » Et je m'étais
enfuie de Paris. Qu'étais-je venue chercher à Lestang?

Je repartis au triple galop, et tout en galopant je
me disais : « Ce n'est après tout qu'une poupée. »

IV

Max revint de Nîmes mécontent et irrité. M. de R...
avait été mal inspiré en l'instituant son héritier. Des
collatéraux, frustrés dans leurs espérances, contes-
taient la validité du testament. Dans la chaleur du
débat, des mots malsonnants avaient été prononcés ;
on avait osé parler de captation, à quoi Max avait répondu par de hautains défis qu'on n'avait eu garde
de relever ; mais ses adversaires ne s'étaient point désistés de leurs prétentions, un procès était imminent.
Généreux, désintéressé, considérant toutes les affaires
d'argent avec une indifférence de gentilhomme, Max
tenait peu à cet héritage, dont il se promettait de se
dessaisir jusqu'au dernier sou par une donation en
faveur de quelque établissement de charité ; mais en
revanche il tenait beaucoup à son droit, et tout son
sang bouillonnait à la seule idée qu'on le pût cou-

tester. Dans un entretien que nous eûmes à ce sujet, après qu'il m'eut conté les injurieuses chicanes dont on le menaçait, je l'engageai à y couper court par une renonciation qui ne devait guère lui coûter.

« A quoi bon, lui dis-je, vous exposer aux ennuis et aux aigreurs d'un procès qu'il vous importe peu de gagner? Ce serait compromettre en pure perte votre repos et votre dignité. »

Il me répliqua que j'en parlais à mon aise, que je traitais bien légèrement une question grave, qu'il n'était pas dans son caractère de refuser aucune sorte de combat, qu'en renonçant il aurait l'air de douter de la bonté de sa cause, qu'il y allait de son honneur de confondre l'injustice et la mauvaise foi. Peut-être avait-il raison; mais ses reproches me contristèrent : j'y sentis une amertume qui m'étonna : il ne m'avait jamais parlé sur ce ton.

De l'humeur dont il était, la surprise que je lui avais ménagée lui fit peu d'impression. Il tenait à la main un projet de mémoire de son avoué, et n'accorda à mon beau pavillon qu'une attention distraite, y trouva à redire, prétendit contre l'évidence que le plan dont nous étions convenus n'avait pas été suivi. Je fus piquée de ses injustes critiques; il s'en aperçut, et me demanda si je ne me plaisais plus à Grignan, si j'étais déjà revenue de mes adorations pour les demi-teintes. Je lui répondis que toutes les fois qu'il

9

aurait de l'humeur, je me sentirais incapable de rien admirer.

« En ce cas, reprit-il en riant, je crains que vous ne vous condamniez à l'admiration intermittente. J'ai le caractère inégal. Avais-je oublié de vous en prévenir ?... Heureusement, ajouta-t-il, ce n'est pas un vice rédhibitoire. »

Le même jour, nous allâmes dîner à Chamaret, chez Mme d'Estrel. C'est une vieille amie des Lestang. Malgré la différence de nos âges, dès notre première entrevue, nous nous étions prises d'amitié l'une pour l'autre. Sans être un esprit brillant, elle a une droiture et une justesse de sens qui en font une femme d'excellent conseil. On peut à la vérité lui reprocher trop d'indolence et une certaine paresse de la volonté : elle a réduit son existence au moindre mouvement possible et redoute tout ce qui pourrait agiter l'air autour d'elle ; il semble que son caractère, comme une médaille d'un métal trop mou, ait été effacé et un peu usé par la vie. Elle-même déclare qu'à ses yeux la sagesse consiste dans l'habitude de ne pas vouloir, et que de sa chaise longue elle regarde couler les heures sans leur rien demander. « J'ai longtemps cherché querelle à la vie, dit-elle encore ; mais j'ai fini par découvrir qu'elle est sourde, et j'ai juré de ne plus dire un mot. » Mais dans l'intimité son âme a des réveils charmants, et en tout temps la grâce négligée et la simplicité de ses manières lui donnent beaucoup d'attrait. Personne ne possède comme elle l'art d'écouter, le premier des arts libéraux, au dire de mon père.

En voiture, Max fut grave et taciturne, à peine pus-je tirer de lui quatre mots. Je maudissais tout bas les héritages, les collatéraux et les avoués. Nous arrivons. L'instant d'après, un domestique annonce Mme Mirveil. A ce nom, je ne pus m'empêcher de tressaillir ; Max ne sourcilla pas et continua de feuilleter négligemment un album qu'il venait d'ouvrir. Mme d'Estrel parut un peu déconcertée; elle cherchait péniblement les mots d'une réponse qu'attendait le valet de chambre, quand la porte se rouvrit, et Mme Mirveil entra, parée comme une châsse. Tout en saluant Mme d'Estrel avec un empressement agité, elle laissa tomber sur Max un regard qu'elle aurait voulu rendre insultant et qu'il soutint avec une froideur impassible. Elle s'assit, débita tout d'une haleine quelques phrases sans suite, où l'on sentait l'effort, après quoi le silence régna, un silence de glace. Je le rompis en disant :

« L'autre jour, je vous ai fait grand'peur, madame, je vous en fais toutes mes excuses ; vous avez eu raison de me reprocher que je ne savais pas tenir mon cheval.

— C'est à moi de m'excuser, répondit-elle, mes reproches étaient fort injustes ; on assure, madame, que vous avez tous les genres d'habileté.

— De l'habileté ! interrompit Mme d'Estrel de sa

voix lente et un peu traînante. De l'habileté ! Y pensez-vous? Mme de Lestang n'a que des dons et point
de mérites, tout en elle est involontaire ; c'est le secret de son charme. Aussi ne puis-je pas plus la louer
de ses talents d'amazone que de sa beauté ; elle est
ce qu'elle est, il n'y a vraiment pas de sa faute. »

Je ne sais ce que je répondis. Nouveau silence. On
annonça que le dîner était servi. Comme Mme Mirvei
semblait se disposer à partir, Mme d'Estrel par politesse, l'invita à rester, mais d'un ton qui provoquait un
refus ; contre toute attente, elle accepta. Que ce dîner
me parut long ! Tout le monde était à la gêne ; je ne
parle pas de Max, dont les regards voilés déconcer-
taient toute curiosité. Mme d'Estrel mit la conversation sur la maladie des vers à soie, qui, depuis
quelques années, exerce des ravages dans nos dépar-
tements ; elle interrogea Max : devait-elle arracher
ses mûriers et planter de la vigne? Ils approfondirent
cette question. En vain, à plusieurs reprises, Mme Mirveil tenta de détourner l'entretien : la pébrine, les
magnaneries et les nouveaux ventilateurs revenaient
toujours sur le tapis. Cette persistance l'irritait ; je ne
sais ce qu'elle avait préparé, mais on traversait ses
plans.

Je l'examinais à la dérobée ; son dépit animait son
teint et rendait sa beauté plus piquante. Sa beauté !
Est-elle belle? Mon Dieu ! elle est jolie, cela est certain : une petite tête frisottée, des yeux chinois dont

elle fait ce qu'elle veut ; mais je vous assure qu'au repos son visage ne dit rien, et que pourrait-il dire ? Cette pauvre femme....

Songez, monsieur l'abbé, que lorsqu'elle était petite, sa mère la condamnait chaque jour à se frotter pendant plusieurs heures les bras avec des concombres pour leur donner le poli, et qu'en revanche à dix ans elle savait à peine lire. Sans l'exercice des concombres, son enfance n'eût été qu'un long somme ; dans ce temps-là, disait-elle à Mme d'Estrel, il lui arrivait souvent de dormir à poings fermés quatorze heures ; le reste du jour, elle dormait à poings ouverts. Ce qui plus tard la réveilla, ce fut le désir de montrer ses bras ; elle en avait le droit, ils lui avaient coûté tant de travail ! Ajoutez un goût effréné pour la soie et le satin, un amour tout charnel pour le chiffon, amour si extravagant que dans sa pauvreté, pour avoir des valenciennes elle se condamne à vivre de coquilles de noix et que souvent elle a faim.... Mais ce qui la réveilla tout à fait, ce fut le bruit que firent les passions en pénétrant d'assaut dans son cœur. Le retentissement de ces voix dans le vide dissipa pour toujours sa torpeur : elle ne se rendormira plus, elle vit dans la fièvre, dans la tempête, dans la folie, n'ayant ni une idée qui la puisse distraire, ni une conscience qui l'avertisse. Dangereuse aux autres, funeste à elle-même....Monsieur l'abbé, je ne l'accuse pas, je la plains.

Sur la fin du dîner, Mme Mirveil imagina de se trouver mal. Je ne prétends pas qu'elle jouât la comédie ; plus d'une fois je l'avais vue changer de couleur et j'avais remarqué une expression d'angoisse sur son visage ; l'indifférence de Max la mettait au supplice. Quand on ne se résiste pas, on s'aide, et m'est avis que, notre volonté n'étant jamais neutre, elle est secrètement complice des faiblesses qu'elle ne combat pas. Mme Mirveil renversa sa tête sur le dossier de sa chaise, son sein se soulevait à coups précipités, ses lèvres entr'ouvertes semblaient prêtes à exhaler le dernier soupir, tandis que ses cheveux bouclés se répandant sur son visage y formaient un charmant désordre. Était-ce un effet de l'art, de l'habitude ? Je me sentais incapable de tant de grâce dans l'évanouissement. Elle prit pour recouvrer ses sens le moment où Max, un flacon de sels à la main, se penchait vers elle. Ses yeux se rouvrirent, elle poussa un faible cri, étendit le bras en se reculant. On eût dit Armide repoussant Renaud. Puis elle fut prise d'un accès de pleurs nerveux. C'étaient de vraies larmes qui tombaient en abondance de ses yeux, et cependant les convulsions ne déformaient point ses traits, — et je pensais à cette héroïne de Mme de Staël qui possédait l'art *de travailler le vrai*.

Mme d'Estrel parvint à l'entraîner dans une autre pièce où elles restèrent quelques instants enfermées, pendant que nous faisions, Max et moi, un tour de jardin. Je ne sais quelles questions il m'adressa ; mais il paraît que j'y répondis tout de travers.

« A qui en avez vous ? me dit-il en souriant. On pourrait croire que nous jouons au propos inter-rompu. »

Comme nous revenions sur nos pas, Mme Mirveil reparut, et, s'approchant de moi, me dit d'un ton bref et saccadé qu'elle regrettait d'avoir été un trouble-fête, que depuis quelque temps elle était souffrante, que désormais elle resterait chez elle, et ne romprait plus son vœu de retraite et de silence. Là-dessus elle partit ; Max lui offrit son bras qu'elle n'accepta point ; il ne laissa pas de la reconduire jusqu'à sa voiture. Je trouvai qu'il était longtemps à revenir ; je comptais et je recomptais les secondes ; je me souviens que je tenais entre mes doigts une lon-gue herbe, et que je la tordais et déchirais sans pitié.

Mme d'Estrel fut frappée de ma pâleur ; elle me regarda fixement.

« Ma chère Isabelle, me dit-elle, sauriez-vous par hasard...

— Oui, je sais, interrompis-je.

— Dans ce cas, poursuivit-elle en me prenant la main, ayez beaucoup d'empire sur vous-même. Vous avez une âme élevée, faites usage de votre supério-rité ; les sentiments communs vous perdraient. Assu-rément je ne crains rien pour vous, cette femme ne vous va pas à la cheville du pied ; mais, si contre

mon attente le danger se déclarait, surprenez Max
par la hauteur de votre caractère et la générosité de
votre confiance. Oui, je le connais, il est blasé sur
tout, sauf sur l'étonnement. J'ai l'air de dire une
niaiserie ; il n'importe, croyez-moi : c'est en l'étonnant que vous le dominerez, et vous avez en vous de
quoi l'étonner. »

Elle n'en put dire davantage. Max parut au bout
du jardin, et elle s'empressa de rompre l'entretien.

Nous repartîmes par le plus beau clair de lune.
Depuis qu'il avait reconduit en tête-à-tête Mme Mirveil, j'avais cru découvrir dans la physionomie et
l'accent de Max une sorte d'animation qui m'irritait.
En chemin, il fut gai, causant, revint sur le chapitre
du pavillon, s'excusa des injustes critiques qu'il en
avait faites, le déclara admirable, irréprochable, me
prodigua les compliments. Ses aimables vivacités
contrastaient avec la froide réserve où il s'était re-
tranché en venant. Que s'était-il donc passé ? Quel
intérêt nouveau était venu faire diversion à ses ennuis ? Quels souvenirs, quels rêves mettaient en branle
son imagination ? J'oubliai les conseils de Mme d'Estrel, je ne sus me défendre des *sentiments communs*.
La jalousie rend toutes les âmes égales, elle les met
toutes de niveau.

« Votre belle humeur vous est revenue ? dis-je à
Max. Cependant vous avez dû souffrir pendant ce
dîner, car vous n'aimez pas les scènes.

— Il faut distinguer, dit-il; il y a scènes et scènes.

— Vous conviendrez que celle que nous a donnée Mme Mirveil était fort ridicule.

— Vous êtes bien sévère; je vous jure que je n'ai pas eu envie de rire; la pauvre femme me faisait pitié.

— J'en suis fort aise; si jamais j'ai une attaque de nerfs, je pourrai compter sur votre indulgence.

— Ah! permettez, ce serait bien différent. Vous n'avez pas le droit d'avoir des nerfs; ce serait sortir de votre caractère, et je vous en saurais mauvais gré.

— A merveille ! votre femme est tenue d'avoir toutes les vertus romaines, et vous réservez votre indulgence...

— Pour qui donc ?

— Pour les femmes à qui vous pensez devoir des consolations. »

Il me regarda de travers.

« Oh! dit-il en riant, je ne me crois tenu de consoler personne; mais à propos il me vient une idée; si nous mettions des clochettes à votre pavillon?

— Après tout, vous avez raison, repris-je.

— Vous approuvez mes clochettes?

— J'approuve vos distinctions; il est certain que je n'aurai jamais le talent de l'évanouissement ni le secret de cette grâce enchanteresse...

— Oh! ne vous moquez point. Il est certain qu'é-

vanouie ou non, Mme de Mirveil est une fort jolie
femme. Consultez le premier venu...

— Pourquoi le premier venu plutôt que vous?

— Parce que vous semblez vous défier de mon im-
partialité.

— Impartial ou non, je vous croyais le goût plus
difficile.

— Je vois ce qui vous blesse, répliqua-t-il; vous
m'en voulez de mon goût pour les clochettes; je vous
assure que ce n'est point une passion vulgaire : les
Chinois...

— Ne parlons plus de ce malheureux pavillon, ré-
pris-je sèchement; il est manqué de tout point, nous
le ferons abattre demain.

— Mais en vérité, ma chère, s'écria-t-il, il ne tiendrait qu'à moi de m'imaginer que vous me faites une
scène de jalousie. Sans contredit, elle serait plus
ridicule cent fois que toutes les crises de nerfs de
Mme Mirveil.

— Moi, jalouse! lui dis-je; si jamais je le suis,
croyez-moi, je saurai m'arranger pour n'être pas
ridicule. »

Il fit un léger haussement d'épaules, et, regardant
la lune, fredonna une ariette d'opéra. Je sentis sur-
le-champ la gravité de ma faute, et, regrettant ma
promptitude, je cherchai un moyen de renouer l'entretien et de réparer mon insigne maladresse; mais
mon esprit troublé ne me fournissait rien : plus le

silence se prolongeait, plus il devenait difficile de le
rompre, et nous arrivâmes à Lestang avant que j'eusse
trouvé un mot.

Retirée chez moi, je repassai dans l'amertume de
mes souvenirs toutes les circonstances de cette journée. Je me reprochais d'avoir cherché de gaieté de
cœur le danger. Attaquer Mme Mirveil, c'était pousser Max à la défendre; rabaisser une femme qu'il
avait aimée, c'était piquer au jeu son amour-propre.
J'avais eu le tort plus grave d'irriter son orgueil par
un défi, surtout je m'étais rapetissée à ses yeux par
mes inquiétudes et mon dépit. Nous nous pardon-
nons aisément les fautes où nous entraînent nos pen-
chants naturels; mais il nous est cruel de nous être
démentis : nous ne croyons plus en nous-mêmes. Je
me figurais qu'en sortant de mon caractère j'avais
donné des arrhes au malheur.

Un instant j'entendis des pas à l'entrée du vestibule qui conduit à ma chambre, je me levai précipitamment dans l'espérance que Max allait frapper à
ma porte; mais les pas s'éloignèrent. Comme je traversais le boudoir pour sonner ma femme de chambre, je vis mon ombre passer dans une glace. Je
m'approchai, je la regardai longtemps. J'étais un
peu pâle; mes yeux me semblaient plus grands que
d'ordinaire; mes cheveux, que je venais de dénouer,
tombaient en désordre sur mes épaules. — Serait-il
aveugle à ce point? dis-je tout bas. — A cette réflexion

en succéda une autre; il me sembla, en me considérant de plus près, que la figure que je voyais là, devant moi, était celle d'une personne destinée à beaucoup souffrir, et que le malheur avait marquée au
front de son sceau. Comme pour en appeler de cette
condamnation, je m'efforçai de sourire, et la tristesse de ce sourire, reflétée par la glace, me fit
peur.

Le lendemain... Mais quand aurais-je fini ce récit,
si j'entreprenais de vous conter heure par heure les
plus longues et les plus vides journées de ma vie?
Craindre, attendre, douter, se reprendre à espérer,
se dire cent et cent fois : Cela est impossible! et n'en
rien croire, soutenir avec la même conviction le pour
et le contre, tour à tour tout admettre et tout rejeter,
n'avoir qu'une pensée et la retourner de mille façons, lui donner mille formes, lui prêter mille visages,
et ne gagner à tant de métamorphoses que de sentir
plus vivement la monotonie de la douleur, peser des
riens, des atomes, épier des ombres, interroger le
vent qui court, commenter un mot, un regard, un
sourire, un geste, questionner et les murs, et les
chemins, et l'espace, et tout à coup s'irriter contre
ses soupçons, les forcer à se taire, assoupir ses dé-
fiances, endormir ses angoisses, jusqu'à ce que, s'effrayant de son silence, le cœur se réveille en sursaut
et recommence à agiter sa douleur pour la faire
parler, comme un enfant qui s'ennuie secoue les

grelots de son hochet, — vains passe-temps d'une âme qui tremble pour son bonheur !

Mais, du moins, pendant ces cruelles journées, mon courage ne se démentit pas. J'avais juré de ne faire à Max ni une question ni un reproche ; j'eus la force de me taire. J'avais juré de renfermer ma peine en moi-même, et je l'y gardai à vue. J'avais juré que mon visage ne trahirait pas mon secret, et durant quatre longues semaines mon front et mes yeux mentirent. Par instants je me rassurais, je croyais recommencer à vivre, je respirais; mais l'inquiétude et l'oppression revenaient bien vite, un trouble insurmontable me révélait l'approche du danger, et je frissonnais comme un pauvre oiseau qui a deviné, sans le voir, le milan tournoyant dans la nue : son invisible ennemi s'annonce par je ne sais quelle épouvante répandue dans l'air, et lui fait sentir à travers l'espace la pesanteur de son aile.

V

A la fin de mars et dans la première semaine d'avril, le mistral souffla par violentes rafales auxquelles succéda l'épanouissement du printemps dans sa gloire. Par une belle après-midi, je me rendis à Chamaret; Mme d'Estrel m'avait écrit une lettre de reproches : je la négligeais, je l'oubliais. Fort souffrante depuis quelque temps, elle n'avait pas quitté sa chaise longue.

« Votre vieille et maladive amie, m'écrivait-elle, a découvert qu'elle vous aime un peu comme sa fille. Ne soyez pas ingrate; une telle affection est peu de chose si vous voulez, mais c'est quelque chose enfin.»

Je m'acheminai seule, laissant mon cheval Soliman régler son pas à sa guise. Autour de moi, tout était dans cette fleur de grâce et de vie dont le printemps a le secret. Un esprit de fête régnait dans les

bois et sur les collines; le ciel était d'un bleu sans
tache, les feuillages d'un vert reluisant. La beauté du
jour adoucit ma tristesse; je me sentis renaître quelques instants à la confiance, mon cœur se dilata. Sur
tous les visages que je rencontrai, je vis de la gaieté;
on me souhaitait la bienvenue avec empressement,
personne ne doutait de mon bonheur. L'aspect des
campagnes était animé; bêtes et gens travaillaient
ou musaient en paix au soleil; j'entendais des voix,
des chants, quelques notes de pinsons. Tout me con-
viait à espérer; tout publiait que la vie est bonne, et
je ne pouvais croire que le sort me refusât ma part de
ces joies faciles qu'il répandait à pleines mains sur la
terre.

Mme d'Estrel m'accueillit à bras ouverts et avec un
sourire vraiment maternel. Nous causâmes du mistral, du soleil; elle me regardait avec attention, semblait lire dans mes yeux. Il y avait par instants dans
son accent comme une nuance de pitié qui me
frappa.

« Je suis restée longtemps sans venir vous voir, lui
dis-je. J'étais occupée à me taire; c'est la plus fati-
gante des occupations. Aujourd'hui je veux me reposer, je veux parler, tout vous dire. »

Et je lui contai en détail mes inquiétudes et mes
soupçons.

« Les symptômes sont donc bien graves, ma pauvre
enfant? me dit-elle.

— Je ne sais, mais il me semble que je cherche à
remonter un courant. J'ai beau lutter, me roidir, je
me sens entraînée, et quelque chose m'avertit qu'on
n'évite pas son destin. Depuis le jour où j'ai eu la faiblesse de lui parler de Mme Mirveil avec quelque
amertume, j'ai descendu dans l'estime de Max. En
vain, pour réparer ma faute, j'affecte la confiance, la
gaieté même; il a d'ironiques sourires qui me glacent
le cœur, et je sens percer sous sa politesse (quel affreux mot, grand Dieu!) un fond de secrète hauteur....
Mais sait-il bien lui-même ce qu'il veut? Je le crois
partagé, combattu; il a quelquefois l'air irrésolu
d'un homme qui voudrait sortir d'un mauvais pas où
l'a engagé son imprudence, et qui hésite entre deux
issues. Faut-il avancer? reculer?... Quelquefois aussi
il cherche à s'étourdir par une activité fiévreuse, par
des excès de fatigue. Il passe des jours entiers à la
chasse.... Oh! madame, je n'ai là-dessus aucun doute
qui m'inquiète : c'est bien dans les bois qu'il demeure
depuis l'aube jusqu'au soir; j'en crois le carnier
plein qu'il rapporte au retour, j'en crois sa lassitude,
j'en crois surtout son orgueil, qui lui fait mépriser le
mensonge. Bon Dieu! Max ne s'abaissera jamais à me
tromper; quand il m'aura condamnée, je l'appren-
drai de sa bouche, et il foulera aux pieds mon bonheur sans pitié et sans remords.... Parfois aussi on
dirait qu'il a pris son parti, qu'il renonce à tout, se
résigne, — autre affreux mot qui lui a échappé

l'autre jour, et que je ne puis répéter sans frémir. Le plus souvent il est brusque, agité, et s'efforce de me communiquer son agitation : il voudrait me faire perdre cette supériorité que donne le calme, me mettre dans mon tort, m'arracher quelque parole amère ou violente qui l'irritât. Peut-être se flatte-t-il qu'il puiserait dans sa colère la force de surmonter ses derniers scrupules. En de tels moments, je crois découvrir dans ses yeux une expression funeste qui m'épouvante ; il me semble que son cœur vient de décider mon sort, et qu'il va s'en expliquer. Ah ! madame, le bonheur était venu trop vite ; j'aurais dû m'attendre à la foudroyante rapidité du malheur. Est-il donc possible qu'en quelques mois ?... Mais à votre tour qu'avez-vous appris ? qu'avez-vous deviné ?... Je veux tout savoir !

— Je ne sais rien, répondit-elle ; j'en suis réduite comme vous aux conjectures. Je crains, parce que je vous aime ; j'espère parce que je vous connais ; si une femme telle que vous perdait son procès, qui pourrait se flatter de le gagner ? Mme Mirveil est venue deux fois ici ; je voulais lui parler, la sermonner. Hélas ! mon expérience personnelle m'a appris que nous ne pouvons rien ni sur les choses, ni sur les hommes, que tout va comme il peut, que le mieux est de s'abandonner et de se rendre indifférent à tout, même au bonheur. Une telle sagesse est trop austère, ma chère Isabelle, pour

que je vous la prêche, sans compter que, fort bonne
à pratiquer pour moi-même, elle me deviendrait
odieuse si elle m'empêchait de travailler pour mes
amis.

« J'ai donc reçu Mme Mirveil, bien que je n'eusse
aucun espoir de rien gagner sur elle. A sa première
visite, elle fit paraître une gaieté folle et bruyante dont
je n'augurai rien de bon; je réussis à la démonter
par la froideur de mon accueil, elle me demanda des
explications; je lui en donnai qui ne lui plurent
point; elle se récria, s'indigna, me reprocha d'avoir
laissé surprendre ma bonne foi par d'indignes ca-
lomnies, — et tout à coup, changeant de ton et de
langage, elle s'écria avec un geste dramatique que les
droits de la passion sont sacrés. Une si grande maxime
dans une telle bouche m'aurait fait rire, si je n'avais
eu envie de pleurer. On eût dit une perruche s'es-
sayant à répéter un air de bravoure.

« Elle revint avant-hier. Quel changement! Elle
avait les yeux creusés, les lèvres pâles, elle parlait de
se retirer au couvent. Cependant elle était plus parée
que jamais, et, me montrant ses dentelles, elle mar-
mottait entre ses dents : « Il faut donc quitter tout
cela! » A ces mots, elle partit d'un éclat de rire auquel
succéda un de ces accès de pleurs que vous connaissez.
Elle fut longtemps à se remettre; je la grondai avec
douceur, et, tout en lui disant son fait, je tâchai de
tirer d'elle quelque éclaircissement; elle ne me ré-

pondit pas, se leva brusquement et s'enfuit. La pauvre femme avait deviné la joie cruelle que me causait son désespoir.

« Cette joie fut troublée par une visite de M. de Malombré. Mes voisins ont toujours eu la manie de me mettre dans leurs confidences. Je crus voir entrer un foudre de guerre; notre hobereau était tout émoustillé, le sang lui petillait dans les veines ; il avait l'air ravi d'un sot qui vient de faire à son corps défendant une action d'éclat et qui s'est découvert plus de caractère qu'il ne s'en croyait. Je frémis, je connais la maladresse du personnage. Il me conta que la veille au soir il avait rencontré M. de Lestang sortant de chez Mme Mirveil....

— Il l'a donc vue! m'écriai-je en déchirant un de mes gants.

— Fort heureusement pour vous, reprit-elle, témoin les larmes que cette folle est venue répandre ici. Ce qui me chagrine, c'est que dans son dépit M. de Malombré fit une incartade à Max, qui lui répondit par d'insolentes railleries. Piqué au vif,... vous savez que l'avenue qui conduit chez Mme Mirveil traverse le domaine de M. de Malombré.

« — Je vous préviens que chaque soir, s'écria-t-il, je détacherai mes chiens, mes gros dogues de la Camargue.

« — Tant pis pour vos chiens, monsieur, » repartit Max en lui tournant le dos.

—J'ai vivement grondé mon innocent voisin sur son imprudence et sa stupidité; je l'ai conjuré de ne plus se mêler de rien.... Oh! ne vous agitez pas, ma chère Isabelle. Je suis bien trompée, ou Max ne prendra jamais cette femme au sérieux; il n'a eu pour elle qu'un caprice, et vous savez ce que vivent les caprices. Un poële a dit qu'il y a deux sortes de femmes, les *poupées* et les *natures*. Les hommes ont un faible pour les poupées; ils peuvent se mettre à l'aise avec elles et les traiter sans façons; sont-ils las de leur jouet, ils le brisent. O les hommes, les hommes! les plus nobles, les plus généreux, les plus délicats, si vous cherchez bien, vous découvrirez en eux je ne sais quel besoin brutal de ne pas respecter ce qu'ils aiment et d'aimer pendant vingt-quatre heures au moins ce qu'ils ne respectent pas.

— C'est ainsi que vous me consolez? lui dis-je en m'efforçant de sourire.

— Je ne vous console pas, répondit-elle. Vous êtes une âme forte, ma chère nature, et c'est ce qui vous sauvera, car Max n'estime au monde que la force, et si jamais il vous échappe, soyez sûre qu'il vous reviendra.

— Ma force! ma force! m'écriai-je. Vous en parlez à votre aise. Aurai-je celle d'oublier, de pardonner?... »

Je vis deux larmes rouler lentement le long de ses joues amaigries.

« Vous avez bien souffert dans votre vie? repris-je.

— Oh! dit-elle, je serais bien folle de m'en souvenir!

« Et, m'embrassant sur le front :

« — J'aurai toujours à votre service des caresses de
mère. Dès que le cœur vous en dira, venez les chercher. »

Je partis. Pendant mon entretien avec Mme d'Estrel, il s'était levé un vent chaud qui prit bientôt de
la force; il ne charriait pas de nuages, mais soulevait
de longs tourbillons de poussière. En un clin d'œil
la campagne avait changé d'aspect; la lumière était
morne, les arbres prenaient des attitudes tourmen-
tées. Ce vent brûlant me donna de l'oppression; respirer, vivre, tout me semblait difficile.

Pendant le dîner, Max fut sombre et d'une tacitur-
nité désolante. Je m'efforçai en vain d'animer l'entretien, il expirait à chaque instant; on ne cause
pas longtemps avec une statue, je finis par me taire.

« Combien de temps encore, pensais-je, en serai-
je réduite à épier et à questionner les ombres qui
passent sur son front? et pourtant il y a un mois il
m'aimait; du moins je pouvais le croire. »

Après dîner, il se promena quelques minutes en silence dans le salon; puis, s'adossant à la cheminée,
il me dit avec un accent âpre et ironique :

« Avez-vous revu dernièrement M. de Malombré? »

A cette question que je n'attendais pas, je demeurai interdite ; je ne savais où il en voulait venir.

« Oh! je ne m'étonne pas, reprit-il que vous l'honoriez de votre amitié ; ce n'est pas à vous qu'on peut reprocher de n'avoir pas le goût difficile. M. de Malombré est un homme supérieur qui unit une prudence éprouvée au plus brillant courage. La grande lunette qu'il braque comme une couleuvrine sur les passants, ses grisons qu'il charge de battre le pays et de porter ses poulets, ses airs de furet, ses habitudes de limier, son adresse, son étonnante industrie, ses audaces opportunes, tout le recommandait à votre confiance, et le succès d'une campagne est assuré quand on possède à ses côtés un pareil allié.

— Votre plaisanterie est une énigme pour moi, lui répondis-je. M. de Malombré m'a fait une visite pendant votre absence, et je vous assure....

— Vous ai-je interrogée? interrompit-il. Je m'en ferais un reproche. Rien n'est plus impertinent qu'une question, car répondre est toujours une fatigue et souvent un embarras. Soyez sûre, madame, que je ne vous infligerai jamais ce tourment. »

Je dus faire un grand effort pour contenir mon indignation. Je sentais bien que par cette audacieuse offensive il espérait me faire perdre mon sang-froid ; je ne voulus pas lui donner ce triomphe ; je n'aurais pu lui répondre sans émotion, je gardai le silence. Il attendit quelques instants ma réponse, parut s'irriter de l'attendre en vain, me regarda fixement et sortit.

Je montai dans mon appartement, où je restai trois heures en proie à une indicible agitation. Je me sentais incapable de supporter plus longtemps l'incertitude de mon sort. Las d'interroger sans relâche ses pressentiments et de tourmenter en quelque sorte l'avenir pour lui arracher son secret, mon pauvre cœur appelait à grands cris la lumière; il exigeait que ma vie se fixât, dût-elle se fixer dans la douleur.

Je résolus d'avoir ce soir même avec Max une explication décisive; mais malgré moi mon émotion m'en faisait reculer le moment. Le véritable sirocco qui régnait portait le trouble et la langueur dans tous mes nerfs; j'étais agitée de mouvements fébriles; par mes fenêtres que j'avais ouvertes pour respirer, il entrait des bouffées d'un air sec et suffocant dont les ardeurs me consumaient. Onze heures sonnèrent; je rassemblai tout mon courage, je me levai, réparai le désordre de mes cheveux. En ce moment, Marguerite, ma femme de chambre, entra; je lui dis que je comptais veiller, que je me passerais de ses soins. Dès qu'elle fut partie, je jetai une mantille sur ma tête et sortis.

L'appartement de Max et le mien, situés l'un au nord, l'autre au midi, communiquaient tous deux à la galerie vitrée qui borde l'une des faces du château, du côté du jardin. Je m'avançai le long de cette galerie. A mi-longueur, la muraille fait retraite entre deux avant-corps et s'arrondit en forme de niche. C'est au centre de cet hémicycle décoré de caissons et de pilastres que trônait la Némésis; autour de son piédestal se pressaient des bustes, des étagères chargées de pots de fleurs, des jardinières d'où sortaient de véritables buissons qui parfumaient l'air; suspendue au-dessus de sa tête par des chaînettes, une lampe brûlait toute la nuit. Je ne pus retenir un sourire amer en songeant qu'un jour j'avais été jalouse de cette rivale de marbre. « O mes soucis d'autrefois, pensai-je, comme je vous regrette! O mes chagrins de jeune fille, vous étiez le bonheur au prix des tourments de la femme! » Je hâtai le pas; je craignais que ma résolution ne vint à faiblir. J'arrive; je frappe un coup, deux coups; point de réponse. Je frappe encore, j'ouvre, j'entre, je regarde, personne. Dans un coin, une veilleuse jetait une faible lueur; je m'emparai de cette veilleuse, j'allai de chambre en chambre, je fis le tour de l'appartement. En rentrant dans le salon, j'avais l'esprit si troublé que je me surpris à fureter sous les tables, sous les chaises, sans savoir ce que je cherchais. Je fis un violent effort pour reprendre possession de moi-même, et je dis à haute voix, comme pour me rassurer : « Il se promène, il va rentrer, je l'attendrai. »

J'attendis; je comptais les minutes, les secondes;
le temps était un abîme où je jetais une à une mes
pensées, sans pouvoir le combler. J'écoutais le tic
tac de la pendule et la voix lamentable du vent; par
instants ces bruits étaient couverts par le battement
précipité de mon cœur. Je me levai, je m'approchai
d'une grande table à écrire où des papiers étaient
répandus en désordre; je parcourus ces papiers; j'y
cherchais un mot qui me révélât ma destinée. C'é-
taient la plupart des lettres d'affaire; il me paraissait
étrange qu'il y eût des affaires dans ce monde. De
quoi s'agissait-il donc, sinon de la grande, de l'u-
nique question?

« Où est Max? L'a-t-on vu sortir? Il est allé dans
les bois, n'est-ce pas? Il tournait le dos à la Berre, à
Chamaret? Peut-être est-il ici près. On dirait un
bruit de pas sur la terrasse. Si en cet instant cette
porte s'ouvrait.... Le mal est que je ne pourrais
m'empêcher de me jeter à son cou en pleurant; mais
où sera le mal? Il pleurera aussi, et tout sera dit... »

Je parcourais ces paperasses l'une après l'autre
avec un étonnement et une impatience croissante.
J'allais me rasseoir, mais j'avisai à l'autre bout de la
chambre une petite table ronde, et sur cette table un
encrier, un buvard. Je traversai la chambre, j'ouvris
le buvard, et mes regards tombèrent sur deux lettres
inachevées et barrées dont l'écriture était fraîche.
Voici ce que je lus :

« Pleurez-vons encore, ma chère Emmeline? Prenez-y garde, vous allez gâter vos beaux yeux. J'ai été
dur, j'en conviens ; mais vos reproches, qui n'avaient
pas le sens commun, m'avaient irrité. Vous m'accusez de m'être joué de vous. Qu'aviez-vous exigé? Que
vous avais-je promis? Pendant quelques mois, nous
avons trompé par une illusion le morne ennui de la
vie. Ne soyons pas ingrats ; les illusions sont des
grâces dont le ciel est avare.

« Il est vrai que plus tard, un matin, une nuit, que
sais-je? il vous vint des remords. Vous êtes trop légère, ma pauvre Levantine, pour être tout à fait vraie;
vous êtes trop passionnée pour être tout à fait fausse.
Je vous conseillai de bercer votre conscience pour
l'endormir ; je n'ai jamais pu croire qu'elle vous in-
commodât bien sérieusement. A des insinuations
moins voilées je répondis (vous n'avez pas dû l'oublier) que je ne comprenais pas qu'un homme épousât
sa maîtresse ; que c'était folie de vouloir concilier les
contraires ; que le mariage est une institution, et l'a-
mour un reste de la vie sauvage ; qu'on ne pend pas la
crémaillère dans les bois, et que les confusions d'idées
blessaient la justesse de mon esprit. Je fus éloquent ;
je vois d'ici le vieux chêne sous lequel nous étions
assis, et le mouvement que vous imprimiez à votre
éventail.

« Je ne pus vous convaincre ; vos résistances me
déplurent ; vous n'étiez plus dans votre caractère ;

vous me parliez sans cesse de votre conscience, ou plutôt vous la faisiez parler, et je m'apercevais qu'elle savait mal sa leçon ; j'entendais la voix du souffleur. Je partis, et quand je revins je n'étais plus libre. Mais ne m'attribuez pas une profondeur de desseins dont je suis incapable. Le hasard est le maître de nos actions. Je vous répète qu'une statue qui me parut belle me fit rester quelques jours dans un coin perdu du Jura, où m'avait attiré le désir de vous fuir et de me dérober à vos désolantes litanies. Cette statue est la cause première de ce que vous appelez ma trahison et vos malheurs. Vous devriez la bénir. Il était temps de nous séparer ; l'amour ne survit pas à la curiosité, et que nous restait-il à deviner? Mais à quoi bon raisonner? Il faut vous parler comme à un enfant. Si je savais une chanson.... »

Sa mémoire l'ayant mal servi, faute de chanson, il n'avait pas achevé cette lettre. Sur une autre feuille il avait écrit ce qui suit :

« Vous êtes malheureuse, madame. Pensez-vous que je sois moins malheureux que vous? Nous avons été, vous et moi, bien aveugles. Dans quelle aventure nous sommes-nous embarqués! Vous vous plaindrez, vous me condamnerez; c'est un droit que je n'ai garde de vous contester. Convenez, pourtant, que j'ai tout fait pour prendre l'esprit de mon nouveau métier. Quelque temps je me flattai d'y réussir; vous-même avez pu vous y tromper.... Par malheur, comme je

commençais à m'habituer, quelques jours d'absence
m'ont rendu à moi-même, à mes insurmontables
instincts, à ce besoin de liberté qui se confond en moi
avec le besoin de vivre.

« Que vous vous croyez habile! Vous imaginez-vous
que je ne lise pas dans vos plus secrètes pensées?
Vous avez juré de guérir malgré lui votre malade;
vous avez profondément réfléchi sur le régime et le
traitement à lui prescrire; en médecin prudent, vous
ne brusquez rien, vous m'administrez à petites doses
votre sagesse, mais vous ne cachez pas assez votre
jeu; plus d'une fois vos regards satisfaits ont témoigné
de votre confiance dans vos remèdes; vous vous flat-
tiez qu'ils commençaient à opérer; vos airs de tête,
vos sourires, tout m'annonçait votre espoir de changer
mon cœur et de gouverner ma vie. Est-ce à moi de
vous apprendre que de telles prétentions me révoltent?
D'où vous vient, je vous prie, un si hautain courage?
Êtes-vous de marbre? êtes-vous de bronze? La statue
du Commandeur est-elle descendue de son piédestal? La foudre et les éclairs attendent-ils vos ordres?

« Pardonnez-moi de dissiper vos illusions : vous
n'avez pour toute arme qu'un cœur de femme dont
les faiblesses me sont bien connues; vos inquiétudes,
votre fuite précipitée de Paris, vos soupçons, vos terreurs, vos reproches, autant d'inconséquences qui
démentent vos étonnantes prétentions. Croyez-moi,

mesurez mieux vos forces et ne tentez pas l'impossible.

« Que ne puis-je vous tromper ! Un autre s'en serait fait un jeu et vous eût fait goûter ce charme de l'erreur qui est le suprême bienfait de la vie. Mais tromper n'est pas en mon pouvoir ; j'ai senti que tout cœur à ses bornes ; le mien.... »

Il avait rayé ce commencement de lettre et tracé au-dessous quelques lignes d'une écriture tourmentée et à peine lisible. Je sus déchiffrer ces hiéroglyphes.

« A quoi bon lui écrire ? Elle ne comprendra pas. C'est à peine si je me comprends. Elle s'imaginera toujours que j'aurais pu m'accoutumer à ma chaîne. Pouvoir ! pouvoir ! que peut-on ? J'étais parvenu à m'assoupir ; cette affaire d'héritage, mon honneur offensé, ma colère, m'ont réveillé ; mon imagination et mon sang sont entrés en effervescence. En arrivant ici, l'air m'a manqué, et j'ai trouvé à ces murailles une face lugubre de cachot. Elle n'a rien deviné ; elle raisonnait paisiblement sur ce procès : elle s'efforçait de me calmer, sans se douter que ce qui m'irritait, c'était elle-même ; sa présence, le son de sa voix, me semblaient **une effrayante** nouveauté ; je sentais percer sous ses paroles une tyrannie molle dont je m'étais subitement désaccoutumé. Dans quels espaces avais-je donc voyagé ? Je rentrais en étranger dans ma vie. Quel dépaysement ! Elle a des yeux qui semblent dire : « Demain comme aujourd'hui ; rien de plus simple. »

Mais c'en est fait de l'habitude naissante; est-ce ma
faute? La plante a été arrachée avec sa racine; elle
ne repoussera plus. De ce jour, l'ennui me ronge.
Chaque matin, en entendant le bruit de ses pas, je
frissonne. Aujourd'hui, j'ai crié : Voilà l'ennemi!
Elle est si persuadée de ses droits! C'est le comble du
ridicule; mais je ne ris pas, je frémis. La vie est si
longue! Il faut partir. Ce vieux pêcheur qui me disait :
« Défendez-moi de courir au large, je me tuerai.... »
il avait fini par dormir dans sa barque. Les flots
étaient ses frères et les tempêtes ses sœurs. Il faut
que ma vie se mette au large; les orages et moi, nous
avons un air de famille. Je partirai demain; je lui
écrirai de Marseille.... »

Puis il avait écrit en travers :

« Quel temps! ce sirocco allume mon sang; j'ai la
tête en feu. Je ne puis demeurer en place. Écrirai-je
toute la nuit? la Berre à traverser, les dogues de
M. de Malombré, escalader un balcon... Aventure
vieille comme le monde, mais qui me semblera peut-
être nouvelle. Et demain? Demain je partirai pour
l'Afrique, je chasserai le lion dans l'Atlas. Pauvre invention! J'ai l'esprit aussi usé que le cœur... »

Quand un innocent est condamné à mort, le meilleur service à lui rendre est de rédiger sa sentence en
des termes dont l'odieux le révolte; l'indignation lui
rend le courage et le préserve du désespoir. Dans l'affreux malheur qui m'accablait, cette faveur du moins

ne m'était pas refusée ; grâce au ciel, l'arrêt que je venais de lire était assez cruel pour que ma fierté révoltée me donnât la force de supporter et pour ainsi dire de braver ma douleur. Si ce funeste papier m'eût appris seulement que Max ne m'avait jamais aimée, que Max était las de sa chaîne, que Max songeait à me fuir, j'aurais succombé à mon chagrin ; mais quel mépris il faisait paraître pour mon caractère, pour mes droits ! Cédait-il en me trahissant aux irrésistibles entraînements d'une passion ? Le temps était à l'orage, il faisait du vent, et il recourait à une aventure vieille comme le monde pour tromper sa fièvre et amuser un instant son ennui, car à qui donc étais-je sacrifiée ? A une illusion détruite, à un caprice épuisé, à l'une de ces femme que l'on traite en enfant et qu'on console avec des chansons. Chose étrange, dans le premier moment je détestais plus la faute que le coupable ; Max m'inspirait un peu de cette pitié qu'on ressent pour un fou, pour un malade ; mais je prenais en horreur la vie et le monde où les événements qui décident d'une destinée dépendent d'un coup de vent, du nombre des battements du pouls, d'un accident, d'un frisson, et où nos cœurs sont à la merci des insolentes surprises du hasard.

Quelle nuit ! monsieur l'abbé ! Tantôt je relisais l'écrit fatal ; j'en savourais lentement le poison, je répétais vingt fois un mot, une ligne, et je cachais mon visage dans mes mains en pleurant. Tantôt un nuage se répandait sur mes yeux, tout devenait obscur dans mon esprit; alors je me levais, je marchais, j'allais et je venais, cherchant en vain dans le chaos où elles se perdaient mes pensées disparues, ne retrouvant que le souvenir vague et confus d'un indicible outrage, et sentant le sol se dérober sous mes pas, comme si l'orage qui grondait en moi eût fait vaciller les murailles et que la terre eût tremblé devant ma colère.

J'étais décidée à attendre Max, mais je ne pus demeurer plus longtemps dans cette chambre pleine d'intelligences secrètes avec mon malheur; les murs qui l'avaient vu écrire, la chaise où il s'était assis, la plume dont l'encre était à peine séchée, tous ces complices de la faute blessaient cruellement mes yeux. Je m'avançai sur la galerie, j'approchai du petit escalier en limaçon qui la termine; c'est par là qu'il avait dû sortir; accoudée sur la balustrade, je croyais le voir descendre, la tête haute, le cœur libre de remords, serein, impitoyable, n'apercevant pas, debout sur le seuil qu'il allait franchir, la justice céleste qui plaidait ma cause et lui criait mon nom.

Pendant des heures, j'errai le long de la galerie, croyant sans cesse entendre un bruit de pas, toujours trompée par le vent, dont les jeux lugubres semblaient insulter à mon angoisse.

« Je souffre, me disais-je. Qui le sait? qui s'en soucie? qui me plaindra? »

Je songeai à Mme d'Estrel. Quand je lui aurai tout

conté, pensai-je, elle se renversera dans sa chaise longue, me représentera que ces sortes d'aventures sont communes, qu'il faut tout endurer sans se plaindre, que nous ne pouvons rien, que le plus sage est de ne rien vouloir et de se taire, après quoi nous pleurerons ensemble, et, quand nous aurons bien pleuré, qu'y aura-t-il de changé ou de réparé dans ma vie?...

« Comment cela finira-t-il? » me disais-je encore et en vain je cherchais une issue, ma pensée se heurtait partout contre un mur d'airain. Je voyais d'avance mes jours s'écouler dans un éternel tête-à-tête avec une idée fixe et déchirante; je pressentais ces mille détails de la vie réelle qui multiplient là souffrance sans la varier; à ma douleur présente s'ajoutait déjà le fardeau des longs ennuis et des amers dégoûts qui m'attendaient, et je me sentais fléchir sous la pesanteur de mon avenir.

Épuisée de fatigue, je me laissai tomber sur un pliant placé en face de la statue. Je fus quelque temps sans la voir; enfin je levai machinalement les yeux sur elle; et, en la reconnaissant, ma colère, qui s'était changée en une morne tristesse, se ralluma tout à coup: cette statue n'avait-elle pas servi d'entremetteuse entre le malheur et moi? Mais au bout d'un instant ma colère tomba, je m'attendris. La déesse me transporta dans les lieux qu'elle avait habités avec moi; je revis Louveau, la fumée qui sortait de son toit, la cour où m'attendaient mes pigeons, ma chienne accroupie sur le seuil, l'humble vallon perdu dans la brume, la face triste, mais amie, de mes rochers grisâtres, l'étoile qui se levait sur les sapins, ces collines qui m'avaient longtemps cachée au monde, ces chemins creux, ces sentiers déserts où j'avais promené mes oisivetés et mes rêveries, et qui m'avaient entendue plus d'une fois soupirer follement après l'inconnu.

Que j'avais été ingrate et aveugle! A quelles perfides amorces m'étais-je laissé prendre? D'où m'étaient venus ces rêves, ces désirs insensés qui appelaient tout bas le malheur? Il était enfin venu, et, avide de ses embrassements, je m'étais élancée d'un bond au-devant de lui; il tenait sa proie, il ne devait plus la lâcher....

Je tressaillis; je venais d'entendre au loin des aboiements de chiens de garde.

« Ah! m'écriai-je en joignant les mains, qu'on me le rapporte blessé, meurtri, sanglant, peut-être aurai-je la force de lui pardonner; mais s'il revenait heureux et triomphant.... »

Je n'en pus dire davantage; ce que venait d'entrevoir mon imagination me rendait muette.

Déjà le jour s'annonçait; une teinte grise se répandait au ciel; je distinguais vaguement les contours des collines et la forme des arbres; les fureurs du vent s'étaient ralenties. Au pied de la maison, des pas firent crier le sable. Tout mon sang reflua vers mon cœur. Bientôt une porte s'ouvrit, un frôlement se fit entendre, une ombre parut au haut de l'escalier.

Je me levai, je m'avançai. Max était resté immobile sur la dernière marche. M'arrêtant à deux pas de lui, la tête penchée, je le regardai. Il avait fait un geste de surprise, puis il s'était accoudé sur la balustrade, et il attendait, Je crus découvrir dans ses yeux un regard d'insulte et de défi. Alors je voulus parler; mais ma langue se glaça, mes jambes se dérobèrent sous moi, et je tombai sans connaissance.

TROISIÈME PARTIE

I

En revenant à moi, je me trouvai étendue sur mon lit. Marguerite, ma femme de chambre, se tenait debout près du chevet. Il faisait grand jour ; un rayon de soleil se glissait jusqu'à mes rideaux : par ma fenêtre entr'ouverte, j'apercevais une branche de chèvrefeuille qu'une brise légère berçait doucement ; j'entendis le chant d'un oiseau.

Je rassemblai avec effort mes idées ; enfin la mémoire me revint, et je fermai les yeux par un mouvement de cette haine instinctive pour la lumière qu'a ressentie quiconque a souffert. Marguerite m'interrogea ; je lui racontai que, ne pouvant dormir, je m'étais levée à la pointe du jour, que j'avais été prise d'un vertige, que j'étais tombée. Comme elle insistait, je lui imposai silence. Elle s'assura que je n'étais pas blessée ; ma blessure en effet n'était pas de celles qui se voient. Max avait envoyé chercher un médecin qui vint presque aussitôt ; mais je me refusai obstinément à le recevoir : ses questions m'auraient mise au supplice.

Je demeurai toute une semaine enfermée chez moi. Le jour, je ne souffrais que d'une excessive faiblesse ; le soir, le frisson me prenait, et j'avais chaque nuit un accès de fièvre. J'avais défendu qu'on me veillât ; je redoutais les indiscrétions du délire, et j'aurais rougi de mettre mes gens dans mon secret. Du reste, mes *rêvasseries* n'avaient, je crois, rien d'effrayant ; toutes les nuits j'étais hantée de la même vision. Il me semblait que les murs de ma chambre, les meubles, les vases, les tableaux, les rideaux de mon lit portaient le deuil de quelqu'un ; ils se faisaient entre eux des signes d'intelligence, accompagnés de soupirs douloureux ; ils racontaient qu'une personne bonne, généreuse, digne d'être aimée, qui avait foi dans la vie, avait habité quelque temps cette chambre, qu'elle l'avait animée et réjouie de sa présence, qu'elle y avait rêvé le bonheur, et qu'un jour elle avait disparu sans qu'on sût ce qu'elle était devenue. Je ressentais pour cette personne une inexprimable pitié ; je crois que je lui parlais, et assurément je pleurais en lui parlant, car à la fin de chaque accès je sentais des larmes sur mes joues.

Le troisième jour, je reçus un billet de Max. « Je crains, madame, m'écrivait-il, que ma présence dans cette maison ne retarde le progrès de votre convalescence. Voulez-vous que je parte? Je ferai ce qui vous plaira. » Je lui répondis : « Ne partez pas avant que je vous aie parlé. J'ai des décisions à prendre, je ne tarderai pas à vous les faire connaître. Quelques journées perdues, c'est peu de chose; la vie est si longue! »

Enfin, un soir que le frisson n'était pas revenu et que je me sentais assez de force pour affronter les émotions d'un entretien, je descendis au salon et fis appeler Max. Il parut aussitôt; nulle trace d'embarras ni de contrainte dans son maintien; il s'avança d'un air libre, dégagé, m'aborda avec cette grâce de grand seigneur et cette exquise élégance de manières que j'avais admirées autrefois et qui dans un pareil moment m'épouvantaient. Il s'informa en deux mots de ma santé, s'assit et me fit signe qu'il était prêt à m'entendre. L'indignation que me causait sa tranquillité raffermit mon courage; j'aurais eu honte de laisser voir le moindre trouble, la moindre faiblesse.

« Monsieur, lui dis-je, cette entrevue n'est probablement pas de votre goût, vous n'aimez guère les explications; mais il est nécessaire que je vous en demande et que je vous en donne: vous conviendrez qu'il n'y a pas de ma faute. »

Il fit un geste d'assentiment, sans que je visse remuer une fibre sur son visage impénétrable comme
un masque de bronze.

« Du reste, continuai-je, ne vous alarmez pas trop.
Vous n'aurez à subir ni questions ni reproches. J'ai
fait des provisions de sagesse depuis quelques jours.
Il est bon d'aller à votre école pour apprendre à
vivre ; vous tenez vos élèves sous une discipline un
peu sévère, mais leurs progrès sont rapides. »

Il s'inclina comme pour me remercier du compliment.

« Si vous vous ravisiez, me dit-il, je me croirais
tenu de répondre à vos questions avec une entière
sincérité et d'écouter vos reproches jusqu'au bout
sans vous interrompre ; mais, vous avez raison, de
quoi nous serviraient tant de paroles ? Le passé est
irréparable : ne nous occupons que de l'avenir.

— Oui, monsieur, le passé est irréparable, repris-je
avec trop de chaleur, — et, si je m'avisais de m'en
plaindre, vous me renverriez sûrement au destin, qui
dispose de tout, qui régit tout, qui est l'éternel, l'unique coupable. Je connais vos doctrines ; vous les
professez de vive voix et par écrit, non sans une certaine éloquence. Mon Dieu ! je suis prête à vous en
croire ; de quoi pourrais-je encore m'étonner ? Au
surplus, loin de vous chercher querelle, je tiens à
vous témoigner toute ma gratitude. Il est des outrages
qui tuent l'amour comme un coup de foudre ; vous

vous entendez à frapper, monsieur; le mien est mort
sans agonie; ce sont de grandes souffrances que vous
m'avez épargnées.... »

Je sentais l'émotion me gagner; je me tus un instant pour me donner le temps de me calmer, puis
je repris d'un ton plus tranquille :

— Oui, laissons là le passé. Qu'en pourrais-je dire?
Comment me ferais-je comprendre ? Nous ne parlons
pas la même langue. Votre chaîne vous pesait, l'ennui vous rongeait, ma molle tyrannie révoltait votre
fierté, — vérités sublimes et sacrées où ma faible intelligence ne peut atteindre, mais que je dois admettre avec le même respect que les mystères de la foi.
Je vous fais grâce de 'mes objections, vous les ré-
futeriez sans peine; je me tais et j'adore. Il ne s'agit
donc plus que de régler l'avenir, et sur ce point
peut-être réussirons-nous à nous entendre. Je n'ai
pas besoin de vous dire que mon premier mouvement a été de quitter à jamais cette maison; mais j'ai
réfléchi, et la réflexion plaide toujours contre les
partis violents. Je connais quelqu'un qui prétend
qu'après tout le malheur est plus sot que méchant,
et on a toujours tort de se fâcher contre les sots. Je
ne pourrais me retirer auprès de mon père sans lui
conter de point en point toute cette aventure; je
crois le connaître, il ne se consolerait pas; je crois
me connaître aussi, son désespoir me briserait le
cœur. Je me résigne donc à rester ici jusqu'à nouvel

ordre, mais à une condition que je me flatte de vous faire approuver. »

Le regard de Max s'était animé; il m'observait attentivement; je crois qu'il s'était attendu à autre chose ; je lui apparaissais sous un jour nouveau.

« Quelle est cette condition, madame ? demanda-t-il d'un ton grave.

— Je vous dois, repris-je, d'avoir acquis des idées toutes nouvelles sur un sujet qu'à vrai dire je n'avais guère médité. Je comprends depuis quelques jours que le fond des choses dans le mariage, c'est la crémaillère, qu'à le bien prendre c'est même à cela que se reduit cette admirable institution. Vous voyez que je vous ai lu avec fruit. De grâce, monsieur, ne laissez plus traîner vos papiers ; une femme en colère se croit tout permis. Eh bien ! s'il le faut, je consens à vivre auprès de vous, à rester votre femme aux yeux du monde ; mais du même coup je me délie de tout autre engagement, ou pour mieux dire nous nous engagerons, vous et moi, à nous laisser l'un à l'autre une entière liberté. Pas d'équivoque, je prétends m'appartenir, être libre, absolument libre.... Oh ! n'ouvrez pas de grands yeux; ce n'est pas une menace que je vous fais. Je n'ai point de projets et ne me pique pas de pénétrer les secrets de l'avenir ; je réclame un droit, voilà tout.

— Ce que vous me proposez, madame, répondit-il avec un sourire ironique, c'est un ménage dans le goût du xviii° siècle. En ce temps-là, on ne mettait en commun que la crémaillère ; aujourd'hui cela souffre quelque difficulté ; nous vivons dans un siècle de bourgeois et nous en tenons tout. Nos pères entendaient mieux la vie que nous....

— Oui, interrompis-je, les marquises d'alors ne s'évanouissaient pas. Je pense, comme vous, que celles d'aujourd'hui sont des bourgeoises ; mais il en est qu'on peut former : il ne s'agit que de savoir s'y prendre comme vous.

— Allons, dit-il, j'accepte vos conditions ; c'est au moins une expérience à tenter....

— Oh ! permettez, lui dis-je, il ne s'agit pas d'expérience, mais d'un traité en bonne forme. Je vous demande votre parole de gentilhomme, j'y crois encore.

— Je n'hésite pas à vous la donner, répondit-il, et je découvre avec plaisir que vous avez une raison supérieure. Je regrette seulement que vous ne m'ayez pas parlé sur ce ton dès le premier jour ; qui sait ? vous auriez peut-être fait de moi le modèle des maris, car je me sens un faible pour les devoirs qu'on ne m'impose pas.

— Que voulez-vous ? lui dis-je. Est-ce trop de six mois pour apprendre la vie et le monde ? J'étais si naïve ; j'ai dû revenir de loin.... Et maintenant, je vous prie, quand partez-vous ?

— Ah ! je suis libre, reprit-il vivement, et je ne pars plus. »

Et, s'approchant de moi, il eut l'audace d'ajouter :

« Les traités, madame, se scellent d'ordinaire par un serrement de main. »

Mais je lui répondis :

« Veuillez me dispenser de cette formalité. Je crois voir encore au bout de vos doigts une tache d'encre. Souffrirez-vous que je vous donne un conseil, monsieur ? Ecrivez moins : les marquis du bon temps n'écrivaient pas. Dans certains cas, écrire est une faute et presque un ridicule. »

Et à ces mots je me retirai, le laissant à son étonnement, dont il eut peine, je crois, à revenir.

Il est aisé d'être fort dans les grandes crises de la vie : la violence du malheur exalte l'âme, porte à la tête ; on se grise de son désespoir ; mais cette ivresse ne peut pas durer, et, après s'être senti comme transporté par sa douleur, le cœur retombe lourdement sur lui-même. Oui, le malheur est plus facile à supporter que ce qui l'accompagne, car les grandes infortunes sont des reines couronnées d'une funèbre beauté, mais qui traînent sur leurs pas un long cortège d'obscures et misérables souffrances dont il n'est pas une seule qui porte un nom, qui fasse quelque figure, cour indigne et dérisoire dont leur majesté est avilie. Avez-vous jamais lu *Delphine*, monsieur l'abbé ? C'est dans ce livre qu'ont été retracés d'un immortel pinceau « les faiblesses, les misères qui se traînent après les grands revers, les ennuis dont le désespoir ne guérit pas, le dégoût que n'amortit point l'âpreté de la souffrance. » Voilà pourquoi le courage de la première heure est le plus facile, et pourquoi un cœur qui, égalant ses forces à la violence du coup qui l'a frappé, s'est précipité hardiment dans sa douleur, recule ensuite avec effroi devant les innombrables et cruels détails qu'il y découvre. Quant à moi, je sentais bien que mon effort avait dépassé les bornes de mon courage naturel, et que je ne tarderais pas à revenir en deçà. Toutefois je ne laissais pas de soutenir mon triste rôle avec une fermeté qui m'étonna moi-même et qu'admira Mme d'Estrel.

« Que vous êtes forte en vérité! me dit-elle après avoir entendu mes confidences. Le parti auquel vous vous êtes arrêtée m'effraye; j'en sens toutes les difficultés. Vous venez de vous créer une situation plus délicate et plus embarrassante que vous ne pensez; mais je n'ose vous blâmer. Vous avez pris conseil de votre caractère; c'était le seul juge à consulter. Je regrette seulement que mes expériences ne puissent vous servir; je ne vois rien dans mon passé qui s'applique ici. Je vous ai laissé deviner que j'avais beaucoup souffert. M. d'Estrel n'était pas un Max, c'était un homme de plaisirs que le bruit de la vie étourdissait et qui n'a jamais eu le temps d'échanger deux mots avec sa conscience. Toujours allant, toujours hors d'haleine, et pour ainsi dire tout essoufflé de son bonheur, avait-il crevé sous lui un plaisir, il changeait lestement de monture, et le voilà reparti. Nul choix, tout lui était bon, et par la bienveillance du sort, qui a toujours eu un faible pour les sots, les relais ne lui ont jamais manqué; il est mort au dernier :— au demeurant, assez bon homme, très-candide dans ses vices, ne voulant de mal à âme qui vive, mais si infatué de sa personne qu'il m'estimait trop heureuse de porter son nom, et que, si je m'étais plainte, il fût tombé de son haut. Aussi ne me plaignis-je pas ; j'affectai de ne rien voir, de ne rien deviner, de ne rien sentir, et je me réfugiai dans le silence du mépris, abri proprice aux âmes trop faibles pour combattre leur destinée, trop fières pour la chicaner. Vous, ma chère Isabelle, vous êtes de force à lutter ; votre cœur est armé en guerre, persévérez, votre courage vous sauvera, et, si redoutable que soit votre adversaire, j'ose vous promettre avec confiance que vous gagnerez la partie. »

Je fondis en larmes.

« Quelle partie? balbutiai-je. De quoi parlez-vous? Quel rêve avez-vous fait? Ne voyez-vous pas que j'ai le courage du désespoir? Et que peut-on espérer quand on ne désire rien? Ramener Max! mais il ne m'a jamais aimée, je ne l'aime plus, et ma victoire me ferait horreur. Non, n'essayez pas de me consoler, de me tromper. Je ne vois rien devant moi; je sens dans ma douleur une fixité qui m'épouvante. Que ne puis-je m'attendre à de nouveaux combats quand j'en

devrais payer les émotions par un redoublement de
peines! Mais mon malheur n'a pas même d'avenir; il
sera demain ce qu'il est aujourd'hui; il se répétera
jusqu'à la fin, et je ne prévois pour lui que les rado-
tages et les enfances de la vieillesse, car le malheur
qui a trop duré finit par perdre sa dignité; il ne se
respecte plus, l'âme se flétrit; des dégoûts et des lassitudes pires que la souffrance, voilà les présents que
fait le temps à la douleur. Ah! madame, ne me parlez
pas d'espérance. Hélas! qu'ai-je donc sauvé de mon
naufrage? Un vain débris, ma liberté que je me
suis fait rendre, triste épave qui a pour ma fierté le
prix d'un trésor. Quel trésor, grand Dieu! et qu'en
ferai-je? De grâce, n'allez pas m'attribuer de secrets
et indignes calculs. Moi, je voudrais, par une indifférence affectée, me rouvrir un accès dans le cœur d'un
homme qui m'a possédée sans m'aimer! Vous m'of-
fensez. Qu'ai-je été pour lui? Un caprice de curiosité
bientôt épuisé. Eh! n'avez-vous pas compris que le
pire de mes maux est l'amer chagrin de m'être donnée, que ses embrassements ont laissé sur moi
comme une souillure, et que je veux chercher à ven
ger ma honte par l'insolence de mes mépris? »

Elle me reprocha mon exaltation, s'efforça de me
calmer, de me ramener à la note juste; mais je n'étais
pas en état de l'écouter. Elle n'avait jamais aimé;
qu'avaient été ses peines, comparées aux miennes, et
pouvait-elle entrer dans mes sentiments? Cependant

sur un point elle n'avait que trop raison : ma situation
était difficile, et, quand le cœur est dévoré, affecter
l'indifférence est un rôle malaisé à soutenir longtemps; je n'eus que trop d'occasions de m'en convaincre. Dans le mouvement et le tourbillon de Paris,
la difficulté eût été moindre : j'aurais mis le monde
entre Max et moi; mais dans la solitude de Lestang
les tête-à-tête étaient inévitables, et je ne cherchais
même pas à les éviter; je n'aurais pas voulu laisser
croire à Max que j'avais peur de lui ou de moi-même.

C'était bien là l'idée secrète que s'était formée son
orgueil et qu'il se plaisait à nourrir. Il ne croyait pas
aux femmes, il ne les prenait pas au sérieux; il leur
refusait toutes ces qualités supérieures qui font la
grandeur et la dignité de l'âme. Aussi avait-il passé sa
jeunesse à les aimer sans les respecter; encore dis-je
trop, car l'amour ne va pas sans l'illusion du respect;
— il les avait désirées, parce qu'elles ne se rendent
pas sans combat et qu'il les faut disputer aux autres et
à elles-mêmes, mais je doute qu'il eût jamais ressenti dans ses aventures d'autres transports que
l'ivresse de la victoire et du triomphe. On n'a qu'un
dieu; le sien était son orgueil, implacable idole à laquelle il sacrifiait son cœur et sa vie. C'est ainsi que,
toujours supérieur aux entraînements des sens et
n'estimant ses jouissances qu'au prix qu'y mettait sa
superbe, il se passionnait pour la conquête d'un cœur
dont les refus irritaient ses désirs : mais il se lassait

bien vite de la possession, semblable à ces chasseurs qui aiment la chasse pour ses fatigues et ses hasards, et qu'on voit ardents à la poursuite d'un gibier qu'après l'avoir abattu ils daignent à peine ramasser. Les femmes, en effet, n'avaient à ses yeux qu'une valeur de convention : la société ayant imaginé de mettre leur honneur à haut prix, elles l'en ont crue sur parole et se laissent longtemps marchander; mais à part le mérite de cette résistance, qui procure à l'homme ses plus vives et ses plus agréables émotions, il les considérait comme des êtres subalternes, charmants animaux qui n'écoutent que leur instinct et qu'on gouverne par des gimblettes et des menaces; bref, il leur refusait les seules vertus qu'il estimât, la parfaite sincérité, la fierté, la hauteur d'âme, le vrai courage et cette constance dans le vouloir que le temps ne lasse pas.

Dans le commencement, il avait été surpris de mon attitude. Il avait compté sur des scènes de reproche et de désespoir : il m'avait trouvée froide et hautaine; j'avais relevé le gant et accepté le défi, mais saurais-je soutenir jusqu'au bout mon nouveau caractère? Ne serais-je pas bientôt fatiguée de mon rôle? C'est là qu'il m'attendait. Sa curiosité était excitée; il observait tous mes mouvements, il tournait autour de moi, cherchait à surprendre ma faiblesse, déguisée sous une force d'emprunt; qu'elle vînt à se trahir par un mot, par un soupir, par une rougeur subite, par un geste

incertain, et je croyais déjà entendre le cri de sa victoire. Par moments, ses yeux attachés sur moi me
fascinaient, ses regards durs et pénétrants me per-
çaient de part en part et faisaient sentir à mon cœur
le froid de l'acier, ses sourires me donnaient des frissons, sa politesse ironique faisait bouillonner mon
sang; mais je redoublais d'attention sur moi-même,
je commandais à mon visage, je refoulais le flot de ma
colère, toujours prêt à déborder sur mes lèvres. Je
n'aurais pu supporter la honte d'une défaite, non
qu'il eût tenté d'en profiter, mais son orgueil eût été
satisfait, et il me semblait que je ne pourrais sur-
vivre à ce triomphe.

En attendant, je lui rendais service, je travaillais à
son bonheur; il ne s'ennuyait plus, ne songeait plus
à chasser au lion; il avait repris intérêt à la vie, je
lui donnais de l'occupation, il était au spectacle, il
observait, il attendait, il avait une gageure à gagner;
je m'étais chargée de fournir de l'aliment à cet éternel besoin de combats qui était sa passion dominante. Ce qui m'effrayait, c'est que je sentais mes
forces diminuer, que j'étais déjà lasse, et que d'instant en instant mon masque me pesait davantage.

II

Un jour, après déjeuner, j'allai m'asseoir à la lisière d'un de nos bosquets de chênes. On était à la
fin de juin, la chaleur était ardente; les bois et les
champs dormaient; le milieu du jour amène dans la
nature comme une suspension de vie : c'est vraiment
le sommeil de Pan. Il n'y avait pas un souffle dans
l'air; je ne voyais remuer ni une branche ni une
herbe. Seules les cigales faisaient retentir leurs tim-
bales au haut des chênes. Ce bruit m'était nouveau;
la cigale, *qui n'a ni chair ni sang*, est chargée d'annoncer les brûlants étés du Midi; le soleil l'a choisie pour
son héraut. Monotone comme le bourdon d'une vielle,
mais aigre et strident, son cri est l'âpre cri de guerre
d'une lumière implacable qui consume et dévore; on
croit entendre la crépitation de l'air et de la terre en
feu; c'est bien la musique du soleil, mais j'y crus re-

connaître aussi celle de la douleur, la plainte violente
et monotone de mon cuisant chagrin.

Ce chant triste, l'éblouissement du jour, la langueur de toutes choses autour de moi me plongèrent
dans un profond accablement, et je pleurai à chaudes
larmes. Tout à coup Max parut au bout de l'avenue ;
je serais morte de confusion s'il avait vu ou deviné
mes larmes. Je me levai précipitamment et m'enfuis
dans l'épaisseur du taillis. Un sentier s'offrit à moi,
je le descendis en courant. Ayant traversé un endroit
découvert, avant de rentrer dans le bois, je me retournai pour m'assurer que je n'étais pas suivie, et je
dis à haute voix : « Fuir ! toujours fuir ! quand cela
finira-t-il ? »

En ce moment, j'entendis près de moi un bruisse-
ment de feuilles, je tournai la tête et j'aperçus un inconnu que je regardai, je crois, d'un air sévère, car
je lui en voulais de sa fortuite indiscrétion. Assis sur
une pierre, au pied d'un arbre, il s'était levé à ma vue
en faisant un geste de surprise. C'était un jeune
homme de vingt-cinq ans à peu près, un peu trapu,
une tête de caractère et d'un type méridional, de grands
yeux noirs pleins de feu, le teint d'une pâleur mate,
une abondante chevelure bouclée, l'air noble, ardent,
exalté, un peu étrange, où la douceur se mêlait à
l'austérité. Il restait immobile devant moi et comme
plongé dans la stupeur. Si préoccupée que je fusse, je
ne laissai pas de m'apercevoir qu'il entrait dans cette

stupeur un peu d'admiration; mais ce n'était pas tout. Avait-il l'esprit dérangé? Je l'entendis s'écrier à deux reprises, d'une voix vibrante et musicale: « Quelle réponse! » puis, revenant à lui, il me salua respectueusement et fit mine de s'approcher pour me parler; mais l'air dont je le regardais le troubla; il balbutia quelques excuses et s'éloigna d'un pas rapide, non sans retourner souvent la tête.

Bien que la chaleur fût étouffante, je poursuivis mon chemin; je voulais me mettre hors d'atteinte. Par une éclaircie, je découvris la Berre sur ma gauche; les ardeurs de juin l'avaient presque tarie; à certains endroits, on pouvait la franchir à pied sec. « L'été, pensai-je, se charge de leur assurer des communications plus faciles; mais que m'importe? Le ciel soit loué! je n'ai plus rien à perdre, plus rien à craindre. »

Je poussai jusqu'à une retraite sauvage qui termine le bois de ce côté. Le terrain, se relevant brusquement, forme un tertre rocheux arrondi en cirque; des arbustes aux rameaux noueux et contournés le décorent de ces épais halliers qui sont une des grâces du Midi. Au-dessus des halliers croissent des bouquets de pins d'un vert tendre. Je m'assis à l'ombre, parmi des genêts fleuris, dans l'enfoncement que laissaient entre eux des rochers. De mon réduit j'apercevais au travers des feuillages une clairière du bois, et plus bas, à l'un des coudes de la Berre, une flaque d'eau crou-

pissante sur laquelle se penchait tristement un saule
poudreux que tourmentait la soif. J'étais bien cachée ;
dans le silence de ces genêts et de ces rochers, je pouvais soupirer librement, et, si les larmes revenaient,
personne du moins ne les verrait couler.

Je m'oubliai des heures entières [dans mon tranquille asile, et j'avais fini par m'assoupir légèrement,
quand un bruit de voix me réveilla. Au sommet du
tertre passe un chemin vicinal peu fréquenté qui
descend à la rivière et que les hauts talus qui l'encaissent dérobaient à ma vue. Deux personnes mon-
taient ce chemin ; elles causaient d'une voix bruyante
et animée comme dans l'échauffement d'une querelle, l'une sur un ton de basse continue, l'autre sur
un ton de fausset dont les aigreurs m'étaient trop
connues. On s'arrêta juste au-dessus de ma tête, et
je pus entendre le dialogue suivant :

« Encore un coup, madame, que venez-vous faire
ici ?

— Encore un coup, monsieur, que venez-vous y
faire vous-même ?

— Eh bien ! madame, je vous ai vu sortir, je me
suis inquiété, je vous ai suivie.

— Eh bien, monsieur, je suis lasse de vos éternels
espionnages, de vos poursuites, de vos obsessions et
de vos fureurs d'alguazil.

— Pour venir ici, madame, vous avez dû traverser
mon champ.

— Que le bon Dieu vous bénisse, vous et votre champ! Faites dresser procès-verbal.

— Convenez, madame, qu'il y a eu rendez-vous donné.

— Il en sera exactement, monsieur, ce qui vous plaira.

— Il ne vous suffit plus de recevoir votre amant chez vous, vous venez le chercher chez lui.

— Je ne sais pas si je reçois mon amant chez moi, mais je sais que vos insultes m'en donneraient l'envie.

— Oh! ne niez pas. Nous avons des preuves. Mon chien de garde que j'ai relevé mort dans mon champ....

— Tous les chiens sont mortels, monsieur. Que ne faites-vous assurer les vôtres ?

— Cela finira mal, madame.

— Cela ne finira pas, monsieur. »

Il se fit une pause, après quoi M. de Malombré reprit d'un ton larmoyant :

« Malheureux que je suis! Qui me guérira de mon indigne faiblesse ? Vous aimer encore après tant d'affronts, tant de trahisons, tant de promesses dont vous aviez amusé ma crédulité!

— Il est vrai, dit-elle, que je me suis ruinée en promesses. Quand un fâcheux devient pressant, on promet, monsieur, on promet,... mais on change d'avis. Il n'y a que Dieu et les sots qui ne changent jamais.

— Non, rien ne peut vous arrêter, ni mon désespoir....

— Je me suis toujours défiée des soupirs que vous tirez de vos talons.

— Ni votre dignité....

— La dignité! c'est une idée de vieille femme.

— Ni les droits d'une innocente jeune femme dont vous troublez le bonheur.

— Vous moquez-vous de me parler d'elle? Mais ne savez-vous pas qu'elle m'avait ravi un cœur qui m'appartenait? Ignorez-vous que je la hais, et que je donnerais volontiers dix années de ma vie pour avoir la joie de la voir pleurer?

— Ah! vous me rendrez fou, madame! s'écria M. de Malombré. Faut-il que je me mette à vos genoux?

— Ici, dans la poussière du chemin? Gardez-vous en bien, vous auriez besoin de mon aide pour vous relever.

— Vous m'insultez, madame. Vrai Dieu! je reste ici. Arrive que pourra, je ne vous lâche plus, je m'attache à vos pas, je vous suis comme votre ombre!...

— En ce cas, c'est moi qui quitterai la place! s'écria-t-elle avec colère; mais, entendez-moi bien, je vous défends de remettre les pieds chez moi. Depuis trop longtemps vous me compromettez; vous êtes, monsieur, le fléau de ma vie. Ma dignité, dont

vous vous faites l'avocat, mon devoir, tout m'interdit
de vous revoir jamais. »

A ces mots, elle partit. Je crois qu'il la suivit. J'entendis encore quelques mots, puis tout rentra dans
le silence. « Serait-il vrai, me demandai-je, qu'il y eût
un rendez-vous donné? » Et je me répondis : « Mais
encore une fois que m'importe, et qu'ai-je affaire de
l'apprendre? »

Assurément il ne m'importait guère, et pourtant
je demeurai plus d'une heure encore tapie dans mon
coin, sans trop savoir pourquoi. Enfin je me mis à
réfléchir, et la réflexion me révéla que j'étais restée
pour éclaircir un doute qui importait si peu. Comme
je me levais pour partir, Max parut dans la clairière.
Oui, c'était bien lui. Je m'effaçai derrière le tronc
d'un pin. Il venait donc au rendez-vous! Cependant
une circonstance me frappa : il était accompagné
d'une levrette qu'il m'avait donnée, et dont je faisais
ma compagnie ordinaire. Pourquoi l'avait-il amenée?
Je crus m'apercevoir qu'il l'envoyait à la découverte.
La chienne partait comme un trait, le nez au vent,
courait en tous sens, faisait le tour de la lisière du
bois, puis, comme se trouvant en défaut, revenait
auprès de Max, qui la faisait repartir. N'était-ce pas
moi qu'il cherchait?

« Elle ou moi? repris-je, outrée d'indignation.
Elle ou moi!... Cette question m'intéresse donc?
Tout n'est donc pas mort dans ce misérable cœur?

Il remue encore, il y reste une fibre vivante et sensible que le doute peut tourmenter! Quand ne l'entendrai-je plus battre? Quand sera-t-il de pierre? »

Je me glissai à travers les rochers et les buissons, non sans y laisser quelques lambeaux de ma jupe, et j'atteignis la crête du tertre et le chemin qui contourne le parc.

« Il faut que je m'éloigne pour quelque temps, me disais-je. Aujourd'hui j'ai été faible, j'ai pleuré; c'est un avertissement. Demain peut-être je pleurerais encore, je me laisserais surprendre, l'œil insolent de la haine boirait mes larmes. L'événement est trop récent, mon cœur n'a pas encore eu le temps de se bronzer, le mépris n'y a pas tué la colère. Partons, partons; je ne reviendrai que rassurée contre moi-même et certaine de ne me plus démentir. »

A gauche du chemin, au premier tournant, est une croix en fer au pied de laquelle un tronc couché en travers sert de siége aux passants. En portant mes yeux de ce côté, j'avisai, assis sur ce tronc, l'inconnu que j'avais rencontré dans le parc. Il tressaillit visiblement en me reconnaissant, et resta comme la première fois en contemplation devant moi. Je ne doutai plus qu'il n'eût le cerveau malade; mais, se remettant de son trouble, il se leva et vint me saluer avec l'aisance d'un homme du monde.

« Excusez-moi, madame, me dit-il, d'avoir pénétré tout à l'heure chez vous; nulle part dans ce pays, où je suis arrivé depuis peu, les propriétés ne sont closes de murs; cet usage me plaît, mais il met trop à l'aise les indiscrets et les distraits, et j'ai cédé à la tentation d'admirer vos beaux ombrages.

— Ne vous faites aucun reproche, lui répondis-je; mais me trompé-je? il me semble que vous cherchez ou que vous attendez quelqu'un. Si vous aviez besoin de quelque renseignement.... »

Il rougit, hésita un instant à me répondre, puis me dit d'une voix émue : « J'attends depuis bien longtemps.... »

Et d'un mouvement de tête faisant flotter sur ses épaules ses longs cheveux châtains : « Je n'ai pas trouvé ce que je cherchais, poursuivit-il, et ce que j'ai trouvé, Dieu m'est témoin que je ne le cherchais pas. »

A ces mots, il me salua et s'éloigna.

« Ce jeune homme est singulier, me dis-je; mais un peintre en tirerait parti. »

En rentrant au château, je trouvai une lettre de mon père qui m'arrivait fort à propos. Il me témoignait un vif désir de me revoir. « Arrache-toi à ton bonheur, fille ingrate, m'écrivait-il, et viens charmer par tes récits la solitude de ton vieux père. » A dîner, je prévins Max de mon départ. Il me jeta un regard scrutateur.

« Combien de temps serez-vous absente? me demanda-t-il.

— Quelques semaines, je pense.

— Quelques semaines ou quelques mois?

— Je ne sais trop, répondis-je sèchement.

— Je vous souhaite un heureux voyage, madame, me dit-il, et puissiez-vous découvrir que le Jura ne vaut pas le Ventour! »

Quand le cœur est blessé, on a beau se tourner et se retourner dans sa vie, nulle position n'est bonne, car le mal est partout; en s'agitant, on agite son chagrin, on s'aperçoit qu'on ne le connaissait pas tout entier, et à la souffrance se joint une inquiétude qui l'aigrit. J'espérais reprendre à Louveau un peu de calme, un peu de force; j'étais loin de compte. La joie que témoigna mon père en me revoyant me fit mal, et j'eus peine à répondre à toutes les questions dont il m'accabla; quels efforts d'imagination je dus m'imposer! Mais il n'était pas seul à m'interroger; dans ces lieux pleins de souvenirs, tout me parlait, tout jusqu'aux routes et jusqu'aux cailloux des chemins. Mille circonstances effacées de ma mémoire s'y retraçaient soudain pour m'affliger; elles se dessinaient comme une broderie lumineuse sur le fond sombre du présent. Au prix de ce qui avait suivi, me répétais-je sans cesse, quelles délices pures et sans mélange que mes tristesses passées!

Je ne puis vous peindre l'émotion que je ressentis en rentrant dans ma chambre de jeune fille. Je m'arrêtai un instant sur le seuil; puis j'entr'ouvris les

volets, la lumière entra à flots. Rien n'avait été changé
de place, je retrouvais chaque chose, chaque meuble
tel que je l'avais laissé; mais quel silence! celui que
commande le respect du malheur. Et quel étonnement aussi! Comment m'eût-on reconnue? Dans un
coin, j'aperçus une feuille de papier gris. Je savais
ce que renfermait ce papier : une fleur séchée, un
lis. Vous vous rappelez où et par quelle main il avait
été cueilli. Le temps n'avait donc pas marché dans
cette chambre; il ne s'y était rien passé! Le lit aussi
était demeuré le même : des rideaux blancs, une
courte-pointe piquée, une taie d'oreiller en mousse-
line. O mes sommeils d'autrefois! Et au jour pouvoir
s'éveiller sans se dire : Non, ce n'est point un rêve;
certaine nuit je l'attendis jusqu'au matin, et quand il
parut, ce que je lus dans ses yeux me fit tomber
comme morte à ses pieds!... Je n'osais m'approcher
de ce lit; je le regardai longtemps; enfin je cachai en
pleurant mon visage dans l'oreiller, et une prière
folle sortit de mon cœur. Je soupirais après l'impossible, je redemandais une chose perdue, et une voix
inexorable me répondait : Jamais, non jamais!

. J'étais depuis un mois à Louveau, et je commençais à me sentir incapable de tromper plus longtemps
mon père, quand je reçus de Max le billet suivant :

« J'attends des hôtes, et je vous avoue que je serais
embarrassé si je devais être seul à les recevoir. Ne
viendrez-vous pas remplir vos devoirs de maîtresse

de maison? Il me semble que cela rentre dans le pro-
gramme dont nous étions convenus. Si vous ne venez
pas, je n'aurai garde de me plaindre; mais je ne saurai que penser, car je suis naïf, et je crois à la lettre
ce qu'on me dit. »

Je ne pus m'empêcher de sourire à cette lecture.

« Il regrette son jouet, me dis-je; l'expérience
qu'il avait commencée était pour le moment le grand
intérêt de sa vie, et j'ai trompé sa curiosité en m'en
allant; il a bien sujet de m'en vouloir.... »

Je me représentais un papillon qu'un enfant a
pris et qui par miracle s'envolerait avec l'épingle
dont il l'a percé. L'enfant le traite d'ingrat :

« Reviens donc, je n'avais pas encore tout vu;
cruel! je ne sais pas encore comment tu meurs!... »

Je répondis aussitôt : « Vous avez raison de croire
que je reviendrai. Je sais ce que j'ai promis, et je
serai exacte à tenir ma parole. Comptez sur mo
comme je compte sur vous. »

Mon père n'essaya pas de me retenir. Il s'était
avisé depuis quelques jours que je manquais d'appétit et que j'avais un certain air rêveur dont s'alar-
mait, disait-il, sa clairvoyance. Il se plaignait que
mon corps seul fût à Louveau; mon cœur était reparti pour Lestang, et il citait là-dessus ses poëtes :
« L'amour est un oiseau doux et cruel, on ne lui peut
résister....Andromède, je vous suis maintenant odieux,
tandis que toutes vos pensées sont pour le bel Athis. »

Je partis deux jours après avoir écrit au bel Athis. Le dernier soir, pour mettre le temps à profit, mon père me traduisit, je crois, plusieurs centaines de vers grecs. J'eus bien des distractions pendant cette lecture ; son secrétaire, qui est homme d'esprit, lui poussait le coude en disant :

« Monsieur, vous y perdez votre grec ; on ne vous écoute pas. »

Cependant un mot me réveilla : « Je porterai mon glaive caché sous une branche de myrte. » Qui a dit cela ? Peut-être le saurez-vous. Ce mot me resta dans l'oreille et dans le cœur ; le lendemain, le long de la route, je répétais machinalement : « Je porterai mon glaive caché sous une branche de myrte. » Et je souriais tristement en regardant mes pauvres mains nues et sans défense.

III

Max me remercia sans empressement, mais non
sans grâce, d'avoir répondu à son appel. Il attendait,
en effet, des hôtes qui ne tardèrent pas d'arriver ; il
avait si bien pris ses mesures que, pendant plus de
deux mois, la maison ne désemplit pas. Ce fut un
va-et-vient continuel de visiteurs, les uns séjournant,
les autres ne faisant que passer, tous gens qu'il fallait
loger, nourrir et amuser. Vous jugez bien que pendant tout ce temps je ne fus pas sans occupation !
Mille petites et grandes affaires demandèrent mes
soins : j'eus bien des arrangements à combiner, je
dus songer à bien des détails. Des logements à préparer, des grands dîners, des courses à cheval, des
parties champêtres, des concerts improvisés, des
charades, un théâtre de société, — à quoi ne fallait-il
pas penser ! Dès le premier jour, Max s'était reposé

sur moi du soin de tout régler ; il me regardait faire,
et sans me flatter je crois que ma présence d'esprit, la
liberté et la vivacité de mon coup d'œil, mon infatigable attention dépassèrent son attente. Je n'étais
plus la femme dont il avait vu à Paris les débuts
embarrassés, car tandis qu'alors, tout entière à mes
rêves, je ne m'étais prêtée au monde qu'à regret,
maintenant je me donnais à lui volontiers, lui sachant
gré de m'étourdir et de me dissiper. Je vous ai dit,
je crois, que pour aimer le monde il faut y avoir
affaire ; je n'étais occupée que de m'éviter moi-
même ; c'est à quoi il me servait.

Vous ferai-je le détail de ma vie pendant ces deux
mois ? Non, car ce n'est pas de cela qu'il s'agit. Je
vous dirai seulement, si vous le voulez, que je jouai
une comédie d'insouciance et de gaieté qui peut-être
n'en imposa pas à tout le monde, que chaque soir
j'étais brisée, que chaque matin les forces me revenaient, et que je bénissais cette belle invention des
indifférents qui fait passer le temps et qu'au besoin
on peut mettre comme un écran entre son cœur et
soi. Je vous dirai aussi que, parmi ces indifférents,
plusieurs se lassèrent de leur métier d'écran, qu'ils
s'essayèrent à autre chose, qu'ils entrèrent discrè-
tement en campagne, que plus d'une fois des curiosités téméraires rôdèrent à pas de loup autour de
moi, que je pus lire dans plus d'un regard une ques-

18

tion plus humble que respectueuse, et que je répondis toujours avec hauteur.

Je vous dirai encore (on dit toujours plus qu'on ne veut) qu'un peintre célèbre dont je vous ai parlé passa quinze jours à Lestang, qu'il me supplia de poser, que j'y consentis, qu'il fit un chef-d'œuvre, que le dernier jour, dans un moment où nous étions seuls, il changea tout à coup de visage, prit un air sombre, soupira, hasarda les premiers mots d'une déclaration, et me demanda d'une voix étouffée une rose que je portais dans mes cheveux, que cette petite scène ne m'émut point, que je pris la rose, qu'en la prenant je la secouai, qu'elle s'effeuilla, et que, présentant la tige dépouillée à ce beau ténébreux, je lui dis :

« Voilà tout ce que je peux donner. »

Trois heures plus tard, il était en route pour Paris.

Vous dirai-je enfin, que plus d'une fois la nuit, tourmentée d'insomnie, j'eus avec moi-même des entretiens singuliers ? Je me demandais : Le pourrais-je, si je le voulais ? et je me répondais : Je ne peux pas le vouloir. Dans ces moments, j'avais la mesure exacte de ce qui m'était possible, je voyais mon âme à nu ; je sentais que j'étais également incapable de tout entraînement irréfléchi et des calculs de la coquetterie, que mon imagination avait une invincible répugnance pour les aventures communes, que dussé-je m'aider, je ne m'enflammerais jamais pour un caprice, que jamais non plus je ne m'abuserais sur l'état de mes sentiments jusqu'à prendre pour de la passion une complaisance passagère de mon cœur.

Mon âme, me disais-je, est tout d'une pièce; elle ne peut se prêter à aucun partage; il faut qu'elle se donne ou se refuse **tout** entière : elle n'a le choix qu'entre le trop-plein des affections violentes ou le vide de l'indifférence. C'est que je suis à la fois raisonnable et passionnée, trop raisonnable pour m'aveugler sur rien, trop passionnée pour me contenter de peu.

Et je me disais encore : Que ces hommes à la mode sont peu de chose! Que leur répertoire est court! Comme on les sait vite par cœur! Le plus souvent leur fatuité est à fleur de peau, ou, si elle cherche à se cacher, comme elle se trahit gauchement! Tout leur esprit ne leur sert qu'à mettre en œuvre leur sottise. Tous taillés sur le même patron, il n'est rien en eux qui soit à eux; leurs travers mêmes ne sont pas de leur façon; on dirait qu'ils ont des faiseurs attitrés chez qui ils se fournissent de vices comme ils commandent leurs bottes et leurs habits. Et il en est de leurs idées comme de leurs sentiments, elles sont toutes de fabrique. Ne cherchant rien, ils n'ont pas même le mérite de se tromper, et ces petites âmes sont au-dessous de l'erreur. Ce qui est fâcheux, c'est qu'ils gâtent tout ce qui les approche. Cet artiste de

l'autre jour est un homme de cœur et de grand esprit, j'avais de l'amitié pour lui; mais je ne sais
quelle mouche le piquant, il a voulu, lui aussi, jouer
le rôle d'un homme à prétentions; il lui en a mal
pris : je crois qu'en lui répondant j'avais aux lèvres
un sourire qu'il n'oubliera pas. Que Max est supérieur à tous ces gens-là ! Il les domine tous de la
tête. Ses regards, ses attitudes, tout marque une âme
et une volonté; tel qu'il est, son caractère est à lui;
il l'a fondu dans le creuset de sa vie ; il avait lui-
même fait son moule, et il a jeté la statue en bronze.
Pauvres marionnettes que les autres! Comme il serait
aisé d'en tirer les fils ! Il est d'une autre race, lui; il
y a sous ses vices une nature. Aussi l'ai-je aimé,
et maintenant je suis condamnée à le haïr; mais que
lui importe ma haine ? Que puis-je oser ? Et quand
j'oserais, qu'a-t-il à craindre ? Où frapper pour qu'il
sente le coup ?

Et là-dessus je recommençais à sonder, à interroger mon cœur, à calculer ses chances, à me représenter tous les hasards possibles et la figure que j'y
ferais, et j'en revenais toujours à cette conclusion,
qu'on est ce qu'on est, qu'on dépend de son caractère, et que la plus dure des servitudes est de se
sentir l'esclave de sa liberté. Plus d'une fois l'aube
me surprit raisonnant encore avec moi-même et me
débattant contre l'évidence.

Mais je vous entends : « Et votre conscience, me

criez-vous, et la religion ! n'avaient-elles pas un mot
à dire dans ces débats? » Non, mon père, elles ne
disaient rien. Il me semblait que tout devoir est un
contrat et que la trahison m'avait affranchie. La conscience, la religion ! elles ont parfois d'effrayants
silences qui m'étonnent autant que vous.

Vers la fin de septembre, la vieille duchesse de C...,
qui revenait des eaux et se rendait dans sa terre de
Provence, vint nous voir en passant, et cette visite
donna lieu à un incident qu'il faut que je vous rapporte. Vous savez qu'à Paris je m'étais donné quelque peine pour m'insinuer dans ses bonnes grâces et
pour la mettre dans mes intérêts. Mon brusque départ m'avait mal notée dans son esprit : elle y avait
vu, selon son expression, une escapade de pension-
naire, et j'imagine qu'elle passa par Lestang à la
seule fin de décocher quelques épigrammes aux *deux
pigeons fuyards*, du moins elle ne s'y épargna pas;
mais je résolus de la regagner, car c'est après avoir
perdu le bonheur qu'on commence à tenir au succès.
Je réussis si bien que, dans un moment d'effusion,
elle me déclara qu'elle me trouvait singulière, mais
charmante, et il y parut bien, puisqu'au lieu de ne
faire que toucher barres, elle s'arrêta toute une semaine à Lestang.

Un jour, s'étant échappée pour faire toute seule le
tour du parc, car elle est ingambe, elle nous dit en
revenant:

« Il serait bon de faire murer ce parc ; c'est un lieu de rendez-vous, et en battant vos buissons on fait lever un étrange gibier. »

Puis elle nous conta qu'arrivée à peu de distance du bois de pins, elle avait entendu du bruit derrière un hallier.

« Je suis peureuse, dit-elle : je tressaillis, je regardai et je ne sus d'abord si ce que je voyais était un sanglier, un serpent à sonnettes ou un brigand ; mais je nettoyai mon lorgnon, et j'aperçus très-distinctement une jeune femme qui s'enfuyait devant moi ; au dernier détour du sentier, elle se retourna, me regarda, repartit et disparut.

— Était-elle jolie, madame ? demanda Max.

— Cela va sans dire, répondit-elle ; mais ne vous montez pas l'imagination, mon cher marquis. Je l'ai bien lorgnée, et je n'ai vu qu'un minois chiffonné, une toilette de carême-prenant, l'air évaporé et un peu somnambule d'une chambrière qui a lu *Atala* et qui attend Chactas. »

Le portrait, quoique peu flatté, était parlant ; je sentis que Max me regardait, et j'évitai son regard.

« Mais ce n'est pas tout, reprit la duchesse. Je prends sur la droite, j'avise un nouveau buisson ; grand bruit de feuilles ; un second lièvre part à dix pas de moi.

— C'était Chactas ? demanda Max.

— Chactas ou non, dit-elle, je n'ai vu cette fois

qu'un dos, de grandes boucles de cheveux châtains et un chapeau pointu de brigand d'opéra. Et là-dessus je suis revenue en hâte sur mes pas, car chacun de vos buissons me faisait l'effet d'une boîte à surprises, et je n'aime pas les émotions.

— Le fait est, répondit Max, qu'on entre ici comme dans un moulin ; je suis bien tenté de faire une clôture, mais cela serait contraire aux usages du pays. ▪

Le lendemain matin, Mme de C... me prit à part et me dit d'un air de mystère :

« Je crains d'avoir été indiscrète hier au soir et qu'il n'y ait anguille sous roche.

— Que voulez-vous dire, madame ?

— La lune m'empêche de dormir ; aussi veillai-je fort tard cette nuit. Comme j'allais me coucher, je crus entendre des pas près de la maison ; je m'approchai de la fenêtre, et j'aperçus à travers la persienne une ombre humaine qui se dessinait sur le gravier d'une allée. En ce moment, les chiens aboyèrent, et l'ombre s'évanouit. Cette ombre, ma chère, a un défaut grave pour un fantôme dont le premier devoir est la discrétion ; elle agit fort à l'étourdie, car dans sa fuite précipitée elle a laissé tomber quelque chose qu'auraient pu ramasser d'autres mains que les miennes... Tenez, voyez ; tout à l'heure au pied d'un rosier j'ai trouvé le carnet que voici. Les grands cheveux bouclés, le chapeau calabrais, le carnet... Vraiment je crains que le rôdeur d'hier soir et celui de cette nuit ne soient de la même couvée. »

J'ouvris le carnet qu'elle me présentait. Le premier feuillet était écrit en italien ; au bas, je lus ces mots en français : « Arsène, fuyez les hommes, et vous serez sauvé. »

« Oh bien ! dis-je, le rôdeur n'est pas un homme compromettant. Almaviva a brisé sa mandoline et se dispose à prendre le froc.

— A moins qu'il ne l'ait jeté aux orties. D'ailleurs ne vous pressez pas trop. « Arsène, fuyez les hommes ! » Des femmes, pas un mot. Et puis tournez, je vous prie, quelques feuillets: ce que vous allez voir vous surprendra. »

Je tournai les feuillets, et j'avisai une suite de six croquis qui étaient comme les épreuves successives du même portrait. On avait cherché en tâtonnant une ressemblance, et on avait fini par la trouver, car dans le dernier croquis je ne pus m'empêcher de me reconnaître.

Mme de C.... m'étudiait avec attention ; mon étonnement, qui n'était pas joué, dissipa ses soupçons.

« Je me rappelle, lui dis-je, avoir rencontré un jour près d'ici un homme qui avait à peu près les cheveux et le chapeau que vous dites. Vous verrez que c'est quelque peintre chevelu qui fait des études de tête pour un tableau de dévotion.

— En ce cas, dit-elle, il s'entend à choisir ses modèles, et je lui en fais mon compliment, bien qu'au
dire de Mme Ferjeux, qui n'a pas tort, vous ressem-
bliez plutôt à une Junon antique qu'à une madone;
mais, croyez-moi, brûlez ce carnet : j'imagine que
Max est jaloux comme un tigre.

— Autant que cela ? lui demandai-je.

— Votre bel époux m'a toujours fait un peu peur,
reprit-elle. C'est un de ces caractères extrêmes qui
ne gardent ni loi ni mesure ; violents dans le bien
comme dans le mal, quoi qu'ils fassent, ils dépassent
toujours ce qu'on attendait.

— Savez-vous que vous m'effrayez, lui dis-je en
souriant.

— Riez, riez, dit-elle. Vous êtes une femme étonnante ; vous avez apprivoisé le monstre. Ce que j'ai
vu hier m'a fort surprise. Il faut vous dire qu'hier
soir vous étiez ravissante avec votre fleurette sur l'o-
reille ; peut-être n'en savez-vous rien, je vous crois
capable de tout. Le petit vicomte, qui a de l'esprit,
vous avait mise en verve ; pour la première fois, je
vous ai entendue dire des folies, et la galerie émerveil-
lée vous contemplait bouche béante. Max se tenait à
l'écart ; debout dans l'embrasure d'une fenêtre et les
bras croisés sur la poitrine, il vous regardait avec
une fixité qui me parut bien étrange après un an de
mariage. Dès qu'il s'aperçut que je l'observais, il détourna la tête et reprit cet air d'insouciance ironique

qui lui est familier; mais il n'échappa pas à mes
lazzis... Brûlez ce carnet, ma bélle enfant, brûlez-le,
défiez-vous d'Arsène, et Dieu maintienne en paix le
colombier! »

Je pris le carnet, mais je ne le brûlai pas; ce n'est
point qu'il eût du prix à mes yeux, toujours est-il
que je ne le brûlai pas.

Vers le milieu d'octobre, nos derniers hôtes par-
tirent. La maison se désemplit tout à coup, et le silence y rentra, envahit tout, les corridors, les esca-
liers, les appartements, un silence morne qui faisait
le vide autour de moi et permettait à mon cœur de
s'entendre parler. Plus de barrière entre Max et moi!
Nos deux âmes se retrouvèrent en présence et comme
en champ clos; elles allaient de nouveau se regarder
de près et se toucher. D'avance j'avais redouté ce
moment; je sentais qu'il serait critique pour moi,
et Max ne l'ignorait pas.

A une portée de fusil du château, dans un champ
en friche attenant à la terrasse, s'élève une vieille
tour ronde à deux étages qui tombe en ruine. Une
après-midi, étant allée me promener au penchant
d'une de nos collines, je fus surprise au retour par
une ondée subite; j'étais à deux pas de la tour, je
m'y réfugiai. L'intérieur est encombré de gravois et
des débris d'un plancher qui s'est récemment écroulé;
un étroit escalier en pierre, attaché au flanc de l'é-
paisse muraille, grimpe en spirale jusqu'à la plate-

forme à demi effondrée. La pluie cessa presque aussitôt; au lieu de partir, bien que je sois sujette au vertige, j'eus la tentation de m'aventurer sur ce périlleux escalier. Je devais avoir dans ma vie de bien autres difficultés à surmonter que celle de grimper au sommet d'une vieille tour; peut-être à mon insu éprouvais-je le besoin de m'aguerrir avec les dangers.

Je me mis en marche et j'atteignis la plate-forme sans avoir ressenti la moindre inquiétude. Un vent impétueux me fouettait le visage; debout derrière un créneau, je regardais courir d'épaisses et sombres nuées qui s'enfuyaient avec une rapidité folle vers le nord; au midi, le ciel, d'un bleu pâle, se dégradait par des teintes fondues jusqu'au vert de l'algue marine. Je contemplais depuis quelque temps ce contraste et cette lutte de l'ombre et de la lumière, quand je vis venir Max, qui m'avait aperçue et se dirigeait à grands pas vers l'entrée de la tour. L'idée d'avoir un tête-à-tête avec lui sur cette plate-forme, dans cette solitude, entre ciel et terre, m'épouvanta. Je m'empressai de redescendre; mais l'émotion gênait et ralentissait mes mouvements. Max eut le temps de pénétrer dans la tour et de gravir en courant l'escalier jusqu'à la hauteur du premier étage. Ce fut là que nous nous rencontrâmes.

Il s'appuya au mur et me regarda en souriant.

« Nous voilà, me dit-il, comme les deux chèvres

de la Fontaine : qui de nous deux cédera le pas à
l'autre ? »

Et il ajouta aussitôt d'une voix presque caressante :
« J'ai quelque chose à vous dire ; nous serions bien
là-haut pour causer.

— Nous serons mieux partout ailleurs, repartis-je
d'un ton bref ; on ne cause pas d'affaires dans une
tour en ruine. »

Il insista ; mais, sans lui répondre, je fis mine de
me remettre en marche. Il me jeta un regard de reproche et fronça le sourcil. A sa droite, de niveau
avec le degré sur lequel il s'était arrêté, s'allongeait
dans l'espace une solive scellée dans la muraille et
rompue vers le milieu, seule pièce de charpente qui
fût restée en place lors de l'écroulement du plancher.
Pour me laisser le champ libre, Max, au lieu de redescendre, s'élança sur cet ais vermoulu, qui craqua
et plia sous lui. Je fus prise d'un frisson ; je retins
un cri et franchis précipitamment quelques marches
en détournant les yeux. Au même instant, j'entendis
un second craquement plus fort que le premier. La
solive s'était détachée et tomba avec fracas sur les
poutres qui jonchaient le sol ; mais j'entendis aussi la
voix de Max, qui, descendant derrière moi, me cria :
« Prenez garde, Isabelle, serrez de près la muraille,
l'escalier est fort étroit. »

Je me hâtai de sortir de la tour et de reprendre le
chemin du château. Au bout d'un instant, Max me

rejoignit et marcha à mes côtés. Je ne le regardai
pas ; je ne trouvais pas un mot à lui dire ; j'avais la
gorge serrée et j'éprouvais un tremblement nerveux
dont il me fit la grâce de ne pas s'apercevoir. Je m'en
voulais de la violence de l'émotion que j'avais ressentie, et j'étais indignée contre l'homme qui, ne me
comptant pour rien, cherchait cependant à m'étonner, à me troubler, et qui, ne m'aimant pas, se plaisait en quelque sorte à se sentir vivre en moi. Entre
ses mains, mon cœur était un instrument docile sur
lequel il jouait à sa guise tous les airs que lui suggé-
rait son caprice. Pour la seconde fois, en s'exposant
follement, il venait de me prouver qu'il osait tout. Je
me disais que, pour être admirable, il faut que le mépris de la mort soit une vertu. Il y avait dans l'âme
de Max des profondeurs plus effrayantes que le vide
sur lequel je l'avais vu suspendu, et c'est sur cet
abîme que flottait ma vie. Comme nous arrivions à la
porte du château, son valet de chambre vint l'avertir
qu'un de ses fermiers demandait à le voir, et il me
quitta sans que nous eussions échangé une parole ni
un regard.

Quelques heures plus tard, j'étais au salon, assise
près d'une lampe et occupée d'un grand travail de
broderie que je venais d'entreprendre ; j'espérais que
le canevas dont je remplissais le fond serait tour à
tour un désennui pour mes heures de solitude et un
tiers qui romprait en quelque façon des tête-à-tête

dont j'avais peur. Une femme qui brode a le droit
d'être distraite, de ne pas répondre ; elle choisit ses
laines, elle compte ses points.

Du reste, je croyais rester seule ce soir-là ; pendant
le dîner, Max avait été presque muet, et en sortant
de table il s'était enfermé chez lui. Je me sentais
comme perdue dans ce grand salon où depuis quelques jours tout bruit et tout mouvement avaient cessé.
Je crois que toute la maison dormait ; il y régnait un
profond silence qu'interrompait seul le tic tac de la
pendule. Qu'il est triste, le pas des heures ! Je me
prenais à regretter les indifférents qui étaient partis,
j'aurais voulu les entendre encore marcher et parler
autour de moi ; des questions oiseuses, de fades sourires, des sautillements de perruches, des propos en
l'air, des caquets, je sentais le prix de tout cela ; jamais je n'avais mieux compris combien l'inutile est
nécessaire dans ce monde, et que ce qui ne peut ni occuper ni consoler notre vie nous rend encore service
en la remplissant, car rien n'égale le tourment d'un
tête-à-tête entre un cœur vide et le vide du temps.

Cela me donnait à rêver, et je laissais reposer mon
aiguille quand j'entendis marcher dans le vestibule.
Je me remis vivement au travail ; la porte s'ouvrit,
Max entra. Sur-le-champ je devinai qu'il avait un
projet, car depuis longtemps son visage n'avait plus
de secrets pour moi. D'un air déterminé et de belle
humeur, il approcha un fauteuil de ma table à ou-

vrage, s'assit, et, tirant de son portefeuille deux
papiers :

« Tantôt vous n'avez pas voulu m'entendre, me dit-
il, et il est certain que j'avais mal choisi le moment
et l'endroit. Serai-je plus heureux ce soir? Vous êtes
une femme d'excellent conseil, et je viens de recevoir
deux lettres auxquelles je ne veux pas répondre sans
vous avoir consultée. »

Je lui marquai par un signe de tête combien j'étais
flattée de sa confiance, et il me présenta un papier
que je parcourus rapidement. Son avoué lui mandait
de Nîmes qu'il n'y aurait pas de procès, que les héri-
tiers naturels s'étaient désistés et que la succession
était ouverte.

« Je ne sais si je dois vous féliciter, lui dis-je, car
je crois me souvenir que vous vous promettiez d'agréables émotions de ce procès qui n'aura pas lieu.

— C'est de l'histoire ancienne, mes idées ont bien
changé, je suis devenu très-pacifique, et je ne demande qu'à vivre en bonne harmonie avec tout le
monde.

— C'est bien pensé et facile à faire ; j'imagine qu'il
ne tiendra qu'à vous.

— Ah! il faut toujours craindre les rechutes ; mais
avec votre aide...

— Assurément ce ne sont pas mes affaires, et je ne
me sens aucun talent pour la direction des consciences.

— Qui sait? répliqua-t-il, vous dirigez si bien la
vôtre! Mais à propos nous étions convenus, il vous
en souvient, d'employer tous les fonds de cette succession, qui nous a donné tant de tracas, à la fonda-
tion d'un hospice.

— C'était bien votre projet, lui dis-je.

— Et le vôtre aussi, reprit-il avec un peu d'impatience. Donnez-moi, je vous prie, vos instructions,
j'aurai soin de m'y conformer. »

Et il me fit à ce sujet force questions auxquelles je
répondis de mon mieux, c'est-à-dire le plus briève-
ment que je pus. Puis, me présentant le second
papier:

« Lisez encore ceci, me dit-il, je tiens beaucoup à
en avoir votre avis. »

Je crus que c'était encore une lettre d'affaires,
mais je vis des pattes de mouches qui n'étaient point
sorties de la plume d'un avoué; quelle ne fut pas ma
surprise en apercevant au bas le nom d'Emmeline!
Ma main trembla, j'eus un frémissement de colère.

« Que vous êtes étourdi, monsieur! lui dis-je en
m'efforçant de me contenir, missives d'avoué et poulets galants, tout se mêle dans vos poches. Ces confu-
sions-là sont aussi dangereuses que des quiproquos
d'apothicaire. Qu'en penseraient vos maîtresses?

— Il n'y a point là de méprise, me répondit-il avec
une assurance qui me confondit. Je vous demande en
grâce de lire cette lettre, car je ne sais qu'y répon-

dre. Tout à l'heure j'irai chercher de l'encre, une plume, je m'assiérai à cette petite table que voici, et j'écrirai mot pour-mot la réponse que vous voudrez bien me dicter. »

L'audace de cette requête me révolta ; je refusai. Il insista ; ma fierté, se ravisant, me conseilla de céder ; il ne me convenait pas d'avoir l'air de rien craindre.

« Vos fantaisies sont étranges, dis-je, et ma complaisance ne l'est pas moins ; mais j'imagine que vous voulez compléter mon éducation et former mon style par l'étude des bons modèles. Fort bien, j'y consens. »

Je pris le billet et le lus à haute voix. Dès les premiers mots, je ne m'étonnai plus qu'il tînt à me le faire lire ; ce billet était ainsi conçu :

« Je ne me lasserai pas de vous le demander : est-il vrai qu'un soir, il y a aujourd'hui six mois, je m'étais endormie de lassitude dans un fauteuil, que je me suis réveillée en sursaut, qu'à la faveur d'un rayon de lune je vous ai aperçu debout et immobile devant moi, que vous m'avez regardée un instant en silence, et que vous avez disparu comme une ombre? De ce moment je ne vous ai pas revu, et mon cœur en est, vous le pensez bien, tout consolé ; mais je voudrais savoir ce qui s'est passé, ce que vous vouliez, ce que vous espériez, et je n'ai cherché à vous rencontrer que dans le désir de m'en informer. Un mot de réponse et vous en aurez fini avec moi. Je vous le demande pour la vingtième fois : avez-vous eu

14

l'audace de pénétrer de nuit chez moi? ai-je rêvé?
suis-je une hallucinée? La curiosité me dévore, et
j'en deviendrai folle. »

En lisant, je n'avais pu me défendre d'un violent
transport de joie; mais j'en sentis bien vite la folie.
Durant six mois, pensai-je, il m'a laissé croire... Que
suis-je donc à ses yeux?

Je rendis le billet à Max sans mot dire, et je me
remis à broder.

Il me regarda un instant en silence.

« Eh bien! madame, dit-il, venez donc à mon aide.
Dois-je répondre? Et que répondrai-je?

— Ah! monsieur, lui dis-je, partez à l'instant,
courez chez cette pauvre femme qui me fait pitié;
une réponse ne suffit pas, vous lui devez des consolations.

— Mais vous l'avez vu, reprit-il, elle est toute con-
solée, et si j'en crois mon valet de chambre qui sait
les nouvelles, avant peu de jours M. de Malombré
sera le plus heureux des hommes.

— J'en suis charmée, repartis-je, je lui veux du
bien; mais que vous coûte-t-il donc de donner l'é-
claircissement qu'on vous demande?

— Vous en parlez à votre aise, dit-il; le cas est em-
barrassant, et moi-même j'aurais besoin d'être éclairci.
Il me semble bien qu'une nuit qu'il faisait grand
vent je fus pris d'un accès de folie, que je sortis en
courant, que je traversai une rivière je ne sais com-

ment, que je me débarrassai d'un chien qui me barrait le passage, que j'escaladai un balcon, que je me
trouvai dans une chambre où une femme dormait.
Elle s'éveilla; un rayon de lune donnait sur son visage; je la regardai, je n'avais qu'à étendre le bras
pour prendre sa main, mon bras demeura pendant.
Il me semblait qu'entre cette femme et moi il y avait
un fossé, une barrière, que sais-je? un fil peut-être,
rien qu'un fil, mais un de ces fils qui ne rompent
pas. Je la regardai, vous dis-je, et je partis. Je revins
lentement; je restai longtemps assis sur une pierre,
au bord de l'eau. Je me demandais: Si j'étais tenté
de retourner sur mes pas, le pourrais-je? Je me répondais: Non, et j'écoutais le vent.

— Le cas est vraiment bizarre, lui dis-je; mais à
supposer que cela m'intéressât, je voudrais en savoir
davantage. Un fossé, une barrière.... comparaison
n'est pas raison. Peut-on savoir ce que signifient au
fond tous ces grands mots?

— Il ne faut pas être trop rigoureux pour les actions humaines, répondit-il en souriant; si j'étais
législateur, j'interdirais la recherche des motifs
comme celle de la paternité. Mon Dieu! il est déjà
fort beau de bien faire sans savoir pourquoi; mais
si l'on vous disait que ce qui vint se placer entre
cette femme et moi, ce fut l'ombre d'une autre
femme, et que la comparaison qui s'établit dans mon
esprit fut cause que je partis sans retourner la tête,

ne conviendrez-vous pas que comparaison est quelquefois raison?

— Je pourrais vous dire qu'il en est d'odieuses, lui repartis-je; mais vos ombres sont pour moi une énigme comme vos barrières, et je me soucie des unes autant que des autres. »

Un peloton de laine que je tirai de ma corbeille s'échappa de ma main et roula sur le tapis. Max se baissa vivement pour le ramasser; il me le présenta à genoux, et après que je l'eus pris, il ne se releva pas. Il était là à mes pieds, me regardant fixement; je ne l'avais jamais vu si séduisant. Ses yeux brillaient d'un feu sombre, et je voyais errer sur ses lèvres un sourire de sphinx, à la fois doux et terrible.

Nous nous regardâmes un instant les yeux dans les yeux; puis il m'échappa un rire amer, et je lui dis:

« Savez-vous à quoi je pense? Si vous aviez un couteau à la main, je vous prendrais pour un sacrificateur en fonctions. Mes genoux sont l'autel, vous vous apprêtez à immoler solennellement la victime. Hélas! cette victime n'est qu'un sot et pauvre caprice qui depuis longtemps est mort de sa belle mort. Trompe-t-on ainsi le ciel, et quelle divinité serait assez indulgente pour s'accommoder d'une si méchante offrande?... Allons, relevez-vous; cette comédie n'a que trop duré. »

Et cela dit, je me remis à broder.

Je pensais l'avoir mis en colère; il n'y parut pas. Se relevant :

« Pourquoi broder avec tant d'acharnement? me dit-il. A la lumière de la lampe, on ne peut distinguer un vert-pomme d'un vert-bouteille; je suis sûr que vous vous y trompez et que demain vous devrez défaire votre ouvrage. »

Et comme je ne répondais pas :

« Vous avez tort, poursuivit-il; vous avez pris un parti et juré de n'en pas démordre. Ce n'est pas de la sagesse, ni de la fermeté, c'est de l'entêtement. Quand tout change sans cesse autour de vous, pourquoi vous piquer de ne pas changer ? Et qu'est-ce que cette hauteur intraitable qui croirait s'abaisser en pardonnant? Vous parliez tout à l'heure de prêtres et de divinités. Moi, j'imagine que Dieu voulut que le pardon eût un asile et un sanctuaire dans ce monde, et qu'à cette fin il créa le cœur de la femme; mais ce n'est pas à votre cœur que je m'adresse, c'est à votre raison. Qu'est-ce que la vie? Un perpétuel compromis. Nous commençons toujours par trop demander; on nous marchande; bien fou qui par orgueil s'en tient à son premier mot! Oui, débattre et rebattre, voilà la vie! Eh! je vous prie, n'avez-vous pas observé cent fois que l'extrême justice est toujours injuste, et qu'user de tout son droit, c'est abuser? Bon Dieu! les choses sont ainsi faites que tout sentiment vif est nécessairement outré : nos vieilles colères nous éton-

nent, on ne se comprend plus, et pourtant on était
sincère en se fâchant; mais nos colères sont de toutes
nos illusions les plus trompeuses; la passion exagère
tout, la raison vient ensuite à pas comptés et souffle
sur le fantôme.... Ah! madame, ne nous piquons pas
de conséquence, ne craignons pas de nous démentir;
puisque le monde change, changeons aussi. Les
idées, les sentiments, tout se renouvelle comme les
eaux d'un fleuve, et l'homme que nous punissons
aujourd'hui n'est plus celui qui avait failli hier. Quant
à moi, si j'étais juge, je voudrais que la condamnation
suivît la faute dans les vingt-quatre heures; quinze
jours plus tard, je craindrais de n'avoir devant ma
barre qu'un crime et plus de criminel....

« Et d'ailleurs n'y a-t-il pas crimes et crimes?
Doit-on poursuivre à la dernière rigueur une faute
qui ne fut qu'une sottise ou une folie passagère, une
faute qui, à vrai dire, n'a pas été commise, parce
qu'au dernier moment, averti par une ombre, atteint
d'un remords subit, le coupable recula devant son
action et dut s'avouer à lui-même qu'il avait trop
présumé de son audace? Quel gage pour l'avenir
qu'un tel aveu de faiblesse! Comme ce pauvre homme
a expié sa forfanterie! Il se croyait libre, il s'est senti
lié; il se flattait de ne relever que de son caprice et
de sa volonté, son caprice s'est évanoui, sa volonté
s'est brisée comme un fer mal trempé, et, tout ému
de cette trahison, il a découvert que son cœur ne lui

appartenait plus et que son servage lui était cher. Ah! madame, les femmes sont si fines! Elles ne se trompent pas sur ces choses-là, elles lisent dans nos plus secrètes pensées, il n'est pas besoin que nous leur apprenions nos défaites et leurs victoires; leur sagacité devance toujours nos aveux, et quand elles sont bonnes et sages, elles se disent qu'il est des absolutions qui lient et que se confier à propos est la moitié de l'art de régner.... »

Pendant qu'il parlait, je me ressouvenais de ces mots qu'une nuit j'avais lus et relus : *Aventure vieille comme le monde, mais qui me semblera peut-être nouvelle.* A chacun son tour; ce soir, c'était à moi de fournir à son ennui cette aventure. Je me souvenais aussi de cet autre mot : *Et demain!* « Oui, me disais-je, si je cédais aujourd'hui, demain de quel œil me verrait-il? Oh! les sourires du lendemain! » Et je pensais encore : « Langage d'avocat; dans tout ce qu'il dit, il n'y a pas un mot, pas un accent du cœur! »

Cependant il parlait avec chaleur et avec une émotion qui me gagnait, celle d'un homme désireux de convaincre; il me semblait que ses regards traçaient autour de ma tête comme un cercle de feu qui allait se rétrécissant d'instant en instant.

Alors je me levai et je lui dis :

« Vous êtes éloquent; mais quelqu'un a remarqué qu'on a toujours plus d'esprit quand on offense que quand on s'excuse, et ce quelqu'un-là n'était pas un

sot. Il se fait tard, je suis lasse, permettez-moi de me
retirer. »

Il se leva aussi, et comme je vis qu'il se disposait à
me suivre, au lieu de monter chez moi par le grand
escalier intérieur, je changeai de chemin ; je m'avançai sur la terrasse, longeai la façade de la maison,
me dirigeant vers la tourelle et le petit degré tournant
qui aboutit sur la galerie. Il comprit, je pense, mon
intention, mais ne laissa pas de me suivre. Arrivée à la
petite porte : «Vous devez en avoir la clef, » lui dis-je.
Il la chercha, la trouva et ouvrit. Je montai, et quand
j'eus atteint la dernière marche, je retournai la tête
pour le saluer ; mais il vint se placer devant moi
et attacha sur mon visage des yeux de désir et
d'audace ; je reconnus ce regard ou cet éclair dont
j'avais été éblouie le jour qu'il m'avait offert un lis
et sa vie.

« On pourrait détruire cette clef, me dit-il d'une
voix frémissante, ou mieux encore condamner et murer cet escalier. »

A ces mots, mon cœur éclata.

« Cela ne suffirait pas, m'écriai-je. Il faudrait aussi
faire disparaître cette statue qui m'a vue pleurer, cette
galerie où j'ai attendu pendant quatre heures, ce
pliant, ces fleurs, ces balustres, ces arbres, cette terrasse, ces étoiles mêmes, tous ces témoins d'un hor-
rible désespoir et qui tous crient contre vous. Et
quand ils se tairaient, comment vous y prendrez-vous

pour réduire au silence un cœur qui ne sait pas oublier et qui a juré de ne jamais pardonner? »

Sa figure prit une expression farouche et terrible,
et je ne sus ce qui allait se passer; mais au bout d'un
instant son front s'éclaircit, ses traits s'adoucirent, un
sourire moqueur effleura ses lèvres.

« Ah! fi donc, madame, dit-il, vous déclamez! »

Et, pirouettant sur ses talons, il se dirigea vers son
appartement, tandis que, pour gagner le mien, je
parcourais la galerie d'un pas mal assuré.

IV

Je ne pus dormir de la nuit. Dès que je commençais à m'assoupir, je croyais entendre des pas dans la
galerie, et je me tenais sur mon séant, le cou tendu
et prêtant l'oreille. Le jour parut, j'étais brisée; l'envie me vint de sortir, de humer la fraîcheur du matin.
Avant de revoir Max, je voulais recouvrer des forces
et un peu de tranquillité d'esprit. Je m'habillai en hâte,
je descendis sans bruit, fis seller Soliman et partis.

Tout annonçait une belle journée d'automne. Le
ciel, un peu couvert au nord, était pur et doux au
midi. Il était tombé une ondée pendant la nuit; la
terre était légèrement humectée; une brise au souffle
court caressait mon front par intervalles, et les
branches que je froissais en passant me secouaient
leur rosée au visage. Je me sentais renaître, je respirais à pleins poumons.

Je cheminai quelque temps dans les bois. Par les échappées qui s'ouvraient à ma gauche, j'aperçus au loin la cime nuageuse du Ventour; une vapeur argentée était répandue au pied des montagnes comme une gaze légère et transparente; le rocher et le château de Grignan se découpaient en noir sur ce fond d'argent.

Je quittai les bois, et, prenant sur la droite, je suivis parmi des champs et des landes le chemin pierreux qui conduit à Réauville, village situé sur une crête. La fraîcheur de l'air, la beauté du jour, avaient insensiblement dissipé mon trouble. Je mis mon cheval au pas et m'abandonnai à mes réflexions.

« Quelle âme dure! me disais-je; quel cœur de bronze! quel orgueil de titan! Pourquoi m'a-t-il fait lire cette lettre? Tout d'abord j'ai tressailli de joie. Quelle déraison! Hélas! si mon erreur était cruelle, la vérité l'est plus encore. Il a donc pu voir mes larmes, mon désespoir, sans s'écrier : « Pardonnez-moi, je « suis moins coupable que vous ne pensez! » Pendant des mois, il m'a laissée aux prises avec ma douleur sans essayer de me consoler, de se justifier; pas une explication, pas une promesse; son orgueil lui fermait la bouche. Aussi bien je lui étais un spectacle, il faisait une expérience. Comment allais-je me conduire? Saurais-je me tirer de mon rôle? Ma volonté me soutiendrait-elle jusqu'au bout? Ne me prendrait-il pas une défaillance? Quel serait le dénoûment? Mes angoisses, qu'il devinait, servaient de pâture à sa curiosité. Qu'il est maître de lui et que je suis faible! Hier ses regards, sa voix, me troublaient; je respirais avec embarras, je sentais mes forces s'en aller. Ah! grand Dieu! si j'avais faibli, si je m'étais rendue, quel changement soudain se serait fait en sa personne! Je crois voir d'ici le haussement de son superbe sourcil, sa joie méprisante et la glace de son sourire....

« Et maintenant, poursuivais-je en moi-même, que va-t-il faire? Apparemment son orgueil offensé se piquera au jeu; je dois m'attendre à de nouveaux assauts; il n'est pas homme à lever le siége; peut-être médite-t-il en ce moment quelque ruse de guerre; il se dit : « Tel jour, j'aurai ville gagnée.... » Ce n'est pas de mon courage que je me défie, mais de mon bon sens! Ces pauvres femmes! qui peut dire jusqu'où vont leurs crédulités? Si j'allais me figurer l'impossible, si j'allais croire follement que son orgueil n'est pas tout, qu'il a encore un cœur, et que dans ce cœur.... Ah! je ne saurais trop veiller sur moi-même; on n'a jamais touché le fond du malheur, et je sens maintenant qu'il me reste encore quelque chose à perdre. »

A peine a-t-on gravi la côte et traversé le village de Réauville, le chemin redescend par une pente rapide, et on voit s'ouvrir devant soi une gorge étroite, arrondie en forme d'entonnoir, et qu'enveloppent de

toutes parts les replis d'une immense forêt. Au fond
de ce vallon solitaire et sauvage se cache un couvent
de trappistes, le célèbre monastère d'Aiguebelle. Perdue au sein des bois, enfermée par des hauteurs qui
la dérobent aux yeux du monde, dominée par des
rochers à pic, sans vue, sans horizon, ignorant le
reste de la terre, on peut dire de cette sainte demeure
qu'elle *ne respire que du côté du ciel*.

L'aspect de cette solitude me saisit. Le silence, qui
en est comme l'âme, n'est interrompu que par le
sourd murmure d'un ruisseau qui s'écoule tristement
entre deux rangées de peupliers; par intervalles j'entendais un court tintement de cloche; l'air frémissait,
les rochers répondaient faiblement, et tout rentrait
dans le repos. Je m'arrêtai quelques instants sur la
hauteur à contempler cette thébaïde et les noires
forêts qui semblent faire la garde autour d'elle,
comme pour en écarter les bruits du monde et y attirer ceux du ciel. J'étais venue jadis à Aiguebelle;
mais, arrivée à la lisière du bois, une sorte d'inquiétude m'avait fait rebrousser chemin. Cette fois je descendis dans le fond du vallon, et je passai le ruisseau,
dont je remontai le cours.

En approchant du couvent, l'âpreté du paysage
s'adoucit, les bâtiments sont environnés de cultures,
des champs plantés d'amandiers et de mûriers s'é-
talent au soleil; à gauche, le chemin est bordé par
un grand mur en pierres sèches qui soutient un talus

et que tapissent des ronces et des liserons; des cour-
tines de lierre en décorent la crête. Par-dessus ce
mur s'avancent des figuiers au tronc blanchâtre qui
tordent en tous sens leurs bras noueux; une vigne
folle entremêlait au luisant de leurs troncs le reste de
ses pampres rougis par l'automne. Je fus frappée
de ces grâces de la nature au pied des murailles
de la trappe, et je m'étonnai de ce sourire du désert.

Avant de retourner sur mes pas, je fis une courte
station à l'ombre d'un chêne. Je regrettais que l'accès
du couvent fût interdit aux femmes. J'aurai voulu
pénétrer dans le mystère du cloître, voir de près ces
déserteurs du monde et ces apprentis de la mort qui
s'essayent avant l'heure au silence éternel. Je les admirais et je les enviais. De l'endroit où je m'étais
arrêtée, j'en aperçus un qui creusait une fosse le long
d'une haie; c'était un grand vieillard maigre et cassé;
chaque fois qu'il se redressait, il semblait ramener
en l'air avec sa pioche le fardeau de ses ennuis et de
ses années. « Trouve-t-on l'oubli à la trappe? pensais-je. En recevant la tonsure, ces moines ont-ils
appris le secret d'anéantir le passé? Leurs souvenirs
sont-ils tombés de leur tête avec leurs cheveux? Et
après que toute vie a cessé autour d'eux, ne sentent-ils
pas encore dans leur cœur la fièvre du passé, comme
un amputé souffre du membre qu'il a perdu? Se débattre entre la vie et la mort, ce doit être un cruel

supplice, et si je mourais, je voudrais mourir tout entière.... »

Je pris un sentier de traverse, et après avoir repassé le ruisseau je gravis une pente escarpée et rocheuse où mon cheval butta plus d'une fois. Parvenue sur une plate-forme, je me retournai pour jeter un dernier regard sur le couvent, et au même instant j'avisai à peu de distance de moi le personnage mystérieux que j'avais rencontré un jour dans le parc de Lestang, et qui depuis, au dire de Mme de C..., était venu se promener la nuit sous mes fenêtres. Assis sur une pierre, ses coudes sur ses genoux et sa tête dans ses mains, immobile comme une statue, sourd aux croassements d'un corbeau qui tournoyait au-dessus de lui, il était plongé dans une rêverie qui paraissait tenir de l'extase. Je fus convaincue plus que jamais qu'il avait l'esprit dérangé, et je m'empressai de m'éloigner avant qu'il s'éveillât et me reconnût, car il me faisait peur.

Quand j'eus regagné Réauville et le sommet de la crête, j'eus presque un éblouissement. Quel contraste entre le mélancolique vallon que je venais de quitter et la vaste et riante étendue qui se déroulait avec mollesse sous mes yeux ! A l'horizon, quelques nuages roulés en flocons promenaient sur le flanc des montagnes leurs ombres portées, tandis qu'inondée de soleil la plaine immense semblait sentir sa beauté, et, s'enivrant de lumière, s'abandonner avec délices aux

embrassements du ciel. Une brise fraîche me soufflait
en plein visage. Je ne sais ce qui se passa en moi;
mais je ressentis quelque chose qui ressemblait à l'espérance. Qu'osais-je donc espérer? Je ne sais. Il est
un drame, si je ne me trompe, qui a pour titre : *Aimer
sans savoir qui.* On peut aussi espérer sans savoir quoi.
Le fait est qu'un instant je me surpris à croire vaguement à la vie, à l'imprévu, et ce sentiment confus que
je n'aurais su définir me causa une vive émotion. A
mesure que j'approchais de Lestang, cette émotion
s'accrut. J'allais revoir Max; de quel air m'aborde-
rait-il? Que lirais-je dans ses yeux! Quel serait son
premier mot? Qu'y faudrait-il répondre?...

J'arrive. Un domestique vient me recevoir au bas
du perron et me remet un billet que j'ouvre en
tremblant.

« Vous avez les sentiments d'une âme vraiment ro-
maine, m'écrivait Max, et votre fermeté est à l'épreuve
du temps et de mon éloquence. Je m'empresse de
quitter la partie. Loin de moi de condamner vos dé-
fiances! Peut-être sont-elles fondées. Vous avez raison,
le plus sage sera de nous en tenir exactement aux
termes de notre traité. Je pars pour Nîmes avec le regret de n'avoir pu vous faire mes adieux; je réglerai,
selon vos instructions, l'ennuyeuse affaire que vous
savez, après quoi je ferai usage de ma liberté en me
rendant directement de Nîmes à Paris, où j'espère
que j'aurai le plaisir de vous revoir. »

Le cœur me faillit, et je dus me tenir à la balustrade pour gravir les marches du perron. Cette fois mon sort était fixé; je n'avais plus rien à apprendre. Plus de doute, plus d'hésitation; Max avait mis tout son cœur dans cette lettre : j'avais vu, j'avais touché, je pouvais m'endormir en paix dans une bienheureuse certitude.

En entrant dans ma chambre, je vis dans la glace du fond mon image qui s'avançait au-devant de moi, et je fus épouvantée de ma pâleur. Je jetai à terre avec violence ma cravache et mon chapeau, et, froissant mes gants, mes vêtements, mes cheveux, je m'écriai d'une voix étouffée :

« Bénie soit cette nouvelle insulte! je l'aimais encore.»

Vous souvenez-vous, mon père, que nous eûmes un jour un entretien sur des matières graves? Au retour d'une promenade, nous nous étions assis sur le revers d'un fossé. J'avais osé disputer contre vous; vous vous échauffiez; je m'obstinais, et je me rappelle que dans la vivacité de notre querelle votre bâton de houx s'échappa de vos mains et roula dans le fossé.

« Non, vous disais-je, n'espérez pas que la résignation soit jamais une vertu à mon usage. Sans me flatter, je me crois très-capable de me dévouer, de me sacrifier à ce que j'aime; mais la résignation, c'est la vertu des gens qui sont nés tout consolés, et je défie le malheur et l'injustice de me toucher sans me faire crier. »

15

Votre patience était à bout.

« Brisons-là, me dîtes-vous. Voilà ce qu'on gagne à être élevée parmi des vases grecs et par un père qui lit plus souvent Platon que l'Évangile; vous admirez les vertus sages, vous niez ces vertus divinement folles qu'inventa le christianisme.... Bah! sans que vous vous en doutiez, la vie vous instruira, et, le moment venu, vous vous résignerez sans le savoir, comme M. Jourdain faisait de la prose. »

Vous vous trompiez, monsieur l'abbé; le moment venu, je ne sus pas me résigner. Que n'avais-je mérité mon malheur! Avec quelle joie je me serais sentie coupable! Le souvenir d'une faute m'eût réconciliée avec mon sort, j'aurais pu croire encore à quelque chose; mais que pouvais-je me reprocher? qu'avais-je donc fait pour tant souffrir? Je ne voyais dans ma destinée que désordre, déraison; je me sentais le jouet d'une puissance aveugle, et le cri de ma colère montait jusqu'au ciel.

Quand je me rappelais la cérémonie de mon mariage, le poêle nuptial suspendu sur ma tête, l'éclat des autels qui avaient reçu et béni nos serments, l'église, le prêtre, le tabernacle, la sincérité de mes promesses, la candeur de mes émotions, il me semblait que la religion m'était apparue sous les traits d'un ange de lumière, et que, complice du malheur, me prenant par la main, elle m'avait entraînée vers l'abîme. Tout mon être s'indignait de cette trahison.

Quel était donc le sens de cette aventure? Que fai-
sais-je dans le monde? A qui profitaient mes souffrances? A qui étais-je offerte en holocauste? Quel
Dieu de colère se repaissait de mes humiliations et
s'abreuvait de mes larmes! La nuit s'épaississait autour de moi; le mystère de ma destinée m'effrayait;
mon cœur n'était plus qu'amertume, âpreté, séche-
resse; je ne le reconnaissais plus; l'incendie y avait
passé. Si accoutumée que je fusse à me commander,
je m'aperçus que je n'étais plus maîtresse de mon
visage; qu'en présence de mes gens mon parler était
rude, mon ton saccadé, mon geste impérieux et
emporté. Plus d'une fois je les vis s'étonner du changement de mes manières ; plus d'une fois ma pauvre
et innocente Marguerite me regarda avec stupeur et
marmotta entre ses dents de timides *Jésus-Marie!*

Durant plusieurs semaines, je ne sortis que pour
faire quelques visites de charité. Que ces visites me
coûtaient! Quel effort pour moi que de consoler des
infirmes, des affligés! Que pouvais-je leur dire?
Rien, sinon que la vie est maudite et que j'enviais
leurs douleurs. Le reste du temps, je ne voyais personne; l'idée d'une conversation à soutenir, la néces-
sité de dissimuler, de composer mon visage, m'épouvantait. Souvent, en proie à une agitation fébrile, je
changeais sans cesse de place, ne sachant où m'arrêter dans cette grande maison silencieuse, passan
du salon dans mon boudoir, de la terrasse dans le

parc, cruellement blessée de tout ce que je voyais, pressée du désir de m'enfuir, mais sentant bien que je ne ferais pas trois pas sans tomber de lassitude, et que dans un malheur extrême tout est plus difficile que de souffrir.

Souvent aussi j'étais prise d'une langueur qui me rendait tout mouvement impossible, et je passais des journées entières enfermée dans ma chambre, attachant machinalement les yeux sur la copie d'un tableau de Watteau qui ornait un des panneaux, copie faite peut-être par Watteau lui-même. Dans un charmant pavillon d'été, deux jeunes femmes debout tiennent un papier de musique ; une troisième, d'une beauté ravissante, a dans les mains un luth dont elle vient de jouer ; on a entendu un bruit de pas, le concert s'est interrompu ; un jeune et gracieux cavalier se présente ; il s'incline ; qu'il soit le bienvenu ! Tout à l'heure l'entretien s'engagera, et par intervalles le luth l'accompagnera en sourdine, — tout cela peint d'une touche libre, fine, élégante, exquise, dont Watteau seul eut le secret. Au bas du cadre on lit ces mots : *le Charme de la vie.*

Je ne me lassais pas de regarder cette toile, ni de faire en la regardant d'amers retours sur moi-même. Tout y respire le plaisir ; on y sent je ne sais quelle légèreté de l'air, des pensées et des heures. Ces trois femmes me semblaient heureuses entre toutes ; je cherchais à lire dans leurs yeux le secret du bonheur ;

que ia vie leur était facile ! Elles n'avaient jamais
connu que ces ennuis commodes qu'un air de guitare
étourdit et endort. Pourquoi étais-je condamnée à
leur ressembler si peu? Je faisais réflexion que bien
des femmes avaient été trahies et s'en étaient conso-
lées. Les unes avaient trompé leurs peines par la
dévotion, d'autres par de frivoles plaisirs, d'autres
enfin par ces affections légères qui ont tous les sem-
blants de l'amour et dont on ne reconnaît la vanité
qu'après en avoir épuisé le charme. J'étais autrement
faite. Cet art ou ce don de s'échapper à soi-même, de
tromper le sort qui nous trompe, m'avait été refusé ;
trop concentrée, trop sérieuse, mon âme pesait sur
sa destinée et creusait dans la douleur; qu'attendre
de l'avenir ? Sur la foi d'une erreur, je m'étais donnée tout entière sans me rien réserver, — et cette erreur d'un jour avait dévoré toute ma vie.

Cependant je ne pouvais me dissimuler que j'aurais
tôt ou tard une décision à prendre : le malheur sans
dignité, c'était plus que je ne pouvais supporter. Max
s'était cru dispensé envers moi de ces égards élémen-
taires qu'on nomme les procédés; il m'avait quittée
brusquement, sans me prévenir, sans prendre congé,
en me laissant ignorer si je le reverrais jamais. C'était
à moi d'aviser ; que faire? à quel parti me résoudre?
J'attendais qu'il me vînt quelque inspiration, et
comme il ne m'en venait point, j'éprouvai le besoin
de me remuer, de me secouer un peu pour recouvrer

quelque liberté d'esprit, car je sentais toutes mes facultés s'engourdir dans mes éternelles et solitaires rêveries, et j'étais comme hébétée par le chagrin.

Je fis donc quelques promenades, non pas à cheval, je n'en avais plus ni le goût ni la force, mais en voiture, cette façon d'aller étant la seule qui me convînt, car il me plaisait de changer de place sans avoir à me conduire. Une après-midi, je me fis mener à Chamaret. Mme d'Estrel poussa un cri de surprise en me voyant; toujours souffrante, elle ne quittait plus sa chambre et m'avait écrit plusieurs fois sans obtenir de réponse.

« Mon Dieu, que vous êtes changée! » s'écria-t-elle.

Je m'assis à ses pieds sur un coussin et posai ma tête sur ses genoux; je demeurai plus d'une heure dans cette posture. Je rêvais, il me semblait que ces deux genoux étaient ceux de ma mère, et sans parler je disais en moi-même à ma vieille amie tout ce qu'on dit à une mère. A plusieurs reprises, elle essaya de me consoler; mais je mettais ma main sur sa bouche :

« Pas un mot! murmurais-je; laissez-moi rêver; vous ne diriez pas une parole qui ne me fît du mal. »

Au retour, je trouvai à Lestang un visiteur inattendu; c'était M. de Malombré. En vain Marguerite avait-elle essayé de le renvoyer; il s'était obstiné à m'attendre. Mon premier mouvement fut de refuser de le voir ; toutefois je me ravisai, j'eus la curiosité de savoir ce qu'il me voulait. En me voyant entrer, il eut ou fit paraître beaucoup d'émotion. Peut-être mon doute est-il injuste : mais tout dans ce bizarre personnage me semblait artificiel, et il est certain qu'avec ses allures compassées et ses gestes anguleux il ressemblait plutôt à une poupée de bois qu'à un homme. Assurément jamais marionnette ne fut plus lugubre ; habillé de noir de la tête aux pieds, il avait ce soir-là l'air d'un déterré, et il s'exprimait d'un ton si précipité et si véhément que j'aurais pu croire qu'il avait perdu l'esprit.

« Elle est partie, madame ! s'écria-t-il. J'avais son consentement ; le contrat était dressé, il ne restait plus qu'à signer ; j'arrive ; pour la seconde fois, je trouve la cage vide ; où s'est envolé l'oiseau ? »

Et là-dessus il entreprit de me démontrer que ce dernier outrage l'avait rendu à lui-même, qu'il avait enfin brisé sa chaîne, que désormais M. de Malombré ne serait plus le jouet d'une coquette sans cœur et sans scrupules. La démonstration fut si longue que je finis par laisser voir mon impatience. Il se tut. Je jetai les yeux sur lui ; il me regardait fixement ; bientôt son front et ses pommettes se couvrirent d'une vive rougeur. Une idée audacieuse, que lui inspiraient peut-être mes distractions et mon accablement, venait de se faire jour dans son esprit. Je le vis se jeter résolûment à genoux en s'écriant avec un soupir :

« Madame, vengeons-nous.... » Je traversai la chambre, je tirai un cordon de sonnette. Il comprit, se releva, me lança un regard de reproche. Marguerite entra.

« Éclairez M. de Malombré, » lui dis-je.

Cette pitoyable petite scène me causa la plus vive irritation ; j'y voyais une dérision de la fortune. Voilà donc les vengeances qu'elle m'offrait !

Le lendemain fut certainement de tous les jours de ma vie celui où j'ai vu la folie de plus près. De bon matin je me fis conduire à Donzère, et de là, par le chemin de fer, je remontai le Rhône jusqu'à la station qui fait face à Viviers, ville admirable et étrange, qui, avec ses rues étroites et tortueuses, ses maisons croulantes de vétusté et ses collines nues dont l'âpreté se marie à la douceur d'un beau ciel, ressemble, dit-on, à une ville de Syrie transportée par miracle sur les bords d'un fleuve français. Je passai le pont et errai au hasard dans un labyrinthe de sombres ruelles. Il me semblait à tout moment qu'une découverte, une rencontre imprévue allait faire jaillir dans mon esprit cet éclair qui montrerait à ma vie son chemin. J'arrivai enfin devant la cathédrale ; j'y entrai ; je restai longtemps assise au fond de la nef, contemplant d'un œil stupide les gobelins qui décorent l'abside, les stalles de chêne noir, les arceaux de la voûte ; j'adressais des questions à la solitude et au silence, et les sommais en vain de me répondre.

La cathédrale est précédée d'une terrasse plantée
d'arbres qui s'avance jusque sur le bord du rocher à
pic où a été bâti Viviers. Cette terrasse, entourée
d'un mur à hauteur d'appui, commande la plus vaste
vue. Elle était déserte quand je sortis de l'église;
j'allai m'accouder sur le parapet. Entre le rocher et
le Rhône s'étend un faubourg. Mon regard plongeait
sur des toits moussus, des balcons de bois, des au-
vents, des cours; malgré la saison avancée, le temps
était si doux que les femmes travaillaient en plein air,
assises en rond devant le pas de leur porte; j'entendais
des cris, des chants, des rires qui se détachaient sur
le grave mugissement du fleuve. J'avais en face une
école: l'heure de la récréation avait sonné; les enfants s'ébattaient sur la place; un vieux magister à la
tête blanche les surveillait de sa fenêtre, et par instants élevait la voix pour tenir leurs vivacités en respect, pendant que d'un colombier voisin partaient à
tire-d'aile des pigeons qui s'allaient désaltérer dans
une anse du Rhône, et, après avoir bu, retournaient
à leurs boulins en décrivant de grands cercles dans
l'air.

Tous ces mille détails indifférents me navraient
par leur indifférence même. Qu'étais-je pour le
monde? Qu'était-il pour moi? Je me sentais comme
séquestrée de la société des choses et des hommes;
tout allait, venait, s'occupait de vivre; j'étais comme
perdue dans ce grand tourbillon des êtres, et mon

cœur voyait sa tristesse comme un néant. J'éprouvai
alors un accablement, une oppression dont je ne
puis vous donner l'idée. Penchée sur le parapet, je
ne regardai plus que des broussailles ou des orties
qui croissaient entre deux arêtes du rocher. Un corbeau passa en croassant au-dessous de moi ; j'avançai
la tête, j'entrevis l'abîme, le vide ; le vertige me prit ;
cette sensation me parut pleine de délices, je m'y
abandonnai ; ma tête se perdait, je me penchai davantage encore, mais je me sentis retenir par ma robe ; je
me retournai, et me trouvai en présence d'un vieux
prêtre infirme à la figure vénérable et qui, pour se
tenir debout, s'aidait d'une béquille. Il me dit en
souriant :

« Prenez garde, madame, vous m'avez fait
peur.... »

Puis me regardant avec plus d'attention :

« Vous trouvez-vous mal ? » me demanda-t-il d'un
ton de douceur paternelle, et, m'ayant prise par la
main, il me fit asseoir sur un banc.

Je le regardai un instant en silence.

« Comment s'y prend-on pour se résigner, monsieur ? » lui dis-je à brûle-pourpoint.

D'un air étonné :

« On pense à Dieu me répondit-il.

— Dieu est bien loin !

— Il ne tient qu'à nous de l'attirer dans notre
cœur, et quand la foi l'interroge, il répond toujours.

— J'écoute et n'entends rien, repartis-je sèchement. »

Il fit un geste de pitié.

« Vous avez eu de grands malheurs, madame ? »

Point de réponse.

« Mon Dieu ! reprit-il, qu'est-ce qu'une vie d'un jour auprès d'une éternité bienheureuse ?

— Triste condition que la nôtre ! lui dis-je. Nos consolations sont un mystère, mais le malheur est évident.

— C'est que Dieu l'a voulu ainsi, et il faut accepter les épreuves qu'il nous envoie, sinon redouter ses jugements.

— Je n'ai peur de rien ni de personne ! » m'écriai-je avec une véhémence dont je rougis encore.

Il recula d'effroi, et, prenant un visage sévère : « Vous vous trompez, madame, dit-il d'une voix forte, vous avez peur de souffrir, et tout à l'heure vous pensiez à mourir. En langage humain, cela s'appelle une lâcheté. »

Je me calmai tout à coup. « Enfin, lui dis-je, vous avez trouvé un mot qui me donnera de la force ! »

Et, m'emparant d'une de ses mains séchées par l'âge et la maladie, je la baisai avec respect et m'éloignai. Il me rappela, voulut me suivre ; mais je doublai le pas et disparus.

Chemin faisant, à la porte d'une boutique, j'aperçus une femme qui tenait sur ses genoux un bel en-

fant de trois ans. Je m'arrêtai, je regardai avidement
cette tête bouclée ; elle me faisait rêver, et en partant
je la baisai avec tant de passion que l'enfant prit peur
et cria. Je glissai dans sa petite main une pièce d'or
à fleur de coin : l'éclat du métal tout neuf le charma,
et il sourit.

« Voilà des sourires, dis-je à la mère, qui attirent
Dieu dans le cœur d'une femme. »

Le jour baissait ; je m'acheminai vers la station.
Arrivée au milieu du pont, je retournai la tête. Le
couchant était d'une beauté magique ; le soleil venait
de disparaître, et le clocher mauresque de la cathé
drale profilait ses pignons et ses dentelles sur un ciel
couleur de perle poudré de l'or le plus doux et le
plus fin ; les grandes eaux majestueuses du fleuve
charriaient de l'argent, de la pourpre, mille reflets
changeants ; immobiles et silencieux, les saules et les
peupliers défeuillés les regardaient couler et enve-
loppaient la rive du mystère de leur ombre glacée
de lumière. Cependant la lune à son croissant commençait à se montrer, et mêlait à cette magnificence
la douceur de son regard.

La beauté divine de cette soirée m'émut jusqu'aux
larmes ; il me semblait que la vie se plaisait à étaler
devant moi tous ses trésors, mais en me défendant
d'y toucher, et je me comparais à une mendiante
assise à la porte d'un palais : une fête se célèbre,
dont elle entrevoit la splendeur, et elle regarde sa

besace; elle songe à sa chaumière nue où elle rentrera à tâtons et trouvera deux hôtes taciturnes qui l'attendent accroupis devant le foyer mort, — le froid et la faim.... Je ne pouvais m'en aller; appuyée sur la balustrade du pont, je regardai longtemps l'eau couler. Il en sortait une voix qui me parlait d'oubli, de repos éternel; mais je pensai au vieux prêtre, à ses cheveux blancs, à sa béquille, à son dernier mot, et je me remis en chemin.

A Donzère, je trouvai mes gens dans l'inquiétude. Incertaine de mes projets, je les avais quittés sans leur laisser d'ordres. A vrai dire, je n'étais pas bien sûre de les jamais revoir. Ils n'avaient pas laissé de m'attendre, et ils firent paraître en m'apercevant une joie qui me surprit. J'étais encore quelque chose pour quelqu'un.

J'arrivai assez tard à Lestang, où m'attendait un billet de Mme d'Estrel.

« Ma chère Isabelle, m'écrivait-elle, l'état où je vous ai vue hier m'a beaucoup alarmée, et je vous supplie de ne pas vous enfoncer ainsi dans votre chagrin. Les âmes fortes sont sujettes à tourner leur force contre elles-mêmes; il leur convient que leurs douleurs soient violentes, et elles prennent un secret plaisir à les irriter. Vous ne voulez pas de mes consolations, je ne vous en donnerai point. Permettez-moi seulement de vous dire que votre situation actuelle n'est que provisoire; je pressens, je suis certaine qu'un jour vous aurez des combats à livrer, de sérieux dangers à courir. Réservez soigneusement vos forces pour ce moment; ne faites pas la folie de les employer à soulever des orages dans votre cœur; laissez-le à lui-même, ce pauvre cœur, ne le tourmentez pas; il a bien assez de ses peines, n'y ajoutez rien.

« Mon Dieu! le temps a cela de bon qu'il s'en va sans que nous ayons besoin de nous en mêler. Le soleil se lève et se couche. Chaque matin, en regardant le château de Grignan, répétez-vous ce mot de Mme de Sévigné : « qu'on n'est jamais resté au milieu d'une semaine. » Ma chère fille, venez me voir demain dans l'après-midi; j'ai un important service à vous demander, et en même temps je vous ferai faire la connaissance d'un homme qui, sans cause apparente, sans avoir sujet de se plaindre de personne, est peut-être aussi malheureux que vous. Quand on souffre, il est bon de voir des malheureux; on se dit qu'on n'est pas une exception, qu'on vit sous la loi commune, et sans se consoler on s'apaise. »

C'était la prudence même que Mme d'Estrel, et cependant sa lettre était une imprudence.

QUATRIÈME PARTIE.

I

J'arrivai à Chamaret vers deux heures. Mme d'Estrel était seule; elle me remercia avec effusion d'être
venue.

« Vous avez un service à me demander, lui dis-je
en l'embrassant; me voici. Puisse-t-il seulement être
difficile à rendre! Un peu de fatigue me ferait du
bien, et s'il y avait quelque risque à courir, tant
mieux; comptéz que dans ce moment je serais
heureuse de m'exposer.

— Oh! dit-elle en souriant, le service que je veux
vous demander n'est pas ce que vous pensez, et vous
n'aurez point à risquer votre tête pour l'amour de
moi. Il s'agit seulement de braver un peu d'ennui;

mais asseyez-vous et tâchez de m'écouter sans distraction. »

Voici à peu près ce qu'elle me raconta. — M. d'Estrel avait fait connaissance en Angleterre d'un riche
négociant corfiote, M. Dolfin, qui descendait d'une
ancienne famille vénitienne établie depuis longtemps
dans les Sept-Iles. Un voyage d'affaires ayant amené
M. Dolfin en Provence, il poussa jusqu'à Chamaret et
s'y arrêta quelques jours avec sa femme. A peu de
de temps de là, il mourut, laissant un fils unique dont
l'éducation fut confiée à un ecclésiastique français,
l'abbé Néraud. Cœur sec, imagination échauffée, cet
imprévoyant gouverneur jeta, paraît-il, inconsidéré-
ment son élève dans la mysticité. Ce qui est certain,
c'est qu'à la longue le jeune Arsène Dolfin fit voir une
exaltation et des scrupules outrés dont sa mère s'in-
quiéta. Il se plaisait dans les austérités, dans les macérations, dans tous les raffinements de la piété, qui
sont, disiez-vous un jour, « les friandises de la conscience et qui la gâtent aussi sûrement que l'abus des
sucreries affadit l'estomac. »

L'abbé Néraud finit par trouver lui-même qu'il avait
trop réussi ; l'indiscrétion de son zèle est tempé-
rée, à ce qu'il semble, par un peu de ce bon sens
français qui répugne à toutes les extrémités, ou qui
du moins met toujours quelque méthode dans la
folie : si haut que saute un Français il retombe toujours sur ses pieds. Notre Mentor s'effraya des exagé-

rations de son Télémaque et de cette candeur italienne qui se précipitait aux dernières conséquences.
Il donna à la mère le conseil de faire voyager le jeune
extatique ; il partit avec lui, l'accompagna dans son
tour d'Europe, lui prêchant sans relâche ces justes
tempéraments qui accordent la ferveur avec le monde,
et s'efforçant d'éteindre l'incendie qu'il avait allumé.
Le commerce des hommes, le séjour des grandes
villes, les distractions de cinq années de voyage,
n'eurent pas néanmoins l'effet qu'on espérait. Le
jeune Arsène demeura insensible aux douceurs du
monde comme aux repentirs de son gouverneur ;
tout ce qu'il voyait le blessait, et nourrissait l'inquiétude de son esprit ; il se sentait, disait-il, en exil, et
soupirait après sa patrie, mais cette patrie n'était pas
le rocher d'Ithaque. Après avoir visité l'Italie, l'Allemagne, la Russie, il vint à Paris, et ce fut là, en plein
boulevard des Italiens, qu'il conçut l'héroïque projet
de s'ensevelir à la Trappe ; pendant quelques mois, il
le couva dans le silence de son cœur ; enfin il s'en
ouvrit à l'abbé Néraud. Celui-ci poussa les hauts cris ;
mais en vain prodigua-t-il tour à tour les raisonnements, les prières et les remontrances : il ne put ni
l'émouvoir ni le persuader. L'enfant était devenu
homme ; le gouverneur n'était plus qu'un compa-
gnon, un confident ; ayant perdu son autorité, il était
tenu d'avoir raison, et il n'était que trop aisé de le
convaincre d'inconséquence ; il s'entendait rappeler

16

ses dires d'autrefois et reprocher ses contradictions;
ses nouveaux arguments échouaient contre cette logique des cœurs simples qui ne dépend pas des circonstances, et qui déjoue à force de bonne foi toutes
les ruses des habiles.

A bout d'objections, il dut consentir à retourner à
Corfou pour annoncer à Mme Dolfin l'étrange résolution de son fils et tâcher d'obtenir son acquiescement.
De son côté, le jeune homme s'engageait à donner
quelques mois encore à la réflexion, et ces mois d'attente, il était venu les passer dans les environs d'Aiguebelle. Cependant à la nouvelle que lui apporta
l'abbé, la pauvre mère s'émut, s'indigna ; elle écri-
vit à son fils les lettres les plus vives, les plus pressantes ; elle lui remontra sa folie, lui représenta
toutes les chances de bonheur qui l'attendaient à
Corfou, les douceurs du mariage, les charmes d'une
jeune fille que depuis longtemps elle lui destinait
pour femme, que sais-je encore? ce qu'il devait à sa
famille, à lui-même, la fortune lentement amassée
par ses ancêtres. Que deviendrait cette fortune? irait-
elle s'engloutir jusqu'au dernier sou dans le coffre-
fort des bons pères? Qu'en penseraient ses aïeux dans
l'autre monde?

Toutes ces considérations mondaines, me dit
Mme d'Estrel, n'étaient guère propres à ramener
notre jeune homme; que peuvent les intérêts du
monde sur un esprit convaincu? Ils n'ont point d'in-

telligences dans la place. Mme Dolfin s'est souvenue
de moi, elle m'a écrit pour me conter ses angoisses
et me supplier de lui venir en aide. Avant tout, il
s'agissait de dénicher l'oiseau, qui, après avoir habité
Grignan, en avait délogé sans trompette. Je m'a-
dressai à ce pauvre Malombré, qui sait tout, qui voit
tout ; il m'assura qu'il avait tenu plus d'une fois dans
le champ de sa lunette un jeune étranger qui rôdait
aux environs de votre parc. Trois jours plus tard, un
de ses hommes qu'il mit en campagne me rapporta
que M. Arsène Dolfin avait pris gîte près de Réauville, dans la maison d'un paysan. Vous voyez qu'il a
tenu à s'établir à deux pas de la Trappe, comme un
amant bien épris se loge dans un grenier, en face du
balcon de sa belle. Je le fis prier de venir me voir,
il y consentit. Je m'étais attendue à un visage d'éner-
gumène, à un regard dur et farouche. Je fus agréablement trompée ; je vis un homme qui prévient tout de
suite en sa faveur par un air de douceur mélancolique et dont la tournure tient plus d'un poëte que
d'un ascète. Hormis les yeux, il n'est pas beau, mais
il a dans la voix je ne sais quelle magie qui surprend ;
c'est une voix argentine, suave, aux inflexions cares-
santes, la voix la plus musicale que j'aie jamais entendue, et qui, résonnant dans l'obscurité, pourrait faire
des conquêtes ; à la lettre, on se rendrait sur parole.
Cependant je m'aperçus bien vite que sous le charme
et l'aménité du personnage se cache une âme forte,

résolue, capable de toutes les vertus et de tous les malheurs attachés à l'opiniâtreté. Il fut aimable ; mais toujours sur ses gardes, attentif à déjouer ma curiosité, dès que j'abordais le sujet brûlant, il détournait avec art l'entretien ou se retranchait dans une réserve pleine de dignité qui me fermait la bouche ; bref, il ne se laissa pas entamer. Apparemment il m'a jugée indigne d'avoir part à ses secrets et de discuter avec lui de si graves matières ; mais s'il méprise ma cornette il y a femmes et femmes, et je suis persuadée qu'il ne tiendrait qu'à vous de le confesser. Daignez, ma chère Isabelle, vous mêler de cette affaire ; réussir à n'importe quoi est toujours un plaisir pour une femme, et vous aurez le double mérite de faire une bonne œuvre et d'obliger une amie.

Je vis bien qu'en me faisant intervenir dans une négociation si délicate et si singulière, Mme d'Estrel se proposait de me distraire un peu de moi-même et de faire diversion à mon idée fixe. « Serait-elle aussi pressante, me disais-je, si elle se doutait que M. Arsène Dolfin ne m'est point inconnu ? Que penserait-elle de son talent de dessinateur ? » Je fus sur le point de lui parler des six croquis ; mais on fait si rarement ce qu'on veut !

« Mon Dieu ! lui dis-je, si la Trappe a tant d'attraits pour M. Dolfin, pourquoi le dégoûter de sa maîtresse ? pourquoi traverser ses amours ? Et qui

chargez-vous de le regagner au monde? C'est donc
sur mon éloquence que vous comptez pour lui dé-
peindre les joies du siècle, les délices de la vie mon-
daine, les douceurs infinies du mariage.... »

Elle n'eut pas le temps de me répondre ; M. Dolfin
entra. Je tournais le dos à la porte ; il s'avança jusqu'au milieu du salon, et là, me reconnaissant, il recula d'un pas, se troubla, rougit jusqu'au blanc des
yeux. Je supposai que dans ce moment il pensait à
son carnet. Mme d'Estrel parut s'apercevoir de son
trouble, qu'elle mit, je pense, sur le compte d'une
timidité prompte à s'effaroucher. Cependant M. Dolfin ne semblait point timide, et rien ne marquait en
lui la gaucherie d'un nouveau débarqué. La preuve
en est qu'il se remit bien vite et engagea l'entretien
sur le ton le plus naturel, tout en se tenant sur la réserve et en évitant de me regarder. Mme d'Estrel,
humiliée de son premier échec, chercha cette fois à
brusquer l'attaque ; elle lui fit subir sans plus de
façons un interrogatoire qui était propre à l'embar-
rasser. Il répondit en homme qui déclinait la compétence du tribunal, mais sans roideur et en observant
toutes les formes d'une parfaite courtoisie. Attentif à
ne pas se découvrir, sûr à la parade, sa présence d'esprit ne fut pas un instant en défaut. Il n'y avait ni
brillant ni traits heureux dans ce qu'il disait ; mais son
langage uni avait ce charme de naïveté qui est propre
aux âmes pures, joint à cette finesse italienne qui est

moins une finesse de saillies que l'art d'éviter les
fautes et de profiter de celles d'autrui.

Je ne me mêlai que par quelques mots à l'entretien.
Je voyais bien que le moment de m'entremettre n'était
pas venu, et que surtout en présence de Mme d'Estrel
M. Dolfin ne me dirait rien. En attendant, je ne laissais
pas de l'étudier avec intérêt : il me semblait être bien
différent de tous les hommes que je connaissais ; son
âme était d'une autre trempe, et pour ainsi dire d'un
autre ordre. A le voir, on devinait en lui un esprit con-
tinuellement travaillé par une pensée qui ne lui laisse
point de relâche ; son front bombé, les coins abaissés
de sa bouche, quelques rides précoces, annonçaient
l'effort et la fatigue, et cependant l'ensemble de sa figure était jeune comme sa voix. Il y avait de l'ange
dans cette voix de cristal : elle était faite pour exprimer les délicatesses d'une conscience innocente, ces
désirs où il n'entre rien de la terre, ces repentirs dont
Dieu lui-même sourit. Pourquoi donc ce jeune homme
soupirait-il après la Trappe ? Ce sont les souvenirs
criminels, les poignantes douleurs, les âpres dégoûts,
qui en connaissent le chemin, et qui, par haine d'eux-
mêmes, y vont faire amitié avec la mort ; mais qu'i-
rait faire l'innocence dans ce refuge des naufragés de
la vie ? Que trouve-t-elle à haïr en elle-même ? Partout
elle porte le ciel avec elle, et tous les lieux lui sont
bons pour s'offrir à Dieu.

Après quelques assauts inutiles, Mme d'Estrel posa

les armes, et l'entretien ne roula plus que sur des sujets indifférents. Dans un moment où il languissait, Mme d'Estrel me pria de me mettre au piano et de lui jouer une sonate de Mozart qu'elle aimait. J'avais abandonné la musique depuis longtemps; je dus faire quelque effort pour la satisfaire. Souvent l'effort inspire. Cette sonate était celle qu'un jour à Louveau mon père m'avait fait jouer en présence de Max. Pendant que mes doigts couraient sur le clavier, je croyais revoir notre petit salon, mon père hochant la tête en mesure, Max immobile à côté de moi, et finissant par me dire : « J'avais souvent entendu ce morceau, mais je ne le connaissais pas. »

Quand j'eus frappé l'accord final, je retournai la tête, et je fus surprise de voir que Mme d'Estrel était seule.

Elle se mit à rire.

« Votre musique a fait envoler l'oiseau de nuit, me dit-elle.

— Elle lui a donc fait peur?

— Peur! ce n'est pas précisément le mot. Vous avez joué divinement! Dès les premières notes, notre jeune homme a été tout oreilles et comme frémissant d'attention; peu à peu il est devenu très-pâle, il avait les lèvres serrées et ne vous quittait pas des yeux. J'ai vu le moment où il allait fondre en larmes; tout à coup il a brusquement détourné la tête, et il est sorti du salon sur la pointe du pied. Décidément il est bizarre, et je commence à craindre qu'il n'ait un petit coup de marteau; c'est grand dommage, car il a du charme. »

M. Dolfin rentra, et, s'approchant de moi :

« Serez-vous assez bonne pour m'excuser, madame? me dit-il. Je suis sauvage, insociable; je n'ai ni le sentiment ni la peur du ridicule; je ne sais pas vivre, je ne suis pas maître de mes impressions. Tout à l'heure je me suis senti ému jusqu'aux larmes; depuis longtemps je n'avais pas entendu de musique, et à coup sûr on en entend rarement de pareille.... J'ai craint d'éclater, de vous interrompre. Je me suis sauvé.... Vous le voyez, ajouta-t-il en s'adressant à Mme d'Estrel, je puis prendre le froc en sûreté de conscience; je ne ferai de tort à personne, et le monde n'y perdra rien.

— Ah! permettez, lui répondit Mme d'Estrel, on ne se fait pas trappiste pour si peu. Vous êtes bizarre, j'en conviens, mais il y a des cas plus graves que le vôtre. Venez nous voir de temps en temps; Mme de Lestang et moi, nous vous apprivoiserons. »

Et, comme je mettais mon chapeau pour partir :

« Demeurez un instant encore, ma chère belle, me dit-elle; confessez donc un peu M. Dolfin. Il ne sera pas dit que deux femmes se liguent en vain pour avoir le secret d'un homme.

— Oh! ne craignez rien, monsieur, dis-je. Si vous acceptez une place dans ma voiture, vous n'aurez point d'interrogatoire à subir, et nous ne parlerons, si vous le voulez, que de la pluie et du beau temps. »

Après s'être fait un peu presser, il accepta, et nous partîmes. Ce tête-à-tête me plaisait; tout innocent qu'il fût, il me semblait que je bravais quelqu'un. M. Dolfin garda quelque temps le silence; il avait l'air non pas embarrassé, mais étonné, comme s'il eût cherché à se reconnaître dans une situation toute nouvelle pour lui. Il regardait par la portière, il regardait la garniture de satin blanc du coupé, il regardait surtout le bas de ma robe, et parfois ses yeux remontaient jusqu'au bavolet de mon chapeau, dont ils examinaient la dentelle; mais ils n'allaient jamais plus haut. Pour rompre ce silence, qui commençait à me mettre mal à l'aise, je lui fis l'éloge de Mme d'Estrel.

« J'admire, lui dis-je, qu'une personne maladive, toujours souffrante, soit si occupée des autres, si peu d'elle-même. »

Il secoua la tête.

« Sans doute, me répondit-il, c'est une excellente femme; mais comme tous les gens du monde, elle traite bien légèrement les questions de conscience. Il lui semble que ce sont des affaires comme les autres, qu'on les a bientôt réglées, qu'il n'est pas besoin d'y chercher tant de façon, qu'après deux ou trois pourparlers on finit toujours par s'arranger avec soi-même. Hélas! quelles objections pourrait-elle me

faire que je ne me sois faites cent fois! Mais résiste-
t-on à sa vocation, ou pour mieux dire, peut-on se
soustraire à sa destinée? Que peuvent des milliers de
paroles contre ses décrets souverains?

— Prenez garde, lui dis-je; j'avais promis de ne vous
pas questionner, vous allez m'en donner l'envie.

— C'est à vous, madame, répliqua-t-il avec feu, d'ê-
tre en garde contre votre curiosité, car, si vous daignez prendre la peine de m'interroger, je sens que
je ne pourrai rien vous cacher. Il y a en vous je ne
sais quoi.... »

A ces mots, il se troubla.

« Mais il me semble, reprit-il, qu'il suffit de me
voir pour comprendre que je ne suis pas chez moi
dans la vie. Pour aimer le monde, il faut avoir des
curiosités et des goûts qui m'ont été refusés. Les petites passions aident à vivre, les grandes tuent. Dans
mon enfance déjà, j'étais d'humeur solitaire, retiré en
moi-même, tourmenté par une idée fixe. Souvent
mon père me disait d'un ton grondeur que les idées
fixes rendent fou, et il me citait ce mot d'un officier
romain, que pour être heureux il faut avoir dans la
tête mille idées, un véritable tohu-bohu: *bisogna aver
mille cose, una confusione nella testa.* Il avait raison;
mais le malheur est qu'on ne se donne pas les idées
qu'on veut. Je n'en avais qu'une, je n'ai pu la chasser,
et elle me crie nuit et jour que c'est là-bas que je
dois vivre et mourir. »

Et il me montrait du doigt les forêts qui entourent Aiguebelle.

En ce moment, j'aperçus par la portière, à quelques pas devant nous, M. de Malombré, qui faisait sa promenade quotidienne, les mains derrière le dos et coiffé d'un ample chapeau aux ailes rabattues. Il se mit de côté pour nous laisser passer, et il eut soin, en nous saluant, d'avancer la tête et de plonger son regard de furet dans l'intérieur du coupé.

« Voilà un homme singulier, me dit M. Dolfin, et qui fait mentir la règle: sa curiosité ne le rend pas heureux.

— Vous le connaissez?

— Comment ne pas le connaître? Est-il un seul être si disgracié de la nature que M. de Malombré ne daigne s'ingérer dans ses affaires? Il m'a fait l'honneur de venir me voir à Réauville, se mettant, disait-il, à mes pieds et m'accablant d'offres de service dont je n'avais que faire; après quoi il s'est jeté dans de longs récits; il répondait à cent questions que je ne lui faisais pas, et au travers de tout cela il poussait de grands soupirs. Le pauvre homme! je crois que l'ennui le dévore.

— A tel point qu'il s'efforce de se désennuyer en se créant des souffrances imaginaires, et qu'il se bat les flancs pour avoir un peu de chagrin.

— Cependant, me répondit M. Dolfin avec hésitation, il m'a conté qu'il vivait dans de grandes peines d'esprit et de cœur....

— Il a besoin d'en parler à tout venant pour y croire, lui dis-je.

— La douleur, la vraie douleur, murmura-t-il, celle qui est le secret de tout, ne se révèle qu'aux âmes nobles »

Et cette fois son regard chercha le mien. Je ne sais ce qu'il ressentit, mais je le vis tressaillir, et, baissant aussitôt les yeux, pour cacher son émotion il se mit à moraliser. Je l'écoutai sans mot dire : il divaguait un peu, se perdait par instants dans les espaces ; mais il y avait tant d'ingénuité dans sa manière qu'il n'ennuyait pas.

Comme nous approchions de Lestang : « Que vous êtes bonne de m'écouter, madame, me dit-il, et quel fâcheux souvenir je vous laisserai de moi ! Heureusement ce souvenir s'effacera bien vite. L'hirondelle ne laisse pas de sillage dans l'air ; elle a passé : qui s'en souvient ?

— Il ne tiendra qu'à vous de m'empêcher de vous oublier. Si vous aviez quelque service à me deman-mander, quelque message à envoyer à Mme d'Estrel....

— Ah ! madame, interrompit-il vivement, il vaut mieux que dès à présent j'apprenne à me taire. »

Et il ajouta d'une voix plus basse : «De la maison que j'habite je vois d'un côté la Trappe, mais de

l'autre j'aperçois la tour de Lestang : c'est encore
trop. »

A ces mots, ouvrant la portière, il sauta à terre, me
salua, et s'éloigna rapidement par un chemin de traverse.

Si Mme d'Estrel s'était proposé de me procurer une
distraction, elle y avait réussi. Ce n'est pas que ce fût
à mes yeux un événement que d'avoir rencontré à
Chamaret un jeune enthousiaste en disposition de se
faire trappiste ; mais dans le vide d'esprit et de cœur
où je me consumais, c'était quelque chose que l'apparition d'une figure nouvelle qui m'inspirait un peu
de curiosité mêlée d'un peu de sympathie.

Pendant plus de quinze jours, le mistral se dé-
chaîna. L'hiver s'était déclaré. A plusieurs reprises
le froid fut rigoureux, je restai hermétiquement enfermée sans voir personne, le plus souvent assise au
coin du feu, comptant et recomptant avec mes doigts
les grains de ce collier d'ambre que vous connaissez,
et qui tombe jusqu'à ma ceinture. Là, pendant mes
rêveries, la figure de M. Dolfin passa plus d'une fois
devant moi. Sa physionomie, où se révélaient à la
fois des habitudes austères et une âme affectueuse et
aimante, les singularités de son humeur, que ne gênait aucun respect humain, ses longues morales et ses
naïfs épanchements, une sensibilité douce vivant côte
à côte avec les maximes de l'ascétisme, une conscience acharnée sur elle-même et un cœur toujours

prêt à s'échapper et trop pressé de s'offrir, tout cela m'avait fait impression. Je ne savais qu'en penser, je cherchais le mot de l'énigme.

Ce qui m'occupait surtout, c'était de me demander au juste quels sentiments j'inspirais à ce jeune homme. Pourquoi ces visites clandestines dans le parc? Pourquoi cette promenade nocturne sur la terrasse? Pourquoi cette rougeur en me revoyant, cette émotion et cet air d'embarras? Et que signifiait ce mot : « de la maison que j'habite, j'aperçois la tour de Lestang; c'est encore trop. » Je n'allais pas jusqu'à me figurer que ce qu'il éprouvait pour moi fût de l'amour; j'étais portée à croire que sa tête était prise plus que son cœur. Un jour qu'à l'ombre d'un buisson il conversait gravement avec sa conscience, une femme lui était apparue, une femme en larmes, et qui n'était pas sans beauté. Cette rencontre inattendue avait causé à son imagination une surprise dont elle avait peine à se remettre. Peut-être ce souvenir l'obsédait-il plus que de raison ; peut-être l'image de cette femme le troublait-elle parfois dans ses recueillements; peut-être la voyait-il se dresser à de certaines heures entre la Trappe et lui....

Je ne savais où j'avais serré le carnet rouge ; je le cherchai, je le retrouvai. Parmi les sentences en italien qui couvraient les premiers feuillets, je reconnus quelques passages de l'*Imitation* .

« Vous trouverez dans votre cellule ce que souvent

vous perdrez au dehors. La cellule qu'on quitte peu devient douce; fréquemment délaissée, elle engendre l'ennui. Si, dès le premier moment où vous sortez du siècle, vous êtes fidèle à la garder, elle vous deviendra comme une amie chère et sera votre consolation la plus douce. »

Puis venaient ces mots : « Arsène, fuyez les hommes et vous serez sauvé. »

Les six croquis n'étaient que des crayons bien imparfaits et annonçaient les tâtonnements d'une main novice; mais cette main avait tremblé peut-être en les traçant, ils respiraient je ne sais quelle naïveté touchante, et le dernier était presque ressemblant. Sur le revers, je lus ces mots écrits en caractères très-fins et qui m'avaient échappé : « Parce qu'on est sorti dans la joie, souvent on revient dans la tristesse, et la veille joyeuse du soir attriste le matin. Ainsi toute joie des sens s'insinue avec douceur, mais à la fin elle blesse et tue. »

— O pauvre enfant ! disais-je à demi-voix, tu n'es que bien légèrement blessé ! »

Cependant qui sait? Je pensais par instants que quelqu'un souffrait par moi, et je me sentais moins seule.

·Une après-midi qu'il neigeait un peu, l'idée me
vint tout à coup que M. Dolfin était en chemin pour
venir me voir. Une demi-heure plus tard, Marguerite
entre, me remet une carte ; c'était la sienne, et
l'instant d'après il était assis en face de moi au coin
du feu.

Les jours précédents, je m'étais laissée aller au plus
profond découragement, et j'avais eu une rechute de
cet ennui dévorant, de cet esprit de révolte contre ma
destinée, qui une fois déjà m'avait donné l'envie de
mourir. — Ai-je donc un boulet au pied ? m'étais-je
dit. Suis-je à jamais emprisonnée dans cette odieuse
maison ? La vie ne m'y est plus possible. Ai-je perdu
toute force, toute volonté ? Qu'est-ce que j'attends
pour m'en aller ? — Et je songeais sérieusement à
partir pour Louveau. Ce jour-là même, j'avais com-

mencé mes préparatifs, et tout à coup, à l'idée du violent chagrin que j'allais causer à mon père, le courage m'avait manqué et j'étais restée en proie à de mortelles indécisions, ne sachant quel mal préférer, accablée du sentiment que tout m'était impossible, faisant pour ainsi dire le tour de ma vie pour découvrir quelque part une issue et me heurtant partout contre des portes fermées.

Aussi j'éprouvai un tressaillement de joie en voyant entrer M. Dolfin; j'étais heureuse que quelqu'un vînt me disputer et m'arracher pour quelques instants à moi-même; j'étais heureuse aussi d'avoir deviné qu'il viendrait; il me semblait que mon âme avait des communications secrètes avec une autre âme et que nous étions au moins deux dans le désert de la vie.

« Je tiens mal mes serments, madame, me dit-il avec un sourire triste; mais Mme d'Estrel, assaillie, je pense, de nouvelles requêtes de ma mère, m'a écrit une longue lettre où elle m'expose toutes ses objections à ce qu'elle appelle ma folie. Je m'étais mis en route pour aller la voir; chemin faisant, j'ai réfléchi que probablement elle ne comprendrait guère ce que j'allais lui dire. C'est à vous seule, madame, que je puis ouvrir mon cœur. Peut-être, après m'avoir entendu, consentirez-vous à lui expliquer mes raisons et à plaider ma cause.

— Parlez, monsieur, lui dis-je; il n'est pas impossible que vous me persuadiez, car je suis tentée de

17

croire que la vraie sagesse a souvent un air de folie
et que le monde s'y trompe quelquefois. »

Il demeura un instant silencieux, les yeux baissés.

« Il me semblait, en venant, reprit-il enfin, qu'il
m'en coûterait peu de tout vous dire, et voilà que
le courage me manque. Ce qui me fait peur, c'est de
penser que je vous paraîtrai peut-être ridicule; ce
serait un malheur pour moi, et je ne m'en consolerais pas. Que n'ai-je quelque crime, quelque tragédie
à vous raconter, quelque sinistre aventure qui vous
ferait pâlir! « Ame perverse, diriez-vous, allez ense-
« velir vos remords à la Trappe. » Qui sait? en me
drapant bien dans mes noirceurs, peut-être vous
semblerais-je un héros, et quand vous me refuseriez
votre admiration, encore aimerais-je mieux vous
effrayer que vous faire sourire. Hélas! je ne suis rien,
je n'ai rien fait; je ne puis trouver dans tout mon
passé l'ombre d'un drame ou d'un événement. Dès
ma naissance, la vie me fut facile; enfant gâté de la
fortune, je n'eus jamais ni combats à livrer, ni périls
à braver, ni sujet de me plaindre de personne. Et cependant, après une enfance heureuse à laquelle tout
avait souri, au moment où ma vie était dans toute sa
fleur, la tristesse vint à moi, prit mes deux mains dans
ses mains froides, et de ce jour elle ne m'a plus quitté.
Ah! madame, le malheur n'est pas dans les choses,
il est en nous-mêmes, et il suffit d'un point noir dans
notre œil pour que la nuit se fasse autour de nous.

« Je crois que j'ai été pétri dans cette argile dont sont également faits les héros et les niais. Ces deux espèces d'hommes se ressemblent un peu, les uns et les autres prennent leur pensée pour la mesure des choses; mais tandis que les premiers n'ont qu'à frapper la terre du pied pour voir leurs rêves marcher au soleil devant eux, les autres, hommes de néant, se débattent tristement jusqu'à la fin contre la vanité de leurs informes chimères : ils ont beau essayer de tout, tout manque, tout échoue entre leurs mains, la vie se refuse à tout ce qu'ils entreprennent, et ils comptent leurs jours par des desseins avortés et des espérances condamnées. Je suis, hélas! je le sens bien, de cette race de niais et d'inutiles qui n'ont pas le secret de Dieu et qui meurent sans avoir jeté en terre un seul germe qui ait pris vie. Et pourtant que j'étais intrépide, vaillant et naïf en mon jeune âge! comme je croyais ingénument en moi-même! J'avais juré à la face du ciel que j'étais né pour faire de grandes choses; mais le petit homme eut beau se trémousser, il n'ajouta pas un pouce à sa taille.

« Pourquoi es-tu triste? me disait-on. Que manque-t-il donc à ton bonheur? — Mais que m'importait le bonheur? Mon âme aimante sentait l'ardent besoin de se donner à quelqu'un ou à quelque chose; elle était avide des sacrifices et des souffrances du dé- vouement, — et à ce besoin se joignait celui d'une parfaite conséquence dans ma vie. La logique est

plus qu'une loi de mon esprit, elle est une passion a
mon cœur ; je me promettais d'être toujours d'accord
avec moi-même et de ne jamais transiger sur rien
toute réserve me semblait une infidélité, tout compromis un mensonge, et partant une souillure. Et
j'allais ainsi cherchant un maître qui voulût de moi,
ou, pour mieux dire, une maîtresse ; mais cette maîtresse, je la cherchais par-delà les nues, dans le pur
éther, et je regardais le ciel, attendant qu'il s'ouvrît
pour lui donner passage, croyant déjà la voir appa-
raître dans sa gloire, impatient de lui engager ma
foi, l'adorant sans la connaître, résolu à souffrir, et,
s'il le fallait, à mourir pour elle.

« Je vivais dans cet état d'attente fiévreuse et d'enthousiasme sans objet quand, effrayée de mes bizarre-
ries, ma mère chargea un digne ecclésiastique du soin
de me réduire à la raison. Esprit solide, mais triste,
et à qui le goût de raisonner tient lieu de tout, l'abbé
Néraud m'imposa par son ton d'autorité et acquit
promptement de l'empire sur moi. Il m'étudia avec
soin, me tâta le pouls, rassura ma mère, lui répondit de ma guérison. Il commença par me mettre au
régime, par faire le vide dans mon esprit ; avant de
me nourrir de la vérité, qui est le pain des forts, il
s'efforça de me dégoûter par ses froides ironies de
toutes les erreurs qui m'étaient chères. Dans le fait,
ma tristesse songeuse était un état heureux ; elle était
traversée de grands éclairs de joie ; je me croyais

sans cesse à la veille de contempler cette céleste amie
après laquelle soupirait mon cœur ; j'étais tourmenté
de rêves et d'espérances, et ce tourment me plaisait.
L'abbé fit une guerre acharnée à mes illusions. De
ses deux mains sèches il secoua fortement le jeune
arbre confié à ses soins; il en fit tomber les fleurs,
il en fit envoler les oiseaux. Je me débattis quelque
temps contre les mains impitoyables qui dépouillaient
ma vie ; elles ne lâchèrent pas prise, rien n'échappa
à leurs ravages, et je demeurai dans un absolu dé-
nuement, contemplant d'un œil attéré le sol jonché
de mes chimères mortes.

« Mon sage gouverneur me laissa pour ainsi dire
savourer mon chagrin; puis il commença de m'expliquer le grand mystère de la vie, le malheur entrant dans le monde avec le péché, Dieu précipité par
la faute de l'homme dans la douleur et dans la mort,
ce Dieu crucifié laissant sa croix en héritage aux
siens avec l'exemple de son ignominie et de ses souffrances volontaires. Je n'avais eu jusqu'alors qu'une
dévotion vague et tiède ; on m'avait enseigné une religion accommodante, vain tissu de petites pratiques
qui effacent les infidélités du cœur, — et à mon insu
je nourrissais un secret dédain pour ce Dieu com-
plaisant qui souffrait des partages dans les âmes et
se contentait modestement des restes que lui abandonne le monde. L'abbé Néraud m'apprit à connaître
le vrai Christ, celui dont la parole est dure et dont

la sagesse est folle, celui qui renie pour son disciple
quiconque ne hait pas sa propre vie, celui qui enseigne que tout dans l'homme est corruption, et qu'il
nous faut mourir à nous-mêmes. J'embrassai avec
transport ce Dieu triste qui a souffert et qui nous
commande de souffrir, et je répandis mon âme à ses
pieds comme la pécheresse ses parfums.

Toutefois, en changeant d'affections et d'idées on
ne change pas de nature : j'aimai la vérité comme
j'avais aimé l'erreur, avec l'impétuosité d'un esprit
extrême ou peut-être d'un esprit juste, car il n'est
pas prouvé que la modération ait toujours raison. Je
sentis bien vite que si la souffrance volontaire est le
seul chemin par où nous allions à Dieu, le moine est
le seul chrétien conséquent; je me nourris de la vie
des saints, des aventures de ces illustres pénitents qui,
secouant la poussière du monde et s'enfuyant au désert, « reposaient sur les collines comme des co-
« lombes, se tenaient comme des aigles sur la cime des
« rochers. » Parmi cette légion sacrée, l'homme de mon
cœur était saint François d'Assise, le plus fidèle imi-
tateur du Christ : je brûlais de marcher sur ses traces,
d'épouser comme lui la sainte pauvreté et de conver-
tir tout l'univers à la beauté de ma dame; mais comme
la foi n'avait point détruit en moi toute idée de glo-
riole, je me pris à rêver d'être le fondateur de quelque ordre nouveau. J'aspirais ingénuement à la gloire
des Bernard et des Dominique, il me semblait qu'il y

avait dans ce siècle une grande œuvre à faire; n'é-
tais-je pas l'ouvrier prédestiné ? Me voilà enticé de
cette nouvelle folie; je m'attendais à toute heure que
Dieu allait me parler, me révéler le secret de ma mission; j'interrogeais le ciel et la terre, tout m'était aus-
pice et présage. Après de longs jeûnes qui ruinaient
ma santé, courbé sous ma croix, je montais sur la
montagne, j'entrais dans la nuée; mais Dieu n'y était
pas, et, attribuant mon mécompte à mon indignité,
pour le contraindre à parler, je redoublais mes austérités et mes macérations.

« J'admire comme vous l'avez guéri ! » dit un jour
ma mère à l'abbé Néraud.

« Il s'excusa sur ma mauvaise tête, qui, disait-il,
versait tantôt à droite, tantôt à gauche : j'avais besoin
de distractions, il fallait m'envoyer courir le monde;
en frayant avec les hommes, j'apprendrais le pro-
verbe : *Vertu gît au milieu*. Nous partîmes; je vis le
monde, mais je ne lui cédai rien. L'abbé, consterné
de son succès, s'efforçait de tempérer mon zèle; il
me représentait que le bon sens a son prix, qu'à
l'impossible nul n'est tenu, à quoi je répliquais que
l'impossible est un mot vide de sens pour le chrétien
et qu'un grain de foi transporte les montagnes.

« Partout où nous passions, il tâchait de me mettre
en rapport avec des hommes d'une piété sage et dis-
crète qu'il me proposait en exemple; mais leur sagesse me révoltait, elle n'était à mes yeux que le

talent d'accommoder la dévotion avec l'humaine
faiblesse. Je voyais avec aversion cette multitude
d'inconséquences dont se compose la vie du monde
et que par la force de l'habitude il n'aperçoit plus.
Le confort dans la piété, cet art de faire agréablement
son salut, qui de nos jours a été poussé si loin, m'ou-
trait d'indignation ; j'admirais, non sans les mépriser
un peu, ces dévots mondains qui admettent sans difficulté les mystères les plus redoutables de la foi et qui
n'en perdent pas un coup de dent, ces consciences
béates qui, en attendant la possession des demeures
éternelles, cherchent leurs aises ici-bas, ces saintetés
bien disantes et bien dormantes qui ont le teint fleuri
et l'humeur enjouée, et qui font hommage de leur
sourire à un Dieu crucifié. Si le divin vagabond, pensais-je, apparaissait tout à coup à ces gens-là avec
son cortége de publicains et de pêcheurs, lequel
d'entre eux oserait l'avouer pour son maître? Dix-
huit cents ans de date sont une étrange affaire; c'est
comme un brouillard à travers lequel on voit ce qu'on
veut.

« Je donnais bien du fil à retordre à mon pauvre abbé,
je disputais contre lui en ergoteur hibernois, je re-
tournais contre ses maximes de sagesse tous les arguments dont il m'avait autrefois accablé ; je triomphais
de le voir se prendre dans ses propres filets. A vrai
dire, dans nos incessantes discussions, je n'étais ni
modeste ni aimable, je ne me souciais que d'avoir

raison. Cependant il pouvait se flatter d'avoir gagné quelque chose sur moi, car, si je demeurais intraitable sur les principes, j'avais bien rabattu de mes espérances. Tout ce que je voyais m'avertissait que le temps des saint Bernard est à jamais passé, et mes ambitieux projets se dissipaient en fumée. Plus j'allais en effet, plus je me persuadais qu'un esprit nouveau s'est emparé de la société et qu'elle n'est plus chrétienne que de nom. En vain je cherchais des yeux les tentes de Jacob, les pavillons d'Israël qui s'élevaient jadis comme des cèdres au bord de l'eau....

« Le Dieu fort et jaloux, me disais-je, s'est endormi « comme un vieux lion ; qui le réveillera ? »

« Je comprenais que l'humanité a changé de règle et de maître. Toute son étude est de lire dans le grand livre de la nature ; voilà l'évangile éternel. Courbée sur ces feuillets suspects comme un nécromant sur son livre noir, ses institutions, ses lois, ses mœurs, ses doctrines, ses arts, elle a tout puisé à cette source impure. Et soit insouciance de se contredire, soit par une sorte de respect dérisoire, cette prêtresse du dieu de la nature affecte encore de s'incliner devant la croix !

« A mesure que je voyais plus clair, mon courage tombait. Qu'étais-je pour lutter contre ce torrent qui entraîne le monde vers de nouvelles destinées et vers de nouveaux autels ? Ce siècle hautain méprise les jalousies d'un Dieu auquel il donne des rivaux ; per-

du dans ses idées, dans ses affaires, dans ses plaisirs,
il n'entend ni les anathèmes qui sortent des antiques
thébaïdes, ni les plaintes de la colombe divine qui
gémit de son délaissement. Quelle langue parler à ce
sourd? Par où attaquer sa superbe? Misérable songe-
creux confondu dans la foule, le sentiment de mon
néant m'écrasait, je me prenais en pitié. Mon apo-
stolat, mes miracles, les tempêtes désirées, — adieu
tous mes rêves! Une invincible timidité glaçait mon
cœur et ma langue. Quelle âme entendrait la mienne?
Et quand j'aurais usé mes poumons à crier dans le
vent, était-il sûr qu'un seul passant retournât la tête?

« Je renonce à sauver le monde, dis-je un jour à
« l'abbé Néraud; c'est une entreprise qui souffre
« quelque difficulté; je me contenterai de me sauver
« moi-même. »

« Et je partis pour Aiguebelle. »

M. Dolfin avait parlé avec une exaltation croissante,
en promenant ses regards autour de lui; enfin il les
arrêta sur moi et se tut; il m'observait avec inquiétude, il avait grand'peur de me sembler ridicule.

« Vous n'attendez pas, lui dis-je, qu'une femme ait
une opinion sur de pareilles matières. Je rapporterai
fidèlement notre entretien à Mme d'Estrel. Je crains
seulement qu'elle ne se rende pas. Elle répondra
peut-être que rien ne vous oblige à vous jeter dans
un cloître, que restant dans le monde vous y pouvez
mener une vie conforme à vos principes, que la

Trappe est un asile ouvert aux dégoûts et aux remords, qu'il n'est rien dans votre passé dont vous
ayez à rougir. Que sais-je encore? Ne peut-on vivre
dans le monde sans être du monde? Pourquoi fuir
la lumière du jour et le commerce des hommes? De
quoi avez-vous peur? »

Il changea de visage et me dit d'une voix émue :

« C'est de moi que j'ai peur, madame, et puisqu'il
faut vous faire des aveux que je ne fis jamais à personne, ce que je vais chercher à la Trappe, c'est un
lieu de sûreté pour ma foi. Oui, je tremble pour elle,
car il y a en moi deux hommes, deux âmes, deux
esprits.... Hélas ! il se livre dans ma conscience des
combats à outrance qui m'épouvantent. Pourquoi
faut-il donc que j'unisse à mes aspirations héroïques
une imagination trop tendre que le beau ravit et qui
caresse des folies ? Raisonneur intraitable que le
chant d'un oiseau fait pâmer, portant dans mon sein
le germe de toutes les fortes vertus et de toutes les
faiblesses, avide de souffrir, avide de jouir, et mêlant, je ne sais comment, à la rigidité d'un Brutus
chrétien les larmes faciles d'une femmelette.... Oh ! le
bizarre assemblage que je suis !... »

J'imagine, mon père, que M. Dolfin appartient à
une famille d'esprits qui vous est connue. Peut-être
avez-vous rencontré plus d'une fois ses pareils. Est-ce
un cas rare que cette maladie d'une âme tourmentée
qui tour à tour croit et ne croit pas, et qui recourt aux

austérités pour étouffer ses doutes? Vous pensez bien
qu'en écoutant les confessions du jeune Corfiote je me
sentais fort dépaysée; mais mon étonnement était
mêlé d'admiration. Il me semblait noble et d'une race
à part, ce pauvre rêveur qui avait passé sa jeunesse
dans l'ignorance de tous les plaisirs; ses pensées
avaient été ses seules aventures et la vérité sa seule
amie dans ce monde, amie sévère jusqu'à la dureté,
qui lui demandait beaucoup et lui donnait peu. Avec
quelle simplicité d'enfant il me raconta ses peines!
Je me disais qu'une telle âme était une plante exo-
tique, qu'il avait fallu le soleil de Grèce et d'Italie
pour la faire croître et mûrir.

Dans la suite de notre entretien, il me rapporta un
trait de son enfance qui le peint. Il avait douze ans
quand vint à Corfou une jeune dame étrangère d'une
surprenante beauté. Il la rencontrait quelquefois à
la promenade, et ses grâces le ravissaient à ce point
qu'il demeurait comme interdit devant elle; laissait-
elle tomber un regard sur lui, il rougissait et perdait
contenance. Indigné d'être ainsi à la merci d'un regard, il jura de surmonter cette faiblesse. A quelques
jours de là, il revit la belle étrangère, et du plus loin
qu'elle lui apparut, il sentit, en dépit de ses serments,
l'inévitable rougeur lui monter au front. Il s'enfuit,
pleurant de rage, s'enferma dans sa chambre, alluma
une bougie, et pour se punir de ses pâmoisons, nouveau Scévola, il tint sa main étendue au-dessus de la

flamme jusqu'à ce que l'excès de la douleur le forçât
de la retirer.

«De cette aventure, disait-il, il me resta quelque
temps une ampoule qne je regardais avec complaisance, prenant le ciel à témoin que j'avais un grand
caractère. »

Sa redoutable ennemie partit, mais elle n'emporta
pas avec elle la douceur du beau ciel de la Grèce, ni
des rivages et des vergers, qui parlaient trop vivement à son cœur.

Plus tard, au fort de sa dévotion, il se reprocha
souvent les rêveries où le jetait la vue d'un beau
paysage. La nature était une autre *belle étrangère* dont
les séductions lui étaient dangereuses.

Dans ses promenades solitaires, pendant que cheminant à l'aventure au penchant d'un coteau il déli-
bérait avec lui-même sur les moyens de devenir un
grand homme et un grand saint, et qu'en réglant
son sort il se flattait de régler aussi les destinées du
monde, un rayon de soleil se jouant dans les feuillages, l'ombre portée d'un buisson, moins que cela
suffisait pour détourner soudain le cours de ses pensées.

Saisi par la beauté de ce qui l'entourait, il entendait une voix lui dire tout bas que peut-être le monde
est encore tel qu'en sortant de la main créatrice, que
rien n'est déchu, que tout est demeuré dans l'harmonie primitive; que le paradis, c'est ce que nous

voyons; que le mal est au bien ce que l'ombre est à
la lumière, que l'un ne va pas sans l'autre ; que par
conséquent tout est dans l'ordre, tout est nécessaire,
et qu'il y a dans la nature comme un Dieu répandu.

« A peine avais-je abordé, me dit-il, ces imaginations funestes que je les repoussais avec horreur, et,
prenant à deux mains un crucifix, tour à tour j'y tenais mes yeux attachés ou j'y collais mes lèvres afin
de ne plus voir, de ne plus toucher dans ce monde
que le Dieu crucifié ; mais en vain j'exorcisais le fantôme, il revenait à la charge, il choisissait le lieu,
l'heure, et tout à coup je le voyais se dresser entre la
croix et moi. Non, elle ne venait pas de l'enfer, cette
voix émouvante qui jetait le trouble dans mon esprit;
elle sortait du fond de mon cœur, qui m'est un mystère. Et c'est elle encore qui naguère, lorsque je ful-
minais l'anathème contre ce siècle et ses faux dieux,
c'est elle qui me disait : Qui sait?... mot redoutable !
Oui, qui sait? Ah! pour ne plus entendre ce mot fatal,
nul sacrifice ne me coûterait, et il n'est pas de cellule ni de cachot où je ne m'enfermasse avec joie,
car je suis las de moi-même, las de mes incertitudes,
las de ces doutes qui s'élèvent comme une vapeur
entre ce que j'adore et moi, las surtout d'ignorer qui
je suis, quelle est ma véritable existence, si je dois
me reconnaître dans cet homme qui adore ou dans
cet autre qui doute....

« Madame, vous connaissez Aiguebelle, poursuivit-

il; c'est un lieu triste; à peine l'est-il assez pour moi.
Il y a quelques mois, quand je visitai pour la première
fois le couvent, et que, levant les yeux, je lus au-dessus d'une porte cette inscription : *Arsène, fuyez les
hommes et vous serez sauvé!* je fus saisi d'une indicible
émotion, le ciel me parlait, m'appelait par mon
nom : *Arsène, fuyez les hommes!* Ces mots avaient été
écrits pour moi ; j'étais un hôte attendu, et il me
sembla que la porte s'ouvrait d'elle-même pour me
recevoir. Un sentiment de paix que je n'avais jamais
connu entra en moi et ne me quitta pas durant les
quelques heures que je passai au couvent. Cette maison m'avait été préparée, j'avais eu peine à en apprendre le chemin; mes amertumes, mes déceptions,
mes tourments intérieurs, autant de ruses divines par
lesquelles la Trappe m'avait attiré dans ses bienheu-
reux filets. Elle se livrait enfin, cette proie désirée,
et ces saintes murailles se promettaient de ne pas la
lâcher. Oh! que je songeais peu à me défendre! Je
leur disais : Me voici; corps et âme, je vous appartiens.... Je ressentais pour la première fois les joies
de la certitude, et tout ce que je voyais les nourrissait en moi. Les longues galeries du cloître, qui semblent faites pour y promener des pensées, la nudité
des salles que je traversais et où tout annonce une
vie dépouillée, le chapitre où l'humilité bat sa
coulpe, le réfectoire et la simplicité d'une table dont
les mets grossiers suffisent à entretenir la vie et n'ac-

cordent rien aux sens, le dortoir avec ses étroites
cellules sans clôture, avec ses lits·dont la courte-
pointe est rayée d'une croix et dont le·chevet est pro-
tégé d'un bénitier, d'un crucifix, d'un agnus, quelques figures austères de religieux qui passaient près
de moi comme des ombres, le silence surtout qui régnait dans toute cette maison dont les murs seuls
parlent par leurs inscriptions, ce silence anticipé de
la tombe que je sentais pour ainsi dire dévorer et
engloutir mes peines, tout m'avertissait que j'étais
chez moi, que je prenais port, et mon cœur dé-
livré goûtait le charme de ces espérances qui renou-
vellent la vie.

« Tout à coup le frère portier, qui m'accompagnait et semblait jouir de mes extases, me dit à l'o-
reille : Vous n'avez pas tout vu.... Je le suis, il ouvre
une porte, et mon regard plonge sur un jardin fleuri,
plein de soleil, de parfums et de bourdonnements. Je
reculai d'un pas; j'avais oublié qu'il y eût un soleil,
des fleurs, et la fête qui se célébrait dans ce jardin
me causait une surprise mêlée d'angoisse. Cependant
je fis bonne contenance, je marchai droit à l'ennemi.
Au sommet d'un buisson s'épanouissait une rose ver-
meille.

« — Il y a donc des roses à la Trappe? dis-je au
frère portier, qui dut s'étonner de mon étonnement.

« Il me répondit par un sourire qui signifiait :

Pourquoi pas?... Je regardais tour à tour la fleur et
les murs du couvent, et je sentais se renouveler en
moi cette vieille et opiniâtre dispute qui pendant
deux heures s'était assoupie. Vous le voyez, madame,
Aiguebelle est encore un lieu trop riant pour moi ;
mais je me flatte que quand j'aurai pris une âme et
des yeux de trappiste, je pourrai considérer des roses
sans danger.... »

« A la Trappe ! à la Trappe ! s'écria-t-il après un silence, et qu'elle se termine par la mort d'un des
deux combattants, l'éternelle inimitié de ces dieux
qui vident leur querelle dans mon cœur comme en
champ clos ! »

A ces mots il se leva.

« Aussi bien, ajouta-t-il d'une voix sourde, il y a
six mois je pouvais encore balancer ; aujourd'hui je
n'en ai plus le droit. Oui, madame, j'ai maintenant
une raison décisive d'entrer à la Trappe, et cette
raison, je ne puis vous la dire. »

Ses lèvres et ses mains tremblaient. Je ne voulus
pas avoir l'air de le comprendre, et je me penchai
vers le feu pour avancer un tison qui menaçait de
rouler. En l'écoutant, j'avais machinalement défait
le nœud de ruban que je portais au poignet, et je
l'avais chiffonné entre mes doigts. Dans le mouvement que je fis, le ruban glissa sur le tapis. Il s'en
saisit, et quand je me retournai, il se disposait à le
cacher dans son sein.

18

« Qu'en ferez-vous à la Trappe? lui dis-je en souriant. »

Il me répondit par un regard de reproche et
presque de défi. Sa tête ramenée en arrière, l'œil
étincelant, la lèvre frémissante, il avait un air à la
fois suppliant et un peu farouche ; puis il regarda
tristement le ruban et tendait déjà la main pour me
le rendre quand, se ravisant, il le pressa sur ses
lèvres, se frappa le front en s'écriant : Misérable fou
que je suis ! et sortit précipitamment avec son butin,
sans prendre le temps de me faire ses adieux.

III

C'est quelques heures, je crois, après cet entretien
que je reçus la lettre suivante :

« Ma chère belle, j'avais juré mes grands dieux de
vous oublier. C'est plus difficile que je ne pensais.
Pendant un an, je vous ai cordialement détestée; depuis trois jours, mon cœur chante sur une autre
note ; je me radoucis, je vous plains ; c'est une faiblesse. Qui n'en a pas ? Peut-être avez-vous celle de
m'en vouloir. Seule dans votre grand château, vous
m'accusez de vos malheurs. Quelle folie! Je vous ai
mariée, il est vrai ; mais est-ce ma faute si vous n'avez
pas voulu apprendre de moi les secrets du métier ?
Que ne vous ai-je pas dit à ce sujet ! et quel cas avez-
vous fait de mes conseils ? Vous êtes punie, ma chère,
par où vous avez péché. Que vous semble à cette
heure de ce divin château où vous rêviez de filer le

parfait amour? Moi, je crains que vous n'y preniez
des vapeurs. Je vous jure que si je passais un hiver
à Ferjeux, on m'en ramènerait folle à lier. Ferjeux
est un affreux trou, c'est une découverte que j'ai
faite, et bien m'en a pris, car j'aurais été capable d'y
retourner, tandis que j'ai passé l'été dernier dans un
amour de chalet au bord de l'océan. Mon chalet a cela
de bon qu'il se démonte. L'été prochain, je le chargerai sur une brouette et je l'emmènerai autre part,
à moins que je ne le vende ou que je ne le brûle. Le
plus sûr dans ce monde est de jeter la plume au
vent.

« Ma belle, démontez vos chagrins et amenez-les
bien vite à Paris. Ce n'est qu'à Paris que les chagrins
sont heureux; s'ils ne se consolent, ils s'habillent et
ils babillent, deux charmants passe-temps qui ne leur
laissent pas un instant pour se reconnaître; ils vont,
ils vont, et on attrape ainsi le lendemain. Dieu sait,
ma pauvre belle, comme vous êtes mise! Je vous vois
coiffée à la mode du temps où la reine Berthe filait.
Savez-vous seulement comment sont faits les cha-
peaux aujourd'hui? Ni passe, ni bavolet; ce n'est
rien, et à force de fanfioles ça a presque l'air d'être
quelque chose.

« A propos, vous doutez-vous de ce qu'on dit? On
assure que vous avez abusé des grands sentiments,
que Max s'est lassé, que vous vous êtes piquée, et
voilà comme on se perd. Vous êtes romanesque

comme une Allemande, vous croyez au clair de lune.
La lune, ma chère, n'est plus de ce temps-ci.

« Pourquoi la duchesse de C.... passe-t-elle l'hiver
à Cannes? Elle vous a vue l'automne dernier; je
comptais la questionner. Faute de mieux, j'ai tenté
de confesser Max. Ce beau sournois s'est contenté de
me dire avec un sourire sardonique que vous êtes la
femme la plus raisonnable du monde, que vous savez la vie sur le bout du doigt, et que vous lui avez
fait signer un contrat de tolérance réciproque, sans
réserve et sans limites. Je suis demeurée sous le
coup. Ah! que vous êtes bien de votre village et
qu'une Franc-Comtoise hors de son assiette fait d'é-
tranges sottises!

« Ma toute belle, je veux vous sermonner. Le père
Félix nous a expliqué l'autre jour qu'une honnête
femme doit être contente de son mari quand il ne la
bat pas, ne la gronde pas et ne la laisse manquer de
rien.... Non, ce n'est pas le père Félix qui a dit cela,
c'est un roman vieux comme les rues, long comme
un jour sans pain, que je lis le soir pour m'endormir.
Après cela, si la femme qui ne manque de rien n'est
pas contente, eh! mon Dieu! elle reprend tout doucement sa liberté en se glissant par l'escalier dérobé,
mais elle ne fait pas le geste des trois Suisses sur leur
montagne, elle ne passe pas de contrat par-devan
notaire, et surtout elle n'a garde de jeter son bonnet
par-dessus les moulins, sans s'être bien assurée que

quelqu'un le ramassera. En vérité, il me prend envie
de vous battre. Oh! qu'on voit bien que vous avez été
élevé dans les bois par un antiquaire! Vous êtes, ma
mignonne, la plus charmante sauvagesse et la plus
jolie pédante du monde. Ni les loups ni les vases grecs
ne vous ont appris que tout l'art de vivre se réduit à
certaines apparences qu'on garde et à d'autres qu'on
a l'air d'accepter. — Et voilà tout? — Voilà tout. —
Et le fond des choses, le fond du sac?... J'ai découvert, moi qui vous parle, que le sac n'a pas de fond;
on cherche, on cherche, on ne trouvera rien, car il
n'y a rien. Voilà mon secret, faites-en votre profit.

« Mais, je vous le demande, où vous a conduite
votre incartade? Vous voilà bien avancée, car, si vous
vous figurez que Max a la mine longue, l'âme con-
trite, et qu'il passe ses journées à se battre la poitrine, oh! que vous êtes loin de compte! Détrompez-
vous; Max a rajeuni de dix ans. Max est retourné à
ses iniquités; Max a, dit-on, des succès étonnants,
étourdissants. On parle d'une princesse de théâtre, il
n'est bruit que de certaine aventure.... Une pièce
classique, unité de lieu, unité de temps.... Mais vous
ne saurez le reste qu'au coin de mon feu.

« Je vous dis un peu crûment les choses, je ne serais pas fâchée de vous émouvoir. Puissiez-vous seulement secouer votre indolence! Ma belle, la bouderie n'a jamais guéri de rien. Allons, séchez bien
vite vos larmes; partez comme l'éclair. Vous arrivez

en catimini, vous descendez chez moi; vous y verrez, pour le dire en passant, un petit meuble jaune qui vous enchantera. Je vous cache dans une armoire, je vous endoctrine, je vous console, je vous engraisse, je vous attiffe, je vous coiffe, et un beau jour que vous serez fraîche, jolie, pimpante, nous faisons venir le monstre : il rougit de ses forfaits et tombe à vos pieds.

« Mon cœur, vous êtes en train de vous noyer; j'ai le génie du sauvetage, je vous tends une perche, vous la prenez, vous voilà séchée, et rira bien qui rira le dernier. Sinon, comme M. Purgon, je vous abandonne à votre mauvaise constitution, à l'âcreté de votre bile, et je veux qu'avant qu'il soit quatre jours, vous soyez ensevelie dans le gouffre de mes oublis.

« Adieu, mignonne; je vous attends par le retour du courrier. »

Cette lettre me fit un mal affreux. Que renfermait-elle pourtant que je n'eusse pu deviner ou qui dût m'émouvoir ?

Je la relus cent fois, et je répétais machinalement : « *Partez comme un éclair !* Mme de Ferjeux parle sérieusement, elle compte que je partirai. » Cela me semblait incroyable. Et cependant dès le lendemain je partis. Pourquoi? Impossible de vous le dire. Demandez à la paille séchée que le vent emporte où elle court et ce qu'elle veut. A l'heure qu'il est, ce voyage, qui dura quatre jours, me fait l'effet d'un rêve, et je serais tentée de n'y pas croire, si je ne retrouvais parmi mes papiers quelques pages que j'écrivis au retour. Voici ce fragment de journal :

« Je reviens de Paris ! cela est certain. En vain ma fierté me criait : Tu ne partiras pas ! Elle parla d'abord en maîtresse, puis elle gémit, supplia. Je répondais : Il faut que je le voie, que je lui parle. Qu'avais-je à lui dire ? Je ne songeai pas à me le demander. Je n'avais plus ni raison ni volonté ; j'obéissais à un aveugle, mais irrésistible entraînement. Je ne saurai jamais ce qui se passa en moi ; un tourbillon me prit, m'enleva.... J'eus cependant l'esprit de dire à Marguerite que j'allais passer un jour auprès de mon père. Elle me regarda d'un air d'étonnement ; j'étais plus étonnée qu'elle.

« Pour aller de Lestang à Paris, on traverse de grands champs de neige ; cela faisait de larges taches blanches dans la nuit. Je n'étais pas seule dans le wagon ; il y avait là des gens heureux, ils causaient. On m'adressa la parole, je crois que je répondis. La nuit me parut courte ; par moments je ne savais plus où j'étais, et je me frappais le front pour me réveiller.

« J'arrivai à Paris au point du jour. J'avais froid, je frissonnais. Je me fis conduire.... à quel hôtel ? Le nom ne me revient pas. A peine y fus-je descendue,

les forces me manquèrent. Je ne me comprenais
plus. Qu'étais-je venue faire? Pendant de longues
heures, je me sentis incapable de tout mouvement.
Tourner la tête, lever le bras.... l'effort était trop
grand pour ma faiblesse.

« A la nuit tombante, je repris quelque courage.
Je fis venir un fiacre. Je me mets en route. Voici la
rue, voici la maison.... Je crus que mon cœur allait
éclater. Je descends de voiture, je m'approche de la
porte. Impossible de soulever le marteau; ma main
se roidissait. Quand je pensais qu'il était là, que
j'allais le voir!... Mon Dieu! qu'aurais-je pu lui dire?
Je m'éloignai, puis je revins sur mes pas; je m'éloignai
encore. Comme je remontais en voiture, j'aperçus
d'assez loin deux hommes qui s'étaient arrêtés sur le
trottoir, en face de la porte dont je n'avais pu soulever le marteau. Ils causaient. Celui qui me tournait
le dos... Oh! quel frémissement parcourut tout mon
corps! Comme l'obscurité s'éclaira! Comme je devinai sûrement qui était cet homme! Comme toutes
les blessures de mon cœur le reconnurent et criè-
rent : C'est lui!... La voiture se mit en mouvement;
malgré moi, je me penchai à la portière; il ne tourna
pas la tête, ne me vit pas; il était occupé, il causait;
je crus l'entendre rire.

« Je dis en rentrant à l'hôtel que je comptais repartir ce soir même, qu'on eût soin de me faire
avertir; mais on m'oublia, et moi-même, enfermée

dans ma chambre, perdue dans mes pensées, je
laissai passer l'heure. J'étouffais, j'ouvris ma fenêtre. Je me demandais : Où est-il, et avec qui ?
Et je croyais l'entendre rire. Et puis j'écoutais les
bruits de la rue, je regardais cheminer les passants.... Le roulement des voitures, de confus bourdonnements, des cris, des chants, des rumeurs
lointaines, tout ce va-et-vient d'inconnus, toutes ces
ombres affairées et haletantes qui piétinaient dans la
boue, qui se coudoyaient dans le brouillard, qui dis-
paraissaient dans la nuit.... Qu'était-ce donc que
cette ville immense ? Une effroyable machine mue
par d'invisibles ressorts.... Et qui servait à quoi? A
broyer des cœurs.

« Je finis par m'assoupir, mais je continuai d'entendre des roulements de voitures, puis je me réveillai
en sursaut; je venais enfin de découvrir ce que j'avais
à dire à Max. J'avais parlé, j'avais prononcé en rêve
quelques mots, et Max les avait entendus, et je l'avais
vu se troubler, pâlir; mais ces mots magiques, j'eus
beau chercher, je ne les pus retrouver, et cependant
ils avaient laissé dans l'air comme un frémissement.

« Non, je ne partirai pas, me dis-je au matin; si
je ne lui parle pas, du moins je veux tout savoir.

« Une curiosité dévorante s'était emparée de moi.
Si extraordinaire que cela me semble, je résolus de
voir Mme de Ferjeux, de la questionner. Je voulais

apprendre de sa bouche tous les détails de l'aventure; et le nom, et le jour, et l'heure, et ce qu'on en disait, et si cette femme était belle.... J'avais soif de poison; j'en voulais boire à pleine coupe. Je sors, j'arrive. Comme à cette heure je bénis le hasard qui me servit si bien et me sauva de moi-même! Du fond de sa loge, un vieux concierge que je ne connaissais pas me cria d'un ton d'humeur que je ne trouverais personne pour m'introduire, que Mme de Ferjeux venait de faire maison nette: la figure de ses gens l'ennuyait. Je trouve une porte ouverte, puis une autre; j'entre au salon : dans un cabinet voisin, deux personnes causaient. Avant d'avoir rien entendu, j'eus la certitude qu'il était là. Je retins mon souffle.

« — De grâce, écoutez-moi, disait-elle. Il est bien temps que cette bouderie finisse; j'ai écrit à Isabelle de venir, et vous verrez qu'elle viendra.

« — Je vous répète qu'elle ne viendra pas, répondit-il en riant. Vous connaissez peu sa superbe indifférence!... Et il ajouta d'une voix âpre et hautaine :

— Mais vous avez mieux à faire, madame, que de vous occuper de ces misères.

« *Ces misères!* Oh! que ce mot me fit de bien! Oh! qu'à de certaines heures le mépris est bienfaisant! *Ces misères!* Comme par l'effet d'un charme je rentrai en possession de moi-même; ma volonté, mon courage, ma fierté, tout me fut rendu; mon âme se redressa soudain comme un ressort ; en cet instant, elle aurait soulevé des montagnes. Qu'il ne sache jamais que je suis venue ! Ce fut le cri de mon cœur ; si l'on m'avait surprise, je serais morte de honte. Et je sortis sur la pointe du pied, je m'échappai, je m'enfuis ; il me semblait que j'avais des ailes et que les murailles s'écartaient pour me laisser passer. Trois heures plus tard, j'avais quitté Paris.

« Pourquoi donc y suis-je allée ? Je m'étais trompée : non, je n'avais rien à lui dire, pas un mot, pas un seul mot ; mais je tenais sans doute à m'assurer qu'il est en joie et en santé, que ses souvenirs ne l'importunent point et qu'il sait *rire de ces misères.* Deux fois je l'ai entendu rire. Ne me dites pas que j'ai rêvé.... »

IV

Quelques jours plus tard, je vis arriver un matin Mme d'Estrel. Sa visite me surprit, car sa paresse, jointe à l'état de sa santé, la confinait chez elle, et elle n'en sortait que dans les cas extrêmes. Qu'avait-elle donc de si pressant à me dire ? Je fus frappée de son air agité et presque ému; elle m'observait curieusement.

« Vous avez été absente pendant quelques jours ? me demanda-t-elle.

— Ne vous a-t-on pas dit, lui répondis-je, que j'étais allée voir mon père ?»

Elle ne fit aucune réflexion, et, selon son habitude, ne se pressa point d'en venir au fait.

« Je vous apporte des nouvelles, reprit-elle; ma dame Mirveil....

« Oh ! chère madame, interrompis-je, donnez-moi

plutôt des nouvelles de la Cochinchine; vous serez
plus sûre de m'intéresser. »

Elle me répliqua que ce qu'elle avait à me dire
m'intéressait plus que je ne pensais, et bon gré mal
gré je dus l'écouter.

Mme Mirveil s'était retrouvée. Chacun la croyait
partie; sa vieille servante Brigitte lui avait fidèlement
gardé le secret. M. de Malombré lui-même s'y était
trompé; pour la première fois, ses yeux d'argus
s'étaient laissé prendre en défaut. Pendant qu'il la
croyait à Paris, cette pauvre folle tenait pied à boule
chez elle, enfermée dans une chambre sombre, volets clos et rideaux tirés, et elle avait vécu là deux
mois de ses larmes et de coquilles de noix. Cependant
un beau jour le vent avait sauté, en elle tout est soudain : elle avait ouvert ses volets, rompu sa clôture
et fait irruption dans le salon de ma vieille amie, qui
la reçut mal et se disposait même à l'éconduire; mais
voilà une femme qui se jette à ses pieds en fondant
en larmes.

« Je suis une pauvre et misérable créature! s'écriait-
elle. Il n'est âme qui vive qui me veuille du bien. Si
vous me rebutez, si vous me repoussez, je me
tuerai ! »

Mme d'Estrel n'avait pas précisément peur qu'elle
se tuât, mais elle fut frappée du changement qui
s'était fait dans sa personne : plus de colifichets, plus
de petites mines, le visage pâle, amaigri, une robe

brune montante et à manches longues qui lui cachait
le cou et les bras, l'air et la tournure d'une béguine.
Mme d'Estrel la fit asseoir, et, non sans verser bien
des larmes, la dolente Levantine commença de lui
ouvrir son cœur et de lui conter sa vie, ses faiblesses,
ses fautes. A vrai dire, elle n'en était guère responsa-
ble. Sa mère avait toujours été sérieusement convaincue que l'éducation d'une fille est achevée quand
on lui a appris à jouer de la prunelle et à pêcher à
la ligne un mari. Tous les secrets de la minauderie,
l'art de rouler les yeux et de faire la bouche en cœur,
avaient été démontrés par principes à la jeune Emmeline. Le moment venu, sa mère aidant, elle
amorça son hameçon et le jeta dans un parage pois-
sonneux. Le fretin accourut, on le rejeta à l'eau avec
dédain. Enfin un vrai poisson mordit à l'appât. Les
deux femmes chantèrent victoire ; elles crurent voir
dans M. Mirveil un brochet de la plus belle taille ; il
se trouva que ce n'était qu'une grosse carpe. L'art de
jeter de la poudre aux yeux fleurit au Levant ; mais
si M. Mirveil n'était pas un Crésus, le bonhomme adorait sa femme, qui finit par s'attacher à lui. Il l'amena
en Europe ; à deux ans de là, il mourut d'une chute
de cheval. Elle ne le pleura pas longtemps ; une idée
fixe, une idée folle s'empara d'elle comme une fièvre
et la galopait le jour et la nuit ; elle en perdit le boire
et le manger. A chaque heure, à chaque minute, elle
se répétait : « Ma chère, il ne tient qu'à vous de

devenir marquise de Lestang. » Elle ne put se tenir
d'en écrire à sa mère, qui donna à plein collier
dans ses visions et ne l'appelait dans ses lettres que
sa chère marquise.

Elle confessa à Mme d'Estrel que ce qui la déses-
pérait, c'est qu'elle ne pouvait reprocher à M. de
Lestang de l'avoir trompée. « Il ne m'a jamais donné
la moindre espérance, dit-elle. Je me crus habile,
l'amour s'en mêlant, je ne fus que facile, et je me
perdis. Je vous défie de vous représenter ce que je
ressentis à la nouvelle de son mariage; je ne parlais
de rien moins que de défigurer ou d'assassiner mon
heureuse rivale. Je la vis et me calmai : il me parut
qu'elle ne me valait pas, et certainement elle est
moins jolie que moi. Convenez-en, chère madame.
Je me persuadai que M. de Lestang avait fait un coup
de tête dont il ne tarderait pas à se repentir. Dans
mes rêves, je le voyais se jetant à mes pieds, me con-
jurant de le consoler de son erreur, et je me promettais de le tourmenter par une impitoyable coquetterie, de jouer avec son désespoir comme une
chatte avec une souris. Que je le connaissais mal!
Il vint me voir et me traita en petite fille déraisonnable qu'on corrige avec une chiquenaude et qu'on
console ensuite avec des gâteaux.... Et puis un soir
que, selon ma coutume, portes et fenêtres ouvertes,
je m'étais assoupie dans un fauteuil.... Non, je n'ai
pas rêvé, c'était bien lui!.... Sa figure m'épouvanta.

Qu'elle était étrange! Il avait escaladé un balcon, et il se présentait non en suppliant, mais en maître, en vainqueur! Que voulait-il? qu'espérait-il? Pour qui donc me prenait-il? »

Et à ces mots elle se remit à pleurer comme une Madeleine; elle se désolait tout à la fois, au dire de Mme d'Estrel, et de ce que Max s'était flatté de réussir, et de ce que croyant tout pouvoir, au dernier moment il n'avait plus voulu.

« Cette visite nocturne me bouleversa, poursuivit-elle. M. de Lestang pouvait s'imaginer que j'avais été à la merci de son caprice. Moi qui avais rêvé de le voir à mes pieds, demandant grâce et désespéré de mes refus! Je lui écrivis lettre sur lettre; j'aurais voulu à tout prix le revoir pour désabuser sa fatuité. Point de réponse. Ma fureur était telle que je me glissai à plusieurs reprises dans le parc de Lestang, espérant l'y rencontrer et l'accabler de mes mépris. Plus sage que moi, le hasard ne m'accorda pas la rencontre que je cherchais. Au lieu du marquis, j'aperçus un jour sa femme. Je la savais aussi malheureuse que moi; je n'avais plus aucune raison de la haïr, et je la pouvais regarder de sang-froid. Elle était seule et semblait accablée par son chagrin. Je persiste à croire qu'elle est moins jolie que moi; ce n'est pas étonnant, je chasse de race : je suis une enfant de la balle et je sais mon métier; mais il y avait dans son air, dans son maintien.... Que vous dirai-je?

Il se passa en moi quelque chose de bien étrange :
pour la première fois de ma vie, je me jugeai.

« En rentrant chez moi, je me mis au lit; le lendemain, je n'eus pas le courage de me lever ; je rougis-
sais de moi-même et de la triste figure que je faisais
dans le monde. Comme une chatte estropiée qui va
cacher son agonie dans le coin le plus sombre d'un
grenier, j'éprouvais le besoin de me dérober à tous
les regards. Je passai deux mois dans une chambre
obscure, rêvassant et pleurant. Mais si la chatte estropiée ne meurt pas, il faut bien que tôt ou tard elle
quitte son grenier. Je me réveillai un matin, possédée
du désir de voir qnelqu'un qui me voulût du bien.
Je me suis rappelé qu'autrefois vous m'aviez marqué
quelque amitié, témoin vos conseils si mal suivis, vos
reproches si mal reçus. Si j'ai lassé votre bon vouloir par mes légèretés, considérez que j'ai bien
changé ; madame, tendez-moi la main, secourez-moi,
conseillez-moi. »

Et là-dessus, avec l'exagération ordinaire des caractères légers, se remettant à genoux, elle donna
des marques d'humilité si outrées que Mme d'Estrel
la rudoya un peu et la gronda. L'ayant forcée de se
relever : « Vous m'intéressez, lui dit-elle ; vous valez
mieux que je ne croyais ; il y a toujours quelque
chose de rare dans une âme qui a la force de se
juger. Séchez vos larmes, soyez sage ; sinon, je vous

abandonne. Voyons, songeons à l'avenir; que comptez-vous faire?

— Ma mère m'engage à retourner au Levant. Elle veut revoir sa chère marquise, car jusqu'à sa mort je serai *sa chère marquise*. Dieu sait les histoires qu'elle a contées dans le quartier franc! Je ne la démentirai sur rien; il sera entendu que mon mari le marquis est mort. Quant à mon marquisat, le voici!» et elle montrait ses deux mains vides.

Mme d'Estrel lui conseilla de se rendre aux prières de sa mère et de s'en aller faire la marquise au Levant. « Autrement, lui dit-elle, il ne vous reste qu'à épouser M. de Malombré, et c'est un parti que je n'ose vous recommander.

— Épouser M. de Malombré! plutôt épouser une grille! Vingt fois j'ai consenti, vingt fois je m'en suis dédite. Sans compter qu'il m'a poussée à bout par ses perpétuels espionnages, je n'ai jamais pu me faire à sa personne. Ah! franchement, je suis un morceau trop friand pour lui. Que penserait ma mère de sa chère marquise? Oui, vous avez raison, il faut que je parte; mais je ne peux m'en aller les mains vides, et vous savez que le plus clair de mon avoir est le petit domaine que m'a laissé M. Mirveil. Mon argus lui fait les yeux doux, et il ne disputerait pas sur le prix pour acquérir cette enclave, qui donne droit de passage sur sa propriété. Malheureusement il a mis dans sa chienne de tête d'acquérir à la fois la femme

et la terre, car il a besoin d'une mignonne qui le
dorlote. Peut-être va-t-il refuser de faciliter mon
départ en achetant ma vigne, qui n'a de valeur que
pour lui.... »

« Je lui promis, me dit Mme d'Estrel, de l'assister
dans cette affaire, d'entreprendre M. de Malombré,
et s'il faisait la sourde oreille, de le menacer d'ache-
ter pour mon compte. La pauvrette se jeta à mon
cou, pleurant d'un œil, riant de l'autre, me déclara
que j'étais la meilleure des femmes, que je lui sauvais
la vie; mais au moment de me quitter : « Je n'aurai
qu'un regret en partant, s'écria-t-elle, celui de ne
m'être pas vengée. Heureusement Mme de Lestang
s'en chargera. »

« Ce dernier mot me fit dresser l'oreille; je voulus
la faire s'expliquer, mais je n'en tirai rien. « Point
de mauvais sentiments! lui dis-je; mon alliance est
à ce prix. »

« Le lendemain, je reçus la visite de M. de Malombré. Ma maison est le réservoir où se déversent tous
les chagrins du canton de Grignan. Privilége de
vieille femme qui regarde la vie d'un œil désintéressé! Jamais mon voisin n'avait eu l'air si sombre,
jamais il n'avait poussé de si bruyants soupirs. C'était
vraiment le chevalier de la Triste-Figure. Aussi bien
avait-il sujet de se plaindre; en dépit de sa lunette, pendant deux mois, sa prisonnière s'était dérobée à ses recherches; il venait de la retrouver; il

avait volé auprès d'elle, lui portant un cœur d'hidalgo
dont rien ne peut rebuter la constance, et il avait
essuyé des refus obstinés qui ne lui laissaient aucun
espoir. Je compatis à sa douleur et m'efforçai de le
consoler. Je lui représentai qu'il ne devait rien regretter, qu'une odalisque n'eût été dans sa vie qu'une
inutilité coûteuse, qu'une bonne ménagère était
mieux son fait. « D'ailleurs, lui dis-je, à défaut de la
femme, la vigne vous reste, car je ne suppose pas
qu'Emmeline veuille l'emporter au Levant; acceptez
de bonne grâce cette consolation. »

« Il me répondit en grimaçant : « Achète la vigne
qui voudra! Je ne me souciais que de la femme. »
Et il me récita de nouveau toute la litanie de son
amoureux martyre. Je suis persuadée qu'il était de
bonne foi; les Malombré sont de ces gens qui se
croient toujours eux-mêmes sur parole.

« Vous me mettez à l'aise, repris-je, car cette
vigne m'a toujours tentée, et à votre refus j'entrerai
en marché avec Mme Mirveil. »

« Il fit un geste de surprise, mais ne releva pas le
propos. Il était tout entier à son dépit, qui se tourna
en une véritable rage. Il se répandit en récrimina-
tions contre M. de Lestang, « l'infâme artisan,
disait-il, qui avait ourdi toute la trame de son infor-
tune. » Et bientôt, ce qui me surprit davantage, il
vous enveloppa dans ses invectives et s'exprima sur

votre compte avec une aigreur, une violence.... Quel
grief a-t-il donc contre vous?

« Cette belle marquise! s'écria ce mouton enragé,
n'a pas l'air d'y toucher; ce n'est au fond qu'une coquette, et bien m'en prend, je peux me reposer sur
elle du soin de ma vengeance. »

« Ce propos me remit en mémoire celui de
Mme Mirveil; je voulus en avoir le cœur net. Je montai sur mes grands chevaux et sommai M. de Malombré d'avoir à s'expliquer ou à se rétracter. Il était
trop exaspéré pour tenir sa langue en bride, et il me
conta qu'à plusieurs reprises il avait aperçu M. Dolfin
se glissant dans votre parc, qu'ayant lié connaissance
avec ce jeune homme, il avait eu soin de lui parler
de vous et l'avait vu rougir en prononçant votre nom,
que plus tard il l'avait rencontré cheminant tête-à-tête
avec vous dans votre coupé, que tout récemment il
était retourné à Réauville, que, ne trouvant pas
M. Dolfin chez lui, il avait demandé à l'attendre, que,
laissé seul dans sa chambre, le premier objet qui
avait attiré ses yeux fureteurs était un ruban feuille-
morte passé au cou d'une statuette de la Vierge.

« Je donne ma tête à couper, s'écria-t-il, que ce ruban a appartenu à Mme de Lestang. La dernière fois
que je l'ai vue, elle avait une robe feuille-morte.
Cette couleur lui plaît, c'est la couleur de son âme;
mais les hirondelles sont en train de revenir. Notre
petit jeune homme en est déjà aux menues faveurs;

ce ruban est une promesse, peut-être un souvenir.
Laissez-moi croire qu'il n'a plus rien à désirer....
A propos, que sont-ils devenus pendant quelques
jours? Ils avaient disparu l'un et l'autre. Est-il bien
sûr que Mme de Lestang soit allée voir son père?
Ah! monsieur le marquis, vous m'avez volé mon
bien; c'est de moi que vous apprendrez ce que devient le vôtre en votre absence !

« J'étais indignée et le traitai en conséquence; je
lui dis dans quelle occasion vous aviez vu chez moi
M. Dolfin, et lui déclarai que toutes ses conjectures
étaient d'odieuses et ridicules visions.

« Quant au mari, ajoutai-je, croyez-moi, ne vous
attirez pas son courroux; vous n'êtes pas de force,
mon brave homme, à vous mettre sur les bras un
pareil adversaire. »

« Et je lui récitai la fable du pot de terre et du pot de
fer; mais de l'humeur dont il était, je ne gagnai rien
sur lui : la colère transforme les lièvres en preux. Le
pacifique Malombré roulait des yeux terribles, comme
s'il eût appelé en champ clos Maures et Castillans, et
il me quitta de l'air d'un homme qui se dispose à
mettre flamberge au vent.... »

« Et maintenant, continua-t-elle, à nous deux, ma
très-chère Isabelle. Dites-moi, de grâce, s'il y a quelque chose de vrai dans les extravagances que m'est
venu conter ce pauvre hère. C'est moi qui vous ai fait
connaître M. Dolfin. En vous présentant ce jeune

homme, dont le caractère est encore pour moi un problème, je voulais vous procurer une distraction, vous enlever pour quelques heures à vous-même; mais je ne pouvais m'imaginer qu'un futur trappiste allât se brûler comme un papillon à la flamme de vos beaux yeux. Dites-moi ce qui en est; parlez-moi sincèrement, car je ne me consolerais pas si mes bonnes intentions avaient eu de si graves conséquences. »

Je l'avais écoutée sans mot dire.

« En vérité, lui répondis-je avec le plus grand calme, de quoi allez-vous vous soucier? que vous importe? »

Elle me regarda attentivement.

« M. Dolfin est-il venu ici? me demanda-t-elle d'un ton pressant. L'avez-vous revu?

— Oui, madame, lui répondis-je.

— Et serait-il vrai qu'il vous aime?

— Je n'en sais rien.

— Et l'aimez-vous?

— Je n'en sais rien non plus, mais quand je le saurais, vraiment où serait le mal? »

Elle garda quelques instants le silence.

« Prenez-y garde, ma chère enfant, reprit-elle avec quelque vivacité; le pas est glissant. Vous savez si j'entre dans vos chagrins, dans vos ressentiments; mais je crains qu'ils ne vous entraînent à quelque coup de tête ou de cœur dont vous vous repentiriez cruellement. Dites-vous qu'il arrive bien vite, l'âge où une femme qui a failli achèterait au prix de tous les plaisirs, de toutes les joies de l'amour, un peu de cette considération que donne un passé sans tache. Oh! comme la pauvre créature voudrait forcer les respects, tuer les souvenirs, se mettre à l'abri de ce qui se dit et de ce qui ne se dit pas, de certains sourires qui la font trembler! La considération! tant qu'on est jeune et que la passion parle, il semble que ce n'est rien; mais à peine avons-nous un cheveu blanc, notre bonheur dépend de l'opinion, et nous voudrions effacer de notre vie tout ce qui fait obstacle au respect. Dites-vous encore qu'une honnête femme n'a rien de mieux à faire que de rester honnête : c'est le seul métier qu'elle fasse bien; elle n'a pas de talent pour autre chose; on est toujours gauche dans le mal quand on est embarrassé d'une conscience. Dites-vous aussi (je vous parle avec une entière conviction) que, quels que soient les torts de Max, et Dieu me garde de les atténuer! tôt ou tard il vous reviendra. De grâce, ne mettez rien entre le bonheur et vous!

— Quel chaleureux avocat, quelle amie sûre et dévouée Max a trouvée en vous, madame! lui dis-je avec amertume. Je l'en félicite de tout mon cœur; mais ne soyez pas plus royaliste que le roi. J'ai de ses nouvelles; je sais qu'il use à Paris de toute sa liberté et qu'il n'aurait garde de vouloir me gêner dans l'usage que je puis faire de la mienne.

— Mon Dieu! s'écria-t-elle, que les maris sont de

sots animaux, et qu'ils sont loin de se douter de ce que peut dire et faire une honnête femme en colère!... Ma chère Isabelle, poursuivit-elle, vous vous mettez en révolte; je relève le gant et vous préviens que je m'en vais de ce pas à Réauville surprendre le lièvre au gîte.

— Allez, chère madame, lui dis-je, et ne manquez pas d'instruire M. de Lestang du zèle avec lequel vous épousez ses intérêts; mais je doute fort qu'il y soit sensible: il a vraiment de bien autres affaires en tête. »

Elle remonta en voiture, et, deux heures plus tard, en repassant devant Lestang, elle me fit remettre un petit billet écrit au crayon, qui contenait ces mots :

« Je m'étais sottement alarmée. Oh! la belle peur que j'ai eue! Vous vous êtes moquée de moi, et vous avez eu raison. J'ai appris à Réauville que M. Dolfin fait une retraite à la Trappe. Adieu, chère enfant. Votre vieille amie vous embrasse. »

V

« L'aimez-vous? » Étrange question que je n'aurais
jamais osé me faire à moi-même. « Vous aime-t-il
et l'aimez-vous? » Cela était donc possible? Avec toute
sa sagesse, Mme d'Estrel ignorait qu'un mot, un
simple mot, suffit, parfois, pour ouvrir à une âme des
chemins qui semblaient fermés.

Ajoutez que ses représentations, ses conseils, m'a-
vaient irritée, révoltée. Eh quoi! le monde, l'amitié
même, prenaient par sa bouche parti pour Max
contre moi! Tout lui était permis, tout m'était défendu; ses torts les plus graves n'étaient que des pec-
cadilles, et si je m'avisais de me consoler de mon
délaissement, si un sentiment un peu vif se glissait
dans mon cœur, où il s'était plu à faire le vide, si je
disposais à ma guise d'une liberté qu'il n'avait ni le
droit ni l'envie de me contester, mes faiblesses ou
mes entraînements me seraient imputés à crime. Je

sais que cette morale a cours dans le monde ; mais quelle femme pourrait souscrire à une si criante injustice ? »

Voilà ce que je me disais, et comment il se fit que la démarche de Mme d'Estrel produisit un effet tout contraire à ce qu'elle espérait. J'étais disposée à voir en beau M. Dolfin. Mon imagination travaillait secrètement en sa faveur, plaidait tout bas sa cause, s'efforçait d'échauffer et, pour ainsi dire, de passionner les sentiments bien faibles encore et bien indécis qu'il m'avait inspirés. A mon insu, je prenais à tâche de l'aimer ; oui, mon cœur se portait au devant de l'amour comme à la rencontre d'un hôte dont on espère la visite, et il me semblait par instants que l'amour venait, qu'il était venu, que je sentais en moi la présence du divin visiteur et ce trouble délicieux qui accompagne son arrivée.

Quinze jours se passèrent ainsi. A quoi donc ? me direz-vous. A relire la lettre de Mme de Ferjeux ; à ouvrir et à refermer le carnet rouge, — le plus souvent, la lettre et le carnet posés ensemble sur mes genoux, à comparer entre eux deux hommes, l'un perverti par le monde et sa triste science, l'autre simple et naïf comme un enfant ; l'un n'ayant de sacré que ses volontés, ses caprices, et comme abandonné au démon de son orgueil ; l'autre enflammé d'une passion héroïque, humble et malheureuse pour les grandes choses.

Et je pensais aussi que dans une cellule de la Trappe il y avait un cœur en proie à de mortels combats. Rivales acharnées, nous nous le disputions, la dévotion et moi. Je le voyais se débattant, s'efforçant de chasser mon image; mais le fantôme revenait toujours, éclairant et enchantant la cellule; je lui donnais mes ordres, à ce fantôme; je lui commandais de ne pas épargner sa victime, de l'obséder, de la désespérer.... Il faut me pardonner, monsieur l'abbé, j'étais malade. Les brouillards de Paris, où j'avais erré comme une ombre; ce que j'y avais vu, entendu.... Et, pour me guérir, Mme d'Estrel me parlait de considération! Elle me vantait le prix de cette perle sans tache! Mais vantez donc à un pauvre qui a faim, vantez-lui la beauté de votre rivière de diamants! C'est un morceau de pain qu'il lui faut, et, pour l'avoir, il vendrait à vil prix tout un écrin.

Mais, enfin, qu'espériez-vous? me direz-vous encore. Ce que j'espérais! Je ne sais. Je rêvais à mille choses vagues, et ces songes confus flottaient devant moi comme ces nuages qui, d'instant en instant, changent de couleur et de figure, et qu'on se plaît à suivre dans leur métamorphose.

« Je crois que c'est un lion, Polonius.

— Oui, monseigneur.

— Je crois plutôt que c'est une gazelle.

— Je le crois comme vous, monseigneur. »

Ah! qu'il se passe de choses dans la tête d'une

femme qui souffre! Que ses pensées vont vite et vont
loin! Comme elles volent sur les nuées et comme elles
courent sur la crête des précipices, et comme elles
regardent au fond de l'abîme, et que ce vertige leur
est doux!... Faut-il croire que toutes ces pensées perdues se rassembleront un jour pour nous accuser devant le tribunal d'un Dieu vengeur? Mon Dieu! re-
faites, si vous le voulez, le monde et les hommes et
nos cœurs, mais ne condamnez pas ce que vous avez
fait!

Et quel fut le dénoûment de ces rêveries? Ah! voici
le dénoûment.

Au commencement de février, j'étais un soir au salon, seule comme à mon ordinaire. La soirée était si
belle et d'une douceur si printanière, que j'avais laissé
ouverte la porte vitrée qui donne sur la terrasse.
Étendue dans un fauteuil, la tête baissée, je rêvais
tristement, car ce jour-là je ne voyais rien dans l'avenir et je me sentais comme à l'abri de l'espérance.
Tout à coup je crois entendre un faible bruit de pas,
je relève la tête, quelqu'un paraît sur le seuil de la
porte, pousse un cri, étend les bras, et, d'un bond,
s'élance à mes pieds. C'était lui....

Mon émotion fut si vive, que je portai mes deux
mains sur mon cœur pour l'empêcher d'éclater. Il
restait là, dans une attitude suppliante, et comme
effrayé de son audace, tremblant, pâle, le visage défait, les mains jointes, levant sur moi des yeux

craintifs qui demandaient grâce. Je lui ordonnai de
se relever.

« Non, s'écria-t-il avec un accent passionné, non,
madame, vous ne me chasserez pas sans m'avoir entendu. Hier, avant-hier, je suis venu jusqu'à cette
porte; mais le courage m'a manqué. Aujourd'hui,
j'oserai tout, je dirai tout; je ne puis garder plus
longtemps mon secret, il m'étoufferait. Je vous ai aimée du premier instant que je vous ai vue. Vous
m'êtes apparue comme une vision; je fus ébloui, je
crus rêver; pourtant mon cœur avait pressenti cette
rencontre; depuis longtemps il vous cherchait. Tout
ce qu'il avait aimé, admiré dans ce monde : la lumière, la beauté du ciel, les fleurs, autant de messa-
gers qui vous annonçaient! Vous étiez son espérance,
son attente secrète, car en vous voyant, je dis : « La
« voilà donc, c'est elle! »

Il ajouta que si je lui avais apparu le sourire aux
lèvres, la joie dans les yeux, il se serait effrayé des
distances qui étaient entre nous, et peut-être aurait-il
eu la force de m'oublier; mais j'étais triste, je venais
de pleurer; il avait béni mes larmes, béni le malheur,
cet ami commun, qui me rapprochait de lui et me
mettait à portée de son cœur.

« Lorsque je m'imaginais follement, dit-il encore,
qu'il était peut-être dans ma destinée de consoler vos
peines, je sentais le souffle me manquer, et il me
prenait des envies de mourir; mais quand je me di-

sais, revenant à moi : Aime et souffre, pauvre fou !
elle n'en saura jamais rien ! — alors, dans ma rage,
j'aurais voulu anéantir le monde, hommes et choses,
tout ce qui nous séparait, tout ce qui vous empêchait
de me voir.... »

Un jour, il m'avait vue passer à cheval, entourée de
jeunes gens, tous plus beaux que lui, pensait-il, plus
dignes d'être aimés, et qui paraissaient se trouver à
l'aise auprès de moi. Il avait senti sa tête se perdre,
et peu s'en était fallu qu'il n'allât se coucher en travers de mon chemin et ne se fît broyer le cœur par
le sabot de mon cheval....

« Ah ! j'ai cependant bien combattu ! poursuivit-
il ; j'ai pleuré, j'ai prié, je vous ai maudite ; mais le
fantôme se riait de mes exorcismes. Le hasard, si le
nasard n'est pas un vain mot, nous rapprocha : je
reconnus que vous étiez aussi bonne que belle : je vous
ai raconté ma vie, et vous n'avez pas souri. Je fis un
suprême effort : je m'enfuis à la Trappe ; vous y étiez.
Partout votre image passait et repassait devant moi ;
je la voyais marcher le long des galeries du cloître ;
me réfugiant dans la chapelle, à peine m'y étais-je
recueilli, la dalle froide s'échauffait sous mes genoux,
et en relevant la tête je vous apercevais debout devant l'autel. Vous, toujours vous ! Je vous parlais,
je vous suppliais, sans pouvoir fléchir votre inexorable beauté. Où que je fusse, l'air s'embrasait autour
de moi ; votre souffle y avait passé, et dans cette mai-

son consacrée à la mort tout m'annonçait les délices
de la vie. Le soir, je n'osais me retirer dans ma cellule; je tremblais de m'y trouver seul avec vous. Une
nuit, après vous avoir demandé grâce en pleurant,
il m'échappa un éclat de rire désespéré dont se sou-
viendront longtemps les échos d'Aiguebelle. Le lendemain, je partis; à peine la porte du couvent se fut-
elle refermée sur moi, ô délivrance miraculeuse! je
regardai le ciel, les bois, et je sentis que j'étais à jamais affranchi de mes folles superstitions. Mon cœur
nageait dans la paix et dans la lumière; la vie m'apparaissait parée d'une beauté mystique; des larmes
de joie inondèrent mes joues. Adieu mes tourments,
mes vaines terreurs! Mes chaînes étaient brisées, les
tronçons ne se rejoindront pas. — Plus de doute!
m'écriai-je; il n'y a de sacré que l'amour que j'ai
pour elle. Mon cœur, qu'elle habite, est un temple;
voilà mes autels, voilà mon tabernacle, voilà l'adora-
tion perpétuelle! Elle est en moi; je possède Dieu, et
c'est lui qui me commande de vivre et de mourir
pour elle; mais le voudra-t-elle?... — Oui, le vou-
drez-vous, madame? Qu'allez-vous me répondre?
Ah! prenez-y garde, il me semble que vous pourriez
me tuer avec un mot. »

Ce qu'il me disait (m'avait-on rien dit de pareil?)
et surtout son accent, sa voix, — toute cette musique
de la passion que je n'avais jamais entendue me re-
mua si profondément que je fus quelques instants

comme hors de moi. Heureusement il était trop novice et trop sincère pour profiter de mon trouble, il
n'y songea même pas; il craignait d'avoir trop osé et
de m'avoir déplu. Les yeux baissés, il attendait ma
réponse, et comme elle tardait, il attira vers lui d'une
main tremblante l'un des rubans de ma ceinture, et
le pressa doucement et humblement sur ses lèvres
comme une relique.

J'eus le temps de revenir à moi, et, dès que je fus
maîtresse de mon émotion, je lui dis d'un ton un peu
sévère :

« Vous me traitez en idole, je ne suis qu'une
femme. Que parlez-vous d'autel, de tabernacle? Il
me déplaît que vous mêliez Dieu dans votre amour.
De telles adorations sont de méchantes fièvres qui
passent. Dans quelques jours peut-être, vous rougirez
de votre erreur. Que Dieu est grand! direz-vous, et
que mettais-je à sa place? »

Il redressa la tête et me jeta un regard de reproche.

« Vous ne parleriez pas ainsi, répondit-il, si vous
pouviez lire dans mon cœur. Vous ne savez pas ce
que vous avez fait de moi. Je suis un homme nouveau.
Jusqu'ici j'ai tourné toutes mes forces contre moi-
même, je les ai follement employées à tourmenter
mon âme et ma vie ; mais, grâce à vous, je me possède enfin, je m'appartiens, je puis disposer de moi;
je me sens capable de vouloir et d'agir; il n'est pas

de résolution si hardie qui puisse m'effrayer. Mettez-
moi à l'épreuve, ordonnez, je suis prêt à tout, et si
demain.... »

Je l'interrompis d'un geste.

« Écoutez-moi, repris-je ; ce qui se passe ici est
bien sérieux. Je me suis trompée une fois, une
seconde erreur me tuerait. Je crois à la sincérité
de vos sentiments, et je mentirais si j'affectais de
m'offenser de votre amour ; mais me connaissez-vous
bien, et saurez-vous m'aimer comme je veux qu'on
m'aime ? Je suis malheureuse, on s'est chargé de vous
l'apprendre ; la seule consolation que je rêve serait
une amitié vraie, sûre, fidèle. Oui, je voudrais avoir
un ami qui m'appartînt cœur et âme, qui conformât
entièrement ses sentiments aux miens, qui fût capable de pousser l'oubli de soi jusqu'au sacrifice, qui
ne demandât rien, n'espérât rien et sût souffrir sans
se plaindre. Je voudrais que cet ami tour à tour se
tînt dans l'ombre, à l'écart, ou accourût à mon appel,
qu'il m'offrît son secours sans me l'imposer, qu'il
unît la patience au courage, ne connût ni les inquiétudes de la vanité ni les angoisses de la jalousie, et
que, sans jamais m'interroger, jamais il ne doutât de
moi. C'est une chimère, n'est-ce pas, que ce rêve ?...
Ah ! croyez-moi, avant de nous rien promettre, éprou-
vons nos cœurs. Bon Dieu ! je ne sais ce que me réserve l'avenir ; je marche à tâtons dans mon malheur ;
j'ignore ce qui est possible, ce qui ne l'est pas. In-

certaine de ce que je veux, incertaine de ce que je
sens, j'exige de qui s'offre à m'aider à vivre un
dévouement absolu, sans savoir si je lui puis rien
donner en retour. Ne vous engagez pas, laissez-moi
le temps de voir clair en moi-même; je ne me par-
donnerais jamais de vous avoir trompé, ni surtout
de m'être trompée. » Il se releva.

« Ne me demandez pas d'attendre, dit-il d'un ton
triste, mais résolu. Je jure d'être l'ami que vous dites,
je saurai souffrir et me taire; pourtant j'ai besoin de
croire qu'un jour.... »

Il n'acheva pas, mais ses yeux parlaient.

Je le regardais fixement, je m'efforçais de lire sur
son front le secret de mon avenir. Tout à coup je
tressaillis, je venais d'entendre un roulement de voiture dans la cour. Onze heures avaient sonné. Qui se
présentait si tard? Était-ce Mme d'Estrel qui essayait
de me surprendre?

« Partez, partez, dis-je, et ne cherchez pas à me
revoir avant que je vous appelle; songez que par-
dessus tout je veux être obéie. »

Il me prit la main et se contenta de la serrer dans
la sienne; il s'essayait à son rôle d'ami.

« Que je suis ingrat ! murmura-t-il ; je devrais être
heureux. »

Et à ces mots il s'élança sur la terrasse et disparut
dans la nuit.

L'instant d'après, une porte s'ouvrit, et Max entra.

CINQUIÈME PARTIE.

I

Il est des situations auxquelles il vaut mieux n'avoir pas eu le temps de se préparer. Notre imagination est un artiste; quand elle prévoit, elle met de l'ordre et de l'unité dans ses tableaux, et elle se trompe toujours, parce qu'elle simplifie tout et que rien n'est moins simple que la vie.

Si l'on m'eût annoncé vingt-quatre heures d'avance l'arrivée de Max, j'aurais commencé par être très émue; puis j'aurais fait d'absurdes suppositions et cherché dans ma tête de femme de quelle façon je pourrais lui témoigner le plus d'indifférence et de mépris, — et après tout ce beau travail d'esprit l'événement m'aurait prise au dépourvu. Le Max qui

reparut inopinément devant moi après trois mois
d'absence n'était pas tout à fait celui que je connaissais. Sa politesse provocante, ses froides ironies, ses
sourires glacés où se marquait une personnalité hautaine qui s'arroge tous les droits et se met au-dessus
de tous les devoirs, il avait laissé tout cela à Paris, et
il en rapportait une-sorte de gravité mélancolique à
laquelle j'étais loin de m'attendre. Un Max mélancolique! un Max presque doux! Je n'en croyais pas
mes yeux.

Dès le soir de son arrivée, je lui fournis l'occasion
de déployer sa nouvelle vertu tout fraîchement ac-
quise. En le voyant entrer, je demeurai d'abord
comme pétrifiée de surprise; mais je fus bientôt réveillée de ma stupeur par un sentiment d'irritation
qui tenait presque de la douleur physique. Je venais
d'avoir l'oreille et l'âme caressées par des mélodies
dont la nouveauté doublait pour moi le charme;
cette musique m'avait monté la tête, m'avait grisée.
J'entends rouler une voiture; le concert cesse. Par
une porte, les songes s'envolent à tire d'ailes; par
l'autre, la réalité entre en disant : Me voici! Et quelle
réalité qu'un mari! Comme le disait un jour Mme de
Ferjeux, il n'en est pas d'aussi certaine ni qui saute
ainsi aux yeux.

Que l'esprit va vite dans certains moments! Entre
l'instant où la porte s'ouvrit et celui où Max s'approcha de moi pour me saluer, j'eus le temps de passer

de la stupeur à la colère et de revenir, par un effort
de ma volonté, de la colère à une souveraine insouciance, — et ce fut du ton le plus calme que je lui
dis : Mais vraiment je crois que c'est vous! — Après
quoi je me mis à jouer avec les grains de mon
collier.

« Oui, c'est bien moi, me répondit-il d'une voix de
basse que je ne lui connaissais pas. Je vous attendais
à Paris, vous n'êtes pas venue, je suis parti, et je vous
assure qu'en vous revoyant je ne me pardonne pas la
longueur de mon absence.

— Voilà un sentiment qui est fort galant ou fort
délicat, lui dis-je. Mettez votre conscience en repos.
Je suis ravie de vous voir, mais j'ai supporté votre
absence avec une résignation exemplaire.

— Je n'en doute pas, reprit-il. C'est moi seul que
je plains. Mon Dieu! que les hommes sont fous, et
comme ils gaspillent leur cœur et leur vie ! »

Je me mis à rire. « Je crois rêver, repartis-je ;
mais sur quelle herbe avez-vous donc marché? Voyez
un peu! On m'avait écrit de Paris que vous vous étiez
fait ermite, que vous habitiez dans une solitude, sur
la pointe d'un rocher, que vous viviez là d'herbes et
de racines sans vous mêler de rien que de dire votre
rosaire tout le jour. J'avais traité cette histoire de
conte bleu. Je rabats de mon incrédulité. A vous entendre, on ne peut douter que vous ne sortiez frais
émoulu d'une thébaïde. »

Il ne répondit rien, fit un tour dans la chambre, et en revenant vers moi ferma au verrou la porte vitrée par laquelle M. Dolfin était entré et sorti. Je ne pus m'empêcher de sourire intérieurement de cette précaution un peu tardive. Puis, s'étant assis : « Je crois qu'il est bon, madame, me dit-il, que nous ayons ensemble une explication.

— Mais savez-vous, repris-je, que vous me faites passer d'étonnement en étonnement? Vous avez toujours professé une sainte horreur pour les explications, et m'est avis qu'aujourd'hui je les hais encore plus que vous. Et sur quoi voulez-vous que nous en ayons une? Je ne me plains pas de vous ; vous plaindriez-vous de moi, par hasard? Non, monsieur, ne nous expliquons sur rien. Il faut vivre au jour le jour, prendre le temps comme il vient et garder soigneusement pour soi ses petites pensées, ses petits ouvenirs, comme une ressource pour les heures de olitude. Aussi bien, quand vous me ferez l'honneur de me tenir compagnie, les sujets de conversation ne nous manqueront pas. Vous me parlerez de Paris, que vous venez, je crois, de traverser, et surtout vous me raconterez votre thébaïde, vos pénitences; nous moraliserons un peu, vous me gagnerez tout doucement à l'austérité de vos maximes; je suis sûre que vous prêchez de la manière la plus édifiante. En attendant, je crains que vous n'ayez faim; je m'en vais donner des ordres pour qu'on vous serve à souper.

Mangerez-vous maigre aujourd'hui? Je ne connais pas encore vos jours.

— Vous êtes trop bonne, me dit-il avec un demi-sourire; je n'ai besoin que de repos. Bonsoir, à demain.... Et comme il allait sortir : — Ne vous moquez pas trop de moi; reposez-vous sur moi de ce soin, car je vous jure que je me trouve fort ridicule. »

Et sur ce mot il me laissa seule avec mon étonnement. — Quelle est cette nouvelle chanson? me disais-je. Moi qui me flattais de connaître tout son répertoire!

Je veillai assez tard, tantôt agitant cette question, tantôt rêvant à autre chose.

Le lendemain et les jours suivants, l'inouïe mansuétude de Max ne se démentit pas un instant : un air soumis, résigné, une physionomie intéressante, une douce langueur, des regards abattus; — que se passait-il en lui? Ne se laissant ni rebuter par mes froideurs ni piquer par mes sécheresses, prenant tout en patience, on eût dit un coupable vraiment contrit et mortifié qui espère mériter sa grâce par ses expiations. Rien ne semblait rester du Max d'autrefois, hormis toutefois cette distinction parfaite de manières qu'il ne pouvait perdre. Quoi qu'il en dît, et si bizarre que fût son nouveau personnage, il y avait en lui je ne sais quoi qui le sauvait toujours du ridicule. Il n'avait garde de s'attacher à mes pas, de m'importuner à toute heure de sa présence; il choisissait ses moments, il guettait les occasions. Il se tenait toujours à honnête distance de mon appartement et respectait la liberté de mes promenades; mais après les repas, sous prétexte d'affaires dont il désirait avoir mon avis, il me suivait au salon, m'interrogeait d'un ton de déférence, trouvait moyen de tirer la consultation en longueur, de fil en aiguille entamait un autre sujet, égayait l'entretien de quelque anecdote, se donnait la peine d'avoir de l'esprit et me forçait quelquefois à l'écouter.

Le plus souvent néanmoins tout échouait contre ma superbe indifférence; j'avais l'air distrait, las, impatient, je bayais aux corneilles, je comptais les solives du plafond, je ne répondais qu'à moitié, d'un ton bref, comme une personne qui a hâte d'expédier un importun et de se dérober à son ennui. Il lui arriva plus d'une fois de glisser dans ses histoires des allusions détournées qu'il ne tenait qu'à moi de comprendre; j'étais tentée de lui dire : *All' applicazione, signore!* Je m'en gardais bien pourtant. Attentif à mes moindres désirs, je l'aurais rempli de joie en lui témoignant une fantaisie, et je suis persuadée que, si je l'eusse prié de sauter par la fenêtre, il n'eût pas marchandé; mais je lui marquais de mille manières que désormais tout m'était égal. Il ne laissait pas de se prodiguer en attentions. Connaissant mon goût pour les fleurs des champs, il s'en allait cueillir aux bois voisins les premières pervenches fleuries :

Némorin n'eût pas mieux fait pour son Estelle. Pauvres pervenches ! Je les effeuillais entre mes doigts distraits ou colères, ou bien je les laissais traîner et sécher sur le parquet. Un matin ma levrette s'échappa; tout le jour il battit en personne le pays pour la retrouver. Chaque soir il s'offrait à me faire la lecture. Je lui répondais par un *comme il vous plaira* bien sec. Il lit à ravir, je n'avais pas trop l'air de m'en apercevoir. Un jour il imagina de tirer de sa bibliothèque un volume poudreux de Massillon et commença de me lire le fameux sermon sur l'enfant prodigue. Cette fois je trouvai l'allusion trop directe et je pris soin de m'endormir avant la fin de l'exorde.

Je m'ingéniais à découvrir le secret de cette métamorphose. — Il s'agit toujours de la même gageure, me disais-je ; il a juré ses grands dieux de me faire venir à composition ; il serait furieux d'en avoir le démenti. Ses premiers essais ayant échoué, il change de méthode, il espère me prendre par l'attendrissement. Qu'il gagne son procès, et demain il ira s'en faire un autre avec les lions de l'Atlas, car sans procès il périrait d'ennui.

Mais en d'autres moments : — Non, pensais-je, il est plus sincère que je ne crois ; une alternative de folies et de lassitudes, voilà sa vie. Après les fatigues d'une campagne, il vient reposer son cœur auprès de moi. Quelle noble, quelle touchante confiance il me témoigne ! Il espère qu'au lieu de me plaindre, je

le plaindrai, et que par mes complaisances je répan-
drai quelque douceur dans son ennui. Comme il entend bien son bonheur ! A ses maîtresses de l'amuser,
et dès qu'il n'est plus amusable, à sa femme de le reposer de ses maîtresses ! C'est ainsi que ce superbe
sultan distribue le travail entre nous, et assure à la
fois ses plaisirs et ses consolations. Qu'ai-je à redire à
mon sort? Après chacune de ses infidélités, il me reviendra en disant : — Consolez-moi, je n'ai pas trouvé
ce que je cherchais !

Par instants, j'étais presque heureuse, car je sentais qu'il souffrait de me trouver intraitable, et c'était
un commencement de vengeance ; mais le plus souvent sa douceur m'irritait : j'aurais voulu la forcer à
se démentir ! je désirais qu'une injustice nouvelle, un
mot dur, une provocation fixât mes secrètes incertitudes. Là semence n'attendait qu'un ferment pour
lever ; je comptais sur la colère pour enflammer mon
cœur, pour le contraindre à décider ce qu'il n'osait
juger et le précipiter dans sa destinée.

Toute tragédie a son côté plaisant. Max avait
emmené et ramené avec lui Baptiste, son vieux valet
de chambre, son factotum, son âme damnée, qui entrait dans tous ses sentiments, se figurait être de moitié dans toutes ses aventures, chargeait naïvement sa
conscience des péchés de son maître, et, en parlant
de lui, eût volontiers dit : « Nous, » comme ce son-
neur de cloches qui s'écriait au sortir du prône :

« Vive Dieu ! que nous avons bien prêché ! » Quelques mois auparavant, Baptiste affectait en ma présence les allures dégagées d'un homme sûr de son fait ; je croyais l'entendre marmotter entre ses dents : « Madame nous boude, mais nous aurons le dernier mot. » Depuis son retour, c'était autre chose : il avait l'air empêché, dolent, il boitait bas, il sentait ses torts, il se reprochait ses trahisons, et quelquefois ses yeux m'adressaient de muettes et respectueuses remontrances qui signifiaient : « Madame a l'humeur trop vindicative ; combien de temps encore nous tiendra-t-elle rigueur ? »

Une semaine après l'arrivée de Max, je reçus par la poste une lettre de M. Dolfin. Je courus m'enfermer pour la lire ; la main me tremblait en la décachetant ; je craignais d'y trouver quelque chose qui me blessât ou me refroidît. Il est des plantes exotiques délicates et frileuses dont la culture demande les plus grands soins ; il n'est pas besoin d'une gelée pour les tuer. Je fus bientôt rassurée. M. Dolfin s'était appliqué à ne pas écrire un mot qui pût me déplaire ; la note dominante était le dévouement ; l'amour se voilait sous le respect. Le retour de M. de Lestang, qu'il avait appris, lui avait été un grand sujet de trouble une imagination blessée accueille l'absurde et s'en nourrit. Bien qu'il tâchât de s'en cacher, il laissait percer des alarmes jalouses qui me firent sourire. Les dernières lignes étaient ainsi conçues : « Les

heures se traînent, je me dévore ; mais je saurai obéir
et me commander. Quelque chose me dit que le moment viendra où je pourrai vous servir. La vie me
semble belle ; j'espère, je crois et j'attends. »

Cette lettre me rendit rêveuse ; on y sentait la candeur d'une âme vraie, *plus droite qu'une ligne.* J'étais
agitée, ma tête fermentait. De ma chambre, je passai
sur la galerie et m'approchai de la statue. Pour la
première fois depuis longtemps, j'eus quelque plaisir
à la regarder. Je l'avais méconnue : ses sévérités
n'étaient pas pour moi : c'était bien l'image de la
justice céleste ; je devinais en elle une amie qui con-
spirait en secret ma vengeance. « Il a abusé, lui
disais-je en moi-même, quand donc frapperas-tu ? »

Je m'assis ; je me croyais en lieu de sûreté. Max
n'avait pas remis les pieds dans la galerie ; il devait
peu se soucier de m'y rencontrer : c'était un endroit
trop parlant. A demi couchée dans une causeuse, je
fis de longues réflexions ; je croyais sentir qu'il se
préparait quelque chose dans ma vie, qu'elle fermentait comme mon esprit, que je m'acheminais vers un
événement. Je me disais que le hasard avait amené
dans le voisinage de Lestang le seul homme qui pût
faire impression sur mon cœur. Un homme du monde,
un élégant, un héros de roman n'eût jamais triomphé
de mon indifférence, car j'estimais que parmi ses
pareils Max n'avait point d'égaux : mais M. Dolfin ne
ressemblait à rien : il y avait en lui quelque chose de

rare et même d'étrange. Son air souffrant, ses grands
yeux pleins de feu et de tristesse, cet esprit battu de
l'orage et la limpidité de ce cœur transparent comme
un cristal, tout faisait de lui un homme à part. Je ne
sais si j'avais la fièvre, mais par intervalles je jetais un
regard sur la statue comme pour chercher dans ses
yeux vides un assentiment à mes pensées secrètes.

Tout à coup une porte s'ouvrit, et j'entendis la
voix de Max qui donnait un ordre à son valet de
chambre. Bientôt, à travers les lauriers et les
myrtes qui environnaient la statue, je le vis s'avancer le long de la galerie et se diriger de mon
côté. Dans la disposition rêveuse où j'étais, je redoutais la fatigue d'un entretien, et cependant je ne voulais pas avoir l'air de fuir. A tout hasard, je feignis
d'être assoupie ; peut-être étais-je curieuse de savoir
ce qu'il ferait. Je n'avais pas fermé les yeux depuis
cinq secondes qu'un malaise étrange me força de les
rouvrir ; il me semblait qu'un danger me menaçait.
Je relevai la tête et rencontrai les yeux de Max. Debout derrière le piédestal, il avançait vers moi son
visage, où se peignait un tel désordre, une sorte de
fureur si farouche et si terrible que je ne pus retenir
un cri d'effroi. Il se remit aussitôt, reprit sa figure
habituelle, et s'inclina en s'excusant d'avoir troublé
mon repos ; mais au lieu de s'éloigner il vint se placer devant moi, et, croisant les bras, me regarda
d'un air d'assurance ; il paraissait vouloir profiter de

l'avantage que lui avait donné ma frayeur.... Que j'aurais voulu reprendre mon cri ! Je maudissais ma ridicule faiblesse, et je m'efforçai de la réparer par un redoublement de hauteur.

« J'ai surpris la prêtresse, me dit-il en souriant, endormie au pied de son idole.

— Que voulez-vous dire? lui demandai-je d'un ton brusque.

— Oui, c'est bien là votre divinité, poursuivit-il. Je voudrais vous voir adopter un culte moins farouche. Vraiment, je suis bien tenté de renvoyer à Louveau cette statue de la Vengeance antique ; j'ai eu tort de l'enlever à M. de Loanne. Me permettez-vous de la remplacer par une image de Notre-Dame-des-Miséricordes ?

— Il est certain que j'ai le cœur dur, lui dis-je ; trois mois d'austère pénitence n'ont pu me toucher.

— Veuillez remarquer, me dit-il, que tout mon crime avait été dans l'intention ; il n'est pas encore prouvé que l'intention vaille le fait.

— Mon Dieu ! vous voulez absolument que nous ayons une explication, soit! mais il est bien entendu que ce sera la dernière. Ainsi nous disions qu'une nuit vous étiez allé faire une innocente promenade au clair de la lune ; sur la foi de certains papiers qu'apparemment je ne sus pas lire, j'imaginai autre chose ; j'avais dans ce temps le ridicule de vous aimer ou de croire vous aimer ; me voilà folle de douleur. Cependant vous revenez le cœur léger et sans penser à mal. Je vous vois encore arriver ; c'est au bout de cette galerie que se passa cette petite scène. Je m'élançai vers vous comme une furie ; pardonnez à mon inexpérience. Je vous fis pitié, et, s'il m'en souvient, je vous vis tomber à mes genoux en vous écriant : Je vous jure que vous vous trompez !

— Non, je ne l'ai pas fait, et j'ai eu tort ; je ne me donne pas pour un homme parfait.

— Mais le lendemain du moins....

— Non, le lendemain non plus. Je me suis tu par un entêtement d'orgueil que je ne comprends plus, et aussi par une sorte de curiosité que je comprends encore moins. Pendant deux mois, je me suis tenu sur l'expectative ; je vous étudiais.

— Ah ! prenez garde ! lui dis-je. Ma mère, qui lisait Quinault, répétait quelquefois :

Le ciel fait un présent bien cher, bien dangereux,
Quand il donne un cœur trop sensible.

— Cependant, reprit-il tranquillement, il me semble qu'un soir je me suis mis très-positivement à genoux devant vous et que je vous dis....

— Des choses admirables auxquelles je répondis : Trop tard, mon cher monsieur !... Sur quoi vous êtes allé vous enterrer dans une solitude. Ces cœurs sensibles, à quoi les entraîne la passion ! »

Il recula de deux pas, et s'appuyant sur un balustre :

21

« Ah çà ! que savez-vous donc de mon dernier séjour à Paris ?

— Faites-moi la grâce de croire que je n'ai questionné personne ; mais on parle de succès étonnants, de conquêtes étourdissantes....

— Des conquêtes ! interrompit-il en haussant les épaules. Sur mon honneur, on vous a trompée, madame. Ce qui est vrai, c'est que j'étais parti fort en colère contre vous et contre moi : pour me venger à la fois de nous deux, je me suis jeté dans un certain genre de monde et de plaisirs dont je n'ai jamais eu le goût. Soyez persuadée, madame, que pour certains caractères il est peu d'aussi dures expiations. Pendant quelque temps, la rage me soutint, mais le dégoût et la lassitude finirent par l'emporter. J'ai bu le calice jusqu'à la lie ; ne vous semble-t-il pas que j'en ai encore le déboire aux lèvres?... Je vous supplie de bien vouloir me comprendre.

— Vous comprendre ! interrompis-je avec amertume. Quel singulier devoir vous m'imposez.... D'ailleurs il me semble que pour un homme du monde vous prenez bien au tragique vos mésaventures. Vous vous êtes trompé ; à l'avenir vous choisirez mieux. »

Il soupira, et regardant la statue : « Comme vous lui ressemblez ! dit-il. Et que vos ressentiments sont implacables !

— Ni ressentiment, ni rancune, lui dis-je, mais une parfaite indifférence.

— J'ose espérer que ce ne sera pas votre dernier mot, » me dit-il, et, s'étant incliné, il se retira.

J'avais forcé l'ennemi à la retraite, et le champ de bataille me demeurait; je n'étais pourtant que médiocrement satisfaite de ma victoire. Je me reprochais mon sot accès de frayeur, je regrettais certaines âpretés d'accent dont je n'avais pas été maîtresse, je m'en voulais d'avoir parlé avec trop de vivacité de mon indifférence; je n'avais pas su trouver le ton juste; quand donc arriverais-je au dédain froid et tranquille? Pour le moment, j'en étais à cent lieues; les confessions de Max m'avaient indignée; je sentais tout mon sang bouillonner, et cependant, par une faiblesse que je n'osais m'avouer, j'étais presque tentée d'admirer sa franchise, qui me révoltait.

J'allai promener dans le parc mon agitation. Je m'efforçai de me distraire, de changer le cours de mes pensées. Je rouvris la lettre de M. Dolfin; mais entre le papier et moi venait se placer la figure de Max debout derrière le socle de la statue et attachant sur moi des yeux égarés. Je secouais la tête pour chasser cette image, et je me représentais Arsène (je m'exerçais à prononcer ce nom) agenouillé devant moi et attendant ma réponse; mais au même instant je me demandais: Pourquoi ce transport de fureur ou de folie? Que signifiait ce regard farouche? Était-ce le courroux du despote poussé à bout par mes résistances, ou le désespoir d'un homme qui a manqué sa

- vie, dévoré l'avenir, et qui se voit aux prises avec l'irréparable? S'en prenait-il à moi des mécomptes de
ses passions? Me faisait-il un crime de l'impuissance
où il était de se rendre heureux à mes dépens? C'était
ma faute apparemment si au milieu de ses désordres
le dégoût l'avait pris à la gorge, et s'il ne rapportait
pour prix de sa glorieuse campagne que des lèvres
souillées, un cœur las et une pesanteur d'ennui qu'il
ne pouvait plus soulever! Mais enfin que voulait-il?
Que me préparait-il? Fureur, haine ou folie, quel
que fût son mal, à quoi devais-je m'attendre?

Pour conjurer les pensées qui m'obsédaient, je dirigeai mes pas vers le bosquet de chênes où j'avais
rencontré pour la première fois M. Dolfin. Il me
semblait que dans ce lieu consacré je serais en repos
comme le magicien au centre du cercle qu'a tracé sa
baguette et que n'osent franchir les fantômes. J'eus
la surprise, en approchant, d'apercevoir M. Dolfin
assis au pied d'un arbre, et qui à ma vue se leva précipitamment et s'élança au-devant de moi. Qu'il est
difficile de savoir ce que veut et ce que ne veut pas
notre cœur! J'étais venue chercher son souvenir; je
trouvais la figure au lieu de l'ombre, et j'éprouvais
une vive contrariété. Était-ce la crainte qu'on ne
nous surprît? Cette partie du parc est à l'abri de tous
les regards, et à cette époque de l'année surtout
personne n'y venait. D'ailleurs j'étais prête à tout, et
j'envisageais certaines chances sans trembler. Et ce-

pendant je ne laissais pas d'être irritée; je voulais
penser à lui et j'étais fâchée de le voir; il me semblait
que sa présence gênait mon imagination et la resser-
rait tout à coup en elle-même. Il est des moments où
l'âme a besoin pour ainsi dire de tout l'espace pour
respirer, elle n'est à l'aise que dans le vague du rêve,
et il lui répugne de prendre l'exacte mesure de ce
qu'elle aime.

Mon accueil fut glacial; je reprochai à M. Dolfin
avec une sévérité outrée qu'il tenait mal ses promesses et se souciait peu de mes défenses; il s'était
engagé à attendre mes ordres et s'était fait fort d'une
patience à toute épreuve : pourquoi cherchait-il à
s'imposer? Je détestais tout ce qui pouvait ressembler à une entreprise, à des poursuites; tyrannie
pour tyrannie, je préférais encore les persécutions
de la haine à celles de l'amour; de qui prétendait
m'aimer, j'exigeais un respect absolu de ma liberté;
ma confiance était à ce prix.

Il m'écouta en silence, dans l'humble attitude d'un
pénitent; je le vis pâlir, je sentis que j'avais été trop
dure; j'avais sacrifié à ce besoin de faire souffrir
qui est naturel à tout être qui souffre. Je m'adoucis,
je lui tendis la main; il retrouva la force de se
justifier.

« Mon crime est-il donc si grand? me dit-il. Vous
condamnez ma faiblesse : écoutez-moi et décidez ensuite si je sais vous obéir et me vaincre. L'autre jour,

vous vous promeniez seule le long du chemin qui
descend à la Barre ; j'étais caché dans le taillis, je
vous vis venir ; votre cœur était bien muet, il ne vous
avertit pas que j'étais là. Je fis un mouvement pour
courir à vous, mais je m'arrêtai court, je détournai
la tête, je retins mon souffle ; vous avez passé, et je
me suis enfui. M'accuserez-vous encore de faiblesse ?

« Le lendemain, je me promenais près de Réauville ;
je portais un habit de paysan ; je revêts quelquefois
le sarrau pour travailler à la terre, car j'aide le bonhomme qui me loge à cultiver son jardin ; cela endort un peu mon cœur, et quand je bêche, il me
semble que je travaille à creuser une fosse pour y
enterrer mes pensées. Je vis passer une chienne
échappée, et l'instant d'après un homme tout hale-
tant qui la poursuivait. Il me héla, m'appela à son
aide. Je le reconnus ; je l'avais vu une fois il y a six
mois : c'en est assez, n'est-ce pas ? pour que ses traits
soient demeurés gravés comme au burin dans mon
souvenir. J'eus un transport de rage ; je courus les
poings fermés, les lèvres frémissantes, vers l'homme
qui m'appelait ; j'allais l'insulter, lui chercher querelle, — et cependant je l'abordai humblement, et
tourmentant les bords de mon chapeau : — Monsieur
le marquis, lui dis-je, qu'y a-t-il pour votre service ?
— Et je m'efforçais d'éteindre mes yeux dont l'éclat
l'étonnait.... Nierez-vous encore, madame, que je
sache me vaincre ? La levrette s'était arrêtée à quel-

que cent pas, elle le regardait en tirant la langue et
le narguant. J'allai m'embusquer à l'endroit qu'il me
marquait, il manœuvra si bien qu'elle se rabattit de
mon côté; je m'en emparai et la lui amenai. Enchanté
de sa capture : — Mon brave homme, vous n'êtes
pas de ce pays? me dit-il en m'offrant une pièce d'or
que je refusai avec une douceur d'agneau. Cherchez-
vous de l'ouvrage? Quel est votre état? — Je lui
contai que j'étais jardinier, que je m'entendais à ma-
nier la pioche et la serfouette. Il me repartit que
justement il avait besoin d'un aide-jardinier et me
proposa de me prendre à l'essai. La tête me tourna.
Si j'avais dit oui, madame, auriez-vous eu le cœur
de me condamner? Aller vivre près de vous, à votre
porte, entrer à votre service, travailler pour vous,
soigner les plantes que vous aimez, à toute heure avoir
le droit de vous voir et de vous parler, entendre autour de moi le bruit de vos pas et de votre vie!... Je
crus que le paradis s'ouvrait pour me recevoir, — et
cependant je dis non et je m'en allai. Madame, m'accuserez-vous encore de ne savoir pas tenir ma
parole ?

« Et en m'en allant je me disais : « C'est moi qui ai
pris la levrette, c'est lui qui la ramènera. Peut-être,
pour prix de ses peines, obtiendra-t-il un sourire. »
J'avais la fièvre, je ne pus dormir de la nuit. Je passai
les deux jours suivants à vous écrire des lettres insen-
sées que je brûlais. Je vous le demande, dans celle

que vous avez reçue, avez-vous lu un mot, un seul mot, qui ressemblât à une question?... Et maintenant suis-je donc si coupable d'être venu revoir le lieu où se fit notre première rencontre? Dieu m'est témoin que je n'osais espérer de vous y trouver; mais ces arbres sont vos amis, ils vous connaissent, et dans l'air qu'on respire ici vous avez laissé quelque chose de vous. Ah! c'est vrai, en arrivant j'ai fait une folie : à l'endroit où vous êtes, j'ai ramassé dans mes mains une poignée de poussière et je l'ai pressée sur mes lèvres. Je ne sais quelle flamme couvait sous cette cendre, mais une âme de feu est entrée en moi, et je me sens au cœur une telle vaillance que je défie la douleur d'en venir à bout.

— Vous me demandez de vous répondre, lui dis-je, et vous me dites des choses auxquelles on ne répond pas. Donnez-vous le mot de devenir sage. Je me défie de toutes les folies : elles ne peuvent durer.

— Il est certain que j'en ai là une provision, me dit-il en se frappant le front, de quoi suffire à plus d'une vie. »

Et il ajouta : « Dans les lectures de mon jeune âge, je mêlais les contes bleus à la légende dorée des saints. Qu'ils étaient heureux, ces chevaliers du bon vieux temps, que leur dame, pour les mettre à l'épreuve, envoyait conquérir des villes et pourfendre des géants! C'était de la besogne toute taillée : à courir ainsi les grandes routes et à regarder l'éclair de leur épée, ils s'étourdissaient sur leurs peines....Mais avoir l'ordre de ne rien faire et de ne rien dire, attendre, se croiser les bras, demeurer immobile à la même place sans être jamais où l'on est, compter les heures, regarder passer le temps et se sentir sous son triste regard, — comme un chien dépèce un os, ronger en cachette dans un coin une maigre espérance qui sonne creux, et que demain peut-être on regrettera comme un trésor! — oh! quel supplice!

— Il faut tâcher de guérir, « lui dis-je.

Mais il fit un geste de colère qui me ferma la bouche.

« Quand aurez-vous un service à me demander? reprit-il.

— Je ne sais, lui répondis-je.

— Je vous comprends, dit-il : c'est un sphinx que votre cœur. Travaillez-vous du moins à deviner son secret?

— J'attends qu'il me le dise. »

Il se tut un instant. « Mon Dieu ! je consens à souffrir, reprit-il d'une voix sombre; mais venez-moi en aide : permettez-moi de vous écrire et d'espérer qu'une fois au moins vous me répondrez. »

Je lui représentai que je ne saurais par qui lui faire tenir une lettre. Alors il s'avisa d'un expédient renouvelé de l'*Astrée*, et qui remplit de joie cette tête romanesque. Me montrant du doigt le tronc creux d'un vieux chêne : « Un papier serait bien caché là !

mᵉ dit-il. Un soir, à minuit, je viendrais le prendre. »

Je fis un geste qui signifiait : Comme il vous plaira. Le feu lui monta au visage, il me regarda avec des yeux rayonnants. « J'ai de la force pour trois jours, me dit-il ; le quatrième, je viendrai chercher mon trésor.... »

Et avant que je pusse l'en empêcher, il s'agenouilla devant moi en joignant les mains comme devant une madone.

Je ne me lassais pas de comparer entre eux les deux hommes de qui dépendait ma vie : — l'un qui, possédé d'une idée, avait grandi dans l'ignorance des passions.... La coupe était encore pleine devant lui, à peine l'avait-il effleurée de ses lèvres : une goutte avait suffi pour l'enivrer. L'autre l'avait vidée jusqu'à la lie, et cette lie le suffoquait.

II

Le soir du même jour, Max partit pour aller faire
la chasse au loup. Le bruit courait que, par le plus
grand des hasards, deux de ces animaux étaient des-
cendus dans la plaine, qu'ils avaient été vus près de
Taulignan, et que les paysans faisaient une battue.
On parlait déjà de bergeries dévastées et d'enfants
dévorés : à midi on en nommait deux, le soir ils étaient
quatre, tous heureusement bien portants. Faute de
lions, on chasse au loup. Dans la disposition d'esprit
où il était, Max n'était pas homme à manquer cette
occasion de se secouer et de se distraire. « Fatigue
ton corps pour reposer ton âme, » cette maxime ré-
sumait toute son hygiène.

Il ne fut de retour que le surlendemain, vers midi.
Contrairement à toutes ses habitudes d'étiquette, je
le vis entrer au salon dans son équipage de chasse,

c'est-à-dire assez mal accommodé, comme un homme qui a bivouaqué deux nuits dans les bois. Les plaisirs de la chasse ne l'avaient pas déridé; il avait l'air plus soucieux qu'au départ, et un nuage pesait sur ses deux sourcils. Il me lança en entrant un regard singulier, et, se jetant dans un fauteuil, il se mit à relire un papier que l'on venait de lui remettre.

« Eh bien ! lui demandai-je, rapportez-vous vos deux loups ?

— Je soupçonne que c'étaient deux lièvres, « me répondit-il d'un ton bref.

Il se leva, s'adossa contre la cheminée et resta là, les bras croisés et le regard fixe, comme un homme qui rêve. S'apercevant que je l'observais, pour se donner une contenance, il tira machinalement son couteau de chasse de sa gaîne, en examina avec soin la lame, puis, le jetant brusquement sur la cheminée, il reprit le papier qu'il avait serré tout chiffonné dans son carnier et s'approcha de moi pour me le présenter; mais au moment de me le remettre il se ravisa et sortit avec fracas. Vingt minutes plus tard, je le vis paraître sur la terrasse; on lui amena un cheval, il s'élança en selle, enfonça violemment l'éperon dans le flanc de l'alezan et partit au galop.

Il ne revint pas pour dîner. Je passai la soirée seule au salon; dix heures sonnèrent, et j'allais me retirer quand j'entendis son pas dans le vestibule. Je ne sais ce qu'il me dit en entrant; mais il avait le sourire sar-

donique et la voix saccadée. Ce n'était plus l'enfant
prodigue, c'était le Max d'autrefois, et je n'en fus pas
fâchée : je savais à qui j'avais affaire, je n'étais plus
dépaysée.

« Aimez-vous les vers? me dit-il en s'asseyant près
de moi. »

— Quand ils sont bons, lui répondis-je.

— Il faut être indulgent pour les vins du cru, reprit-il. La butte de Chamaret n'est pas le Parnasse.
Voici ce que les muses de l'endroit ont dicté à un
homme de bien qui ne vous est pas inconnu. »

Il mit sous mes yeux le papier chiffonné que vous
savez. Je reconnus sur-le-champ la belle écriture de
M. de Malombré et ses majuscules fleuries. Voici les
vers :

> J'aimais Iris ; hélas ! tu me ravis son cœur.
> Je pleurai ma maîtresse et maudis le voleur.
> Mais un vengeur m'est né qui, sortant d'une *trappe*,
> S'en vient tout affamé mettre chez toi la nappe.
> A ta barbe, marquis, il croque en paix ton bien.
> Mon voleur est volé : je ne regrette rien.

— Cette pièce, dis-je froidement, est un chef-d'œuvre de calligraphie.

— Et les vers, les vers ! dit-il. Il ne faut pas être si
difficile. Je savais que M. de Malombré tournait dans
ses loisirs des bouquets à Chloris ; notre homme a de
la littérature, il sait sur le bout du doigt son Parny ;
mais j'ignorais qu'il s'entendît à aiguiser l'épigramme.

Peste ! il a une touche mâle et fière, *le tour libre et le beau choix des mots*. J'admire surtout cet hémistiche : *qui sortant d'une trappe....* Sentez-vous bien, madame, toute la finesse de cette allusion ?

— Vous vous montez la tête pour peu de chose, lui dis-je. Il n'y a vraiment pas de quoi crier au miracle. Moi, je trouve ces vers obscurs ; ils auraient besoin d'un commentaire.

— Comme nous nous rencontrons ! reprit-il. Je me suis achoppé comme vous à certains passages difficiles, et, l'auteur n'ayant pas jugé à propos d'annoter son sixain, j'ai eu recours à votre meilleure amie, Mme d'Estrel. Elle est femme très-entendue en ces sortes de choses, et m'a fourni tous les éclaircissements que je désirais. »

Je ne pus m'empêcher de tressaillir ; je le regardai, puis j'attirai à moi mon éternelle tapisserie, que j'avais posée sur la table, et je me remis à tirer l'aiguille. Il se fit un long silence, interrompu seulement par le balancier de la pendule ; il me sembla qu'elle avait perdu son timbre accoutumé : d'une voix sèche et rauque, elle accentuait fortement les secondes, et chacun de ses battements venait me frapper au cœur.

Enfin Max reprit d'un ton brusque :

« Franchement, madame, vous êtes en train de faire une sottise.

Et comme pour toute réponse je m'inclinais légèrement :

« Ne craignez pas que je prétende gêner votre liberté, poursuivit-il. Je me souviens de notre convention. L'homme auquel vous vous intéressez n'a rien
à redouter de moi, et, s'il le faut, je lui laisserai le
champ libre. J'ai donné ma parole, je la tiendrai;
mais l'autre jour vous m'avez favorisé de vos bons
conseils; souffrez que je vous rende la pareille.

« Vous avez une superbe partie à jouer, car vous
avez en main les meilleures cartes. Croyez-moi, c'est
une heureuse créature qu'une femme dont le mari
a eu des torts et cherche à se les faire pardonner; elle
peut tout vouloir, tout exiger, elle mène son monde
à la baguette. Je m'imaginais que vous sentiez les
merveilleux avantages de votre position. Pas du tout;
vous allez tout gâter par un caprice. Et pour qui ce
caprice? Que les femmes sont bizarres! Parmi tant
de héros, elles choisissent toujours Childebrand.
L'été dernier, nous avions ici fort bonne compagnie.
Le petit vicomte qui est homme d'esprit et de goût
(vous souvient-il de ses historiettes et de ses roman-
ces?) avait en vous parlant le cœur gros de soupirs
et ne demandait qu'à tomber à vos pieds. Avez-vous
même daigné vous apercevoir de ses empressements?.... Et tout à coup vous allez vous éprendre de
qui? D'un petit garçon qui est parti à toutes jambes
de Corfou pour venir s'enfermer à la Trappe! Aimer
un dévot! En sentez-vous les conséquences? Mais quel
charme a donc jeté sur vous cet intéressant jeune

homme? On le dit un peu fou; je le vois d'ici: un esprit malade, tourmenté. Ce genre de séductions ne
manque jamais son effet sur une femme.... Je serais
curieux, par exemple, d'imaginer sur quoi roulent
vos entretiens. Il vous parle beaucoup de lui, cela va
sans dire. C'est un écheveau d'or que le moi d'un dévot, et il n'a jamais fini de le dévider. Apparemment
il vous conte dans le plus minutieux détail ses retrai-
tes à la Trappe. Aiguebelle est un charmant endroit,
l'un des plaisirs de mon enfance était d'y aller entendre chanter matines; mais enfin les beautés de ce sujet ne sont pas inépuisables. Votre héros vous a-t-il
expliqué comment se disent les coulpes, comment se
font les couronnes, la différence des fêtes de sermon
majeur et de sermon mineur, à quoi l'on distingue
une inclination profonde d'une médiocre, comme on
s'y prend pour faire une satisfaction et dans quel cas
on se met sur les formes, sur les articles et sur les
miséricordes? J'aime à croire qu'il joint l'action au
discours, — rien n'éclaircit mieux les idées, — et
qu'il représente au naturel devant vous les diverses
sortes de prosternations.

— Allez, continuez, lui dis-je; je ne sais pas à qui
vous parlez, mais vous ne m'ennuyez pas.

— Mon Dieu! poursuivit-il, je ne nie pas les mérites
d'un amant dévot. D'abord l'espèce en est rare, et les
femmes ont la manie des curiosités. Et puis ces gens-
là se connaissent en petites pratiques, en menus suf-

frages; ils ne sont pas pressés d'en venir au fait; ils
allongent le chemin, s'attardent aux préliminaires;
ils font l'oraison jaculatoire devant toutes les petites
chapelles, le maître-autel n'y perdra rien; les plus
patients font les stations des sept églises pour gagner
les indulgences; qu'importe? on finit toujours par
arriver. Et qui dira la douceur de leurs soupirs mys-
tiques? Ils débitent leurs galanteries dans le jargon
de la dévotion, ils entremêlent à leurs déclarations des
Ave Maria, leur amour officie avec un diacre à ses
côtés, leurs désirs ont de longues ailes blanches de
séraphin; le cœur de leur maîtresse est pour eux
comme l'autel où est déposé le saint-sacrement, et
daigne-t-elle abaisser sur eux un regard favorable,
ils se mettent sur les articles (voyez si je suis au fait!)
comme lorsque l'*Angelus* tinte où qu'on sonne la petite
cloche pour l'élévation. Votre jeune homme est dit-
on, fort innocent; il n'a pas encore de l'école. Je m'assure qu'il ne vous demande pas à *tâter votre robe* et
qu'il s'inquiète peu si *l'étoffe en est moelleuse*; mais du
moins j'aime à croire qu'il vous traite de *suave merveille,* que vous êtes *son bien, sa quiétude,* et qu'il admire en vous *l'auteur de la nature.*

— Est-ce tout? lui dis-je.

— Non, ce n'est pas tout, car enfin qu'une femme
ordinaire se laisse prendre à de pareilles pauvretés,
j'y consens de grand cœur; mais vous, madame!....
Ah! sur mon honneur, je ne vous comprends pas.

Vous plaît-il de raisonner un peu? Qu'est-ce donc, après tout, qu'un dévot? Un homme qui a peur de l'enfer. Connaissez-vous dans le monde un sentiment moins chevaleresque que celui-là? Travaille à ton salut! maxime d'égoïste qui n'a jamais fait que de petits esprits et de petits cœurs. Qui pensez-vous, je vous prie, qui soit plus agréable à Dieu, d'un être criminel et souillé, s'il est resté capable de se donner à quelqu'un ou à quelque chose, ou de ces bigots saintement personnels qui spéculent sur leurs vertus, et qui, prenant sur leurs plaisirs, placent leur épargne en hypothèque sur le ciel? Affaire de calcul, d'intérêt bien entendu : la vie est si courte! laissez-les se mortifier un peu ici-bas; à ce prix, ils auront l'éternité pour s'aimer en paix!....

« Si mécréant que je sois, je crois un peu à la raison et à son Dieu ; soyez sûre qu'à ses yeux les vices ne sont pas ce qu'il y a de pire au monde, et qu'il est plus sévère pour les calculs. Eh! dites-moi, ne parle-t-on pas d'une femme qui courait les rues de je ne sais quelle ville tenant d'une main une torche et de l'autre un grand seau d'eau, la torche pour incendier le paradis, le seau pour éteindre les flammes de l'enfer? Voilà, madame, la religion de notre siècle, et je sais que c'est la vôtre.... D'ailleurs veuillez considérer qu'en amour un dévot ne peut répondre de lui-même. Votre jouvenceau est évidemment épris, et ce n'est pas ce qui m'étonne; il se grise de sa passion; adieu

ses terreurs! il oublie la Trappe et l'enfer. Qui vous
dit pourtant qu'un beau jour il ne lui viendra pas un
scrupule? Les dévots ne se règlent en toute chose que sur
les oracles de leur mystérieuse conscience. En dehors
des pratiques qui conduisent au ciel, tout leur paraît
indifférent, ils ne voient de nuances ni dans le bien ni
dans le mal. Nous autres qui ne nous piquons pas
d'être des saints, le code de l'honneur nous tient lieu
de catéchisme, et s'il nous accorde certaines dispenses
que la religion refuse, en revanche il prévoit tout,
nous ne sommes jamais quittes envers lui, et c'est
souvent où la morale finit que nos devoirs commencent. Mais qu'un dévot dégrisé vienne à voir dans sa
maîtresse un obstacle à son salut, il ne se fait pas
conscience de la planter là à l'exemple du bigot Énée,
en ne lui laissant que ses yeux pour pleurer, et il
court s'enterrer dans une cellule pour y gémir sur ses
égarements et redemander à grands cris son lopin de
paradis!

— Mme Mirveil et tant d'autres, lui dis-je....

— Mme Mirveil, interrompit-il avec humeur, n'était
pas une Didon; elle ne m'a jamais aimé et n'aspirait
qu'à devenir marquise; mon seul tort fut de m'en
apercevoir trop tard.

— Vous avez réponse à tout, repris-je. Je vous admire, il faut que vous ayez fréquenté quelque savant
casuiste qui vous a initié à tous ses secrets. Cependant il est toujours dangereux de forcer son naturel;

entre nous, je ne crois pas que la théologie soit votre
fait; malgré tous vos efforts, vous n'y ferez jamais de
bien grands progrès. Traitez d'autres sujets qui soient
mieux de votre compétence. Parlez-moi plutôt de ces
dames, contez-moi leurs grâces, leurs chatteries, leurs
aimables lubies, comme elles s'y prennent pour faire
leur visage, tous les mystères de leur boudoir et les
séductions de leur entretien. »

Il fronça le sourcil.

« Vous avez tort de plaisanter, madame, me dit-
il. »

— Je ne plaisante pas, je suis au moins aussi sérieuse que vous.

— Voulez-vous répondre franchement à une ou
deux questions?

— Ah! permettez, dis-je en me levant, sur votre
demande nous avons supprimé d'un commun accord
la question ordinaire et extraordinaire. Aussi bien
que vous importe? En quoi tout cela vous touche-t-il?

— Je vous jure, interrompit-il, que s'il ne s'agissait
que de moi, je serais moins pressant. Hélas! que me
reste-t-il à perdre? Mais il s'agit de vous, de votre
bonheur....

— Et je sais par expérience, interrompis-je à mon
tour, que je vous suis plus chère que vous-même. Vos
ingénieuses attentions, et tout dernièrement les té-
moignages héroïques de dévouement que vous m'avez
prodigués, m'en sont garants. Cependant il ne faut

rien outrer; vous m'avez fait entendre de sages conseils : on les méditera comme ils le méritent, vos
conseils; mais n'exigez pas que je satisfasse toutes
vos curiosités; ni que je discute vos rêveries; ce serait
me vendre un peu cher vos coquilles. Restons-en là,
monsieur, et surtout ne vous donnez pas cet air chagrin, mauvaise humeur de chasseur qui a fait buisson
creux. Patience, ils ne sont pas perdus, vos deux
loups. Bonne nuit, je tombe de sommeil; tâchez de
vous réveiller demain avec des idées riantes. On ne
revient pas toujours bredouille. »

Il essaya de me retenir, mais en vain; il me tardait
d'être seule, je n'aurais pu soutenir plus longtemps
la fatigue de cet entretien sans que mon émotion se
trahît. Bien des sentiments divers se pressaient en
moi, la surprise que cause toujours un événement
même attendu, parce que rien n'arrive comme nous
le pensions, un vif ressentiment de la trahison de
Mme d'Estrel, une inquiétude qui cherchait à prévoir
l'avenir, et par-dessus tout une sorte de malaise vague,
indéfinissable; mon cœur n'était pas sorti sain et sauf
du combat; les portraits de fantaisie, les sarcasmes,
les prédictions de Max l'avaient troublé dans ses espérances; il souffrait pour ainsi dire d'une meurtrissure
secrète, et il se reprochait cette souffrance comme une
indigne faiblesse, car il protestait que pas un trait
n'avait porté.

Je réussis à grand'peine à m'endormir; mais je fus

réveillée par un bruit de pas : quelqu'un allait et venait dans la galerie, je crus même entendre à ma
porte le murmure d'une respiration oppressée. Tout
se tut, et je me rendormis. Une heure plus tard, nouvelle alerte; il m'avait semblé qu'une voix déchirante
m'appelait par mon nom; je me réveillai en sursaut,
dévorée d'une terreur mêlée de joie. Je maudis les
rêves, j'eus honte de ma folie, mais je ne pus refermer l'œil.

III

Le lendemain, avant midi, on m'annonça la visite de Mme d'Estrel. J'hésitai à la recevoir. Enfin je descendis et je l'abordai en lui disant :

« Il faut, madame, que la mission dont on vous a chargée soit bien importante pour que vous vous soyez dérangée si matin.

— Ce qui depuis quinze jours dérange toutes mes habitudes, me dit-elle, c'est l'amitié que j'ai pour vous; ma santé s'en plaint tout bas, mais je la laisse dire. »

Elle avait en effet l'air souffrant et abattu; mais cela ne me toucha point.

« Vous êtes mille fois trop bonne, lui répondis-je; à ce compte, je vois qu'il est des personnes dont la malveillance est moins à craindre que l'affection.

— J'admets que j'aie eu tort, répliqua-t-elle; mais

il est des circonstances qui dispensent des règles ordinaires. Quand on reprochait au comité de salut public de se mettre au-dessus des lois, il répondait : La patrie est en danger. Voilà un mot qui tranche tout. Eh bien! vous êtes en danger, mon amitié s'est alarmée, et ce que j'ai fait hier, je le referais aujourd'hui, car je suis résolue à vous sauver de vous-même. »

Je lui repartis qu'après une déclaration si nette nous n'avions plus rien à nous dire.

« Au contraire, reprit-elle, je suis venue ici pour me justifier, et vous m'entendrez. »

Je m'en défendis bien fort; mais elle répétait sans cesse : « Vous m'entendrez; vous ne pouvez refuser cette grâce à une vieille femme malade qui vous aime un peu comme sa fille. »

Je finis par m'asseoir et l'écouter. Comme si elle eût voulu retarder le moment d'en venir au fait, elle m'apprit d'abord le départ de Mme Mirveil.

« Dès que la pauvre femme, dit-elle, sut le retour de M. de Lestang, elle ne balança plus. Avant-hier elle est venue me faire ses adieux, riant, pleurant, chantant sur toutes les notes, tour à tour regrettant son marquisat et se félicitant de n'avoir pas épousé ce *monstre d'homme*, parce que, disait-elle, *il l'aurait tuée et qu'elle en serait morte*, entrant du reste dans son personnage de veuve, bien résolue à aller montrer au Levant une douairière et ajustant à son nouveau

rôle ses airs et ses tons, — et au travers de tout cela
si frisottée, si pimpante, si folle et si jolie, qu'il me
tardait de la savoir embarquée. La veille, nous avions
signé par devant notaire un contrat de vente. Dites-
moi, belle ingrate, est-ce par tendresse pour Mme Mirveil que je lui ai facilité son départ en achetant sa
vigne? Du reste, ne craignez rien, je la revendrai à
mon voisin au prix d'achat. »

Je lui répondis que j'ignorais quelles avaient été
ses intentions, qu'assurément j'étais fort désintéressée
dans cette affaire.

« J'en appellerai, dit-elle, de Philippe en colère à
Philippe dans son bon sens, et soyez sûre que le bon
sens aura son tour; mais je reviens à mon récit. Hier
après midi, Max se présente chez moi, m'apportant
un méchant sixain dont il ne savait que penser. Dans
son embarras, il recourait à moi comme à une vieille
amie de sa famille; il me dit des choses charmantes
sur ces vieilles amitiés nées avec nous et qui sont les
seules bonnes, parce qu'elles n'ont pas été faites à la
main. Il avait le ton si simple, si uni, si jeune et un
tel air de douceur, que j'en demeurai tout émerveil-
lée; dans ces moments-là, on dirait qu'il recommence
la vie sur nouveaux frais. Vous m'avez conté jadis
comme il avait fait la conquête de votre père; si j'a-
vais succombé au charme, serais-je donc si coupable?
Mais je vous assure que je n'ai vu que vous, ni pris
conseil que de votre intérêt. Je fis réflexion que, si je

niais tout, il ne me croirait pas, que son imagination travaillerait, et que l'inquiétude, le soupçon, les conjectures vagues le rendraient à la violence de son caractère. En conséquence je lui dis que je pouvais lui donner le mot de l'énigme, qu'il se rassurât, que l'affaire était bien moins grave qu'il ne pensait, mais qu'avant de le mettre au fait, j'exigeais sa parole de gentilhomme qu'il prendrait les choses en douceur et ne chercherait querelle à personne. Il n'hésita point à me le promettre, me déclarant qu'il entendait respecter votre liberté, qu'il reconnaissait les droits de la passion, que s'il ne pouvait vous ramener par la persuasion, il était résolu à ne pas s'imposer, qu'au besoin il partirait, que depuis deux jours il roulait dans son esprit des plans de lointains voyages, que les grandes folies veulent être réparées par les grands sacrifices, que si son malheur était sans ressource, il n'aurait garde de s'obstiner, qu'il arrive un âge où l'on sent la différence de ce qui se peut et de ce qui ne se peut pas, et que par sa faute il avait perdu le droit d'exiger l'impossible.

« Je conviens que son ton tranquille, posé, et la parfaite dignité de son langage me firent la plus vive impression ; je renonçai à lui faire aucun reproche ; qu'aurai-je pu lui dire qu'il ne se fût déjà dit ? Je lui expliquai avec quelle innocence l'*intrigue* s'était nouée ; je suis bien aise de vous répéter mes paroles : « Le malheur plaît au malheur ; deux enfants très-

malheureux se sont conté l'un à l'autre leurs peines,
il est rare que de telles confidences ne portent pas à
la tête. » J'aurais voulu pouvoir lui donner l'assurance que M. Dolfin s'était enfermé à la Trappe; mais
ce maudit fou de Malombré l'avait surpris en rupture
de ban et rôdant à son ordinaire autour de votre
parc. Mes explications furent bien reçues; je vis le
front de Max s'éclaircir, il respirait plus librement.
Après m'avoir renouvelé ses promesses, il me quitta
pour aller s'expliquer avec mon voisin. Comme il me
le conta une heure plus tard, il le trouva s'exerçant
à tirer au pistolet derrière un pavillon qui est au bout
de son jardin. Un laquais était là qu'on renvoie.

« — Monsieur, ces charmants vers sont-ils bien de
vous?

« L'autre le prend de très-haut. « — Monsieur, si mes
vers n'ont pas eu le mérite de vous être agréables, je
vous offre tel genre de satisfaction qui pourra vous
plaire.

« — Allons, monsieur, répliqua Max d'un ton fort
calme, je ne doute pas que vous ne soyez au poil et à
la plume; mais il est certains genres de satisfaction
qu'on répugne à demander à un homme de votre âge. »

« Et à ces mots il s'empare du pistolet, le charge,
tire, charge encore, et met trois fois de suite dans le
noir, après quoi il entre dans le pavillon, avise deux
fleurets démouchetés pendus à la muraille, les dé-
croche, en présente un à M. de Malombré, le force à

se mettre en garde, lui fait une piqûre au bras gauche
pour l'exciter, puis s'en tient à la parade, et comme
en se jouant lui fait sauter deux fois son arme de la
main. Alors, d'un ton toujours tranquille :

« — Je ne me battrai pas avec vous, monsieur;
mais, comme vous aimez à écrire, je veux avoir deux
lignes de votre prose ainsi conçues : « M. de Malom-
« bré est un visionnaire, et il est tombé dans une
« lourde, grossière et injurieuse méprise, dont il de-
« mande humblement pardon à Mme la marquise de
« Lestang. »

« — Je ne me suis point mépris, dit l'autre tout
essouflé, et je n'écrirai point.

« — Vous aurez tort, monsieur, car, si vous n'écri-
vez pas, je vous préviens que j'ai parole de Mme d'Estrel, et qu'elle me revendra la vigne de Mme Mirveil.
Prenez-y garde, je crains de vous être un voisin fort
incommode. »

« Et, l'ayant salué, il se retira.

« La nuit porte conseil. M. de Malombré est venu
me parler tantôt; je devinai tout de suite qu'il était
descendu de ses grands chevaux. Ce n'est pas qu'il
manque de cœur, mais il est homme de réflexion; ses
passions se refroidissent vite, et, un instant oubliés,
ses intérêts se rappellent vivement à son souvenir. Le
pauvre Malombré avait espéré que Mme Mirveil ne
partirait pas, ou que dans son embarras elle lui
céderait la vigne à vil prix. Trompé dans sa double

espérance, la première·chaleur de son dépit lui fit
écrire et expédier le sixain; mais petite pluie abat
grand vent, et il ne devait pas tarder à se dire que sa
vengeance lui coûterait cher, et qu'il était bien fou à
son âge de s'aller mettre sur les bras une méchante
affaire où il y avait beaucoup à perdre et rien à gagner. Ce qui s'est passé hier et les menaces de Max
l'ont confirmé dans ses réflexions. La vigne d'Israël
tombant aux mains des Philistins, un détail épineux
de servitudes à débattre, des chicanes, des procès, ses
convoitises déçues, désormais nul espoir de s'arron-
dir, un voisinage plus que gênant, un ennemi intraitable ayant barres sur lui et lui suscitant mille difficultés, — quelle épine à son pied! Ç'en serait fait
du repos de ses vieux jours.

« Ce matin, à son réveil, il s'est dit : « Mais suis-je
« donc en colère? » Il s'est tâté le pouls, point de
sang sous les ongles; sa sagesse avait le champ libre.
Il a pris son chapeau et est venu me trouver. Je lui
posai d'emblée, très-nettement, mes conditions : qu'il
écrivît la déclaration qu'on lui demandait, et la vigne
était à lui. Il tint à ce que sa retraite fût honorable,
et chicana pied à pied le terrain. Le mot *visionnaire*,
surtout, le choquait. Je lui représentai que de fort
grands hommes l'avaient été : Socrate, saint Antoine....
Dédaignait-il cette compagnie? »

« Aussi bien, lui dis-je, il ne tient qu'à vous que
M. de Lestang n'ait pas l'occasion de se prévaloir de

votre déclaration. Pourquoi l'exige-t-il ! Pour avoir
une sûreté qui lui réponde que vous ne tiendrez pas
de propos. Ne causez pas, mon brave homme, et cul-
tivez votre jardin. »

« Il voulut prendre encore quelques heures de réflexion, mais je ne doute pas de lui. Tout à l'heure
j'irai chercher ce précieux écrit, et je le remettrai à
Max. Quel moment favorable, ma chère fille; quelle
occasion propice pour une réconciliation ! »

Tout mon cœur se souleva; mais je réussis à me
contenir.

« Vous avez tout dit, lui répondis-je froidement, et
je vous ai écoutée. Nous pouvons nous vanter, vous
et moi, d'avoir rempli consciencieusement notre
tâche.

— Je vous en conjure, ma chère Isabelle, reprit-
elle; défiez-vous de vous-même ; il y a en vous quelque
chose qui aime et qui appelle les orages; je crois les
entendre déjà gronder. Il ne tient pourtant qu'à vous
d'être heureuse. Je vous avais prédit que tôt ou tard
Max vous reviendrait. Il vous aime ; je n'en veux pour
preuve que le chagrin qui le ronge, et qu'en dépit de
son orgueil il n'a plus la force de cacher.

— Quelle preuve ! repartis-je. Et, de bonne foi,
pouvez-vous vous y tromper? Ce chagrin n'est que
l'irritation d'un maître qui voudrait me tenir sous ses
pieds et qui frémit de me voir debout; mais soyez
tranquille, je dirai à M. de Lestang avec quel zèle

vous avez soutenu ses intérêts, et comme vous vous
êtes bien acquittée de son message. »

Elle essaya de me prendre la main, je la retirai.

« Pauvre enfant! » murmura-t-elle en me regardant

Et, prise tout à coup d'une faiblesse nerveuse, elle
fondit en larmes.

A peine fut-elle sortie que je me reprochai d'avoir
été trop dure.

« La pauvre femme, me dis-je, a pour moi une
sincère affection; mais puis-je exiger qu'elle entre
dans mes sentiments? La longue oppression qu'elle a
soufferte, jointe à son esprit positif, l'a accoutumée
à demander peu à la vie; elle voit dans la résignation
le secret de tout, et prendre le sentiment pour règle
de conduite, c'est, selon elle, faire preuve d'exaltation
romanesque. Les joies de la passion partagée sont un
paradis dont elle n'a pas même l'idée, et elle estime
que le souverain bonheur se réduit à l'art d'éviter les
malheurs. Toute ambition plus haute n'est, à ses
yeux, qu'une prétention déraisonnable : la vie est
ainsi faite, et nous ne sommes plus au temps des fées;
mais avec un peu de facilité dans l'humeur on s'é-
pargne bien des souffrances et des dangers, et on se
contente d'être mal, crainte de pire. Après avoir voulu
arranger les *affaires de conscience* de M. Dolfin, elle
veut arranger mes *affaires de cœur*. Il n'est que de se
faire à soi-même sa leçon; on congédie ses chimères,

on endort son cœur et on accepte avec empressement
la première transaction venue, parce qu'un mauvais
accommodement vaut mieux qu'un bon procès. Voilà
la sagesse qu'elle me prêche; c'est celle qu'elle a toujours pratiquée.

L'image de Mme d'Estrel en pleurs me poursuivait. Plus j'étais résolue à ne rien lui céder, plus je
regrettais de l'avoir contristée en affectant de méconnaître ses intentions. Dans les circonstances graves et
dangereuses, les scrupules sont plus sûrs d'être écou-
tés; c'est assez d'avoir à lutter contre la vie, on n'a
garde de se créer des difficultés avec sa conscience.
Je fis atteler le tilbury et je partis pour Chamaret.
Mme d'Estrel n'était pas encore rentrée; elle n'avait
pas eu si bon marché de M. de Malombré qu'elle se
le promettait, et l'entrevue s'était prolongée. Je me
décidai à l'attendre. J'entrai au salon et me trouvai
en présence de M. Dolfin.

A ma vue, la surprise, la joie, la douleur, se mê-
lèrent sur son visage et y produisirent le plus étrange
désordre.

« C'est bien vous, madame! me dit-il. Une main
divine est étendue sur nous; deux fois déjà elle vous
a conduite où j'étais. Ah! me direz-vous enfin.... Il
faut que je sache.... l'incertitude me tue. »

Et comme je l'interrogeais du regard :

« Mme d'Estrel m'a écrit. Quelle lettre, mon Dieu!
quelle lettre! Je suis parti tout courant pour la ques-

tionner. Elle me reproche de vous exposer à tous les risques ; votre vie même, à l'entendre, est en danger, et c'est au nom de votre sûreté qu'elle me conjure de m'éloigner. »

J'imagine qu'un éclair de colère brilla dans mes yeux, car il s'interrompit, inquiet, la tête basse, suspendu entre la crainte et l'espérance.

«Suis-je en tutelle ? m'écriai-je sans le regarder et comme me parlant à moi-même. Faut-il donc que je subisse toutes les tyrannies ! Je suis libre, on m'a dégagée de tous mes devoirs, je m'appartiens ; il est bien temps que je le prouve.

— Vous n'avez donc pas dicté cette lettre ?» dit-il en relevant la tête, et son front s'éclaircit ; mais il n'osa se livrer à sa joie, et c'est d'une voix brisée par l'émotion qu'il me dit : «Non vous ne voulez pas que je vous dise adieu ! Vous êtes la maîtresse, vous n'avez qu'à parler, qu'à faire un signe, vous serez obéie ; mais pourquoi le voudriez-vous ? Si quelque danger vous menace, partons, fuyons ensemble ! Il y a quelque part une retraite écartée où le bonheur nous attend. Le monde nous blâmera ; nous soucions-nous du monde ? Je l'ai vue dans mes rêves, cette bienheureuse retraite. Quelque chose me dit que c'est écrit là-haut, que cela doit être, que cela sera. Cette nuit je me suis réveillé en criant ; j'avais cru entendre le galop de deux chevaux qui nous emportaient au désert.... Regardez-moi, madame. Mes yeux ne vous disent-ils pas

23

que mon âme est à vous, qu'elle ne voudra jamais
que ce que vous voudrez, qu'elle n'a plus rien de sacré que ce qui vous plaît ? Les respects, les soumis-
sions, les longues obéissances seront mon partage ;
mon cœur est bizarre : si l'amour me promettait autre
chose que des croix, peut-être serais-je moins heureux d'aimer. Oui, par mon passé, par mon avenir,
par les changements étonnants de mon cœur, par le
vieil homme que vous avez condamné à mort et par
l'homme nouveau qui est votre ouvrage, je jure que
votre amitié, votre confiance, me suffiront, que, s'il
le faut, je saurai tuer l'espérance ; vous ne verrez
que l'ami, l'ami seul vous parlera. Aux heures où
vous serez absente, peut-être l'*autre* viendra-t-il bai-
ser la poussière qu'auront foulée vos pas ; mais ses
folies vous demeureront cachées. Vivre auprès de
vous, sous vos yeux, dussé-je chaque jour immoler
et crucifier mon cœur, quelles joies et quelles délices ! Le monde, s'il nous découvre dans notre solitude, ne voudra pas croire au miracle de notre sainte
amitié ; mais qu'il nous raille ou nous outrage, au-
rons-nous des yeux pour le voir ?... Qu'allez-vous me
répondre, madame ? Comment châtierez-vous mon
audace ? M'écraserez-vous de votre colère ou de votre
pitié ? Je ne suis rien ; mais la passion qui me possède
est divine, elle a les secrets de la destinée : c'est elle
qui vous parle, elle ne prie pas, elle commande....
Ces deux chevaux qui galopaient dans mon rêve ! qui

donc m'a envoyé ce songe? Non, nous ne sommes
pas seuls ici, quelqu'un est en tiers avec nous, et du
doigt montre à notre vie son chemin.... »

J'oubliai durant quelques instants qui j'étais, où
je me trouvais. Cette voix qui me parlait de fuite, de
vie à deux dans un désert, m'avait enlevée à moi-
même. Je voyais une maison solitaire où vivaient,
ignorés du monde, deux êtres qui s'aimaient et qui
devaient vieillir et mourir là. J'admirais avec un sentiment d'envie leur bonheur, la paix où s'écoulaient
leurs jours, l'union de ces deux âmes qui n'en faisaient qu'une, le silence qui les environnait, la douceur de leurs entretiens et de ces joies du cœur qui
ne s'épuisent pas ; mais quand j'en revins à me dire :
Cet homme, cette femme, ce serait lui, ce serait moi !..
j'éprouvai un frisson, ce rêve de parfait bonheur me
fit peur ; je ne le condamnai pas, mais je le repoussai
dans un lointain obscur, comme s'il était fait pour
n'être vu qu'à distance, et je fus tentée de me réjouir de ce que toute ma vie était encore en question.

M. Dolfin attendait ; je ne sais ce que j'allais lui répondre quand une porte roula sur ses gonds. Deux
personnes s'arrêtèrent un instant à causer dans le
vestibule, et bientôt Mme d'Estrel parut, accompa-
gnée de Max, à qui elle avait remis le papier qu'il
était venu chercher. Elle fut stupéfaite en nous voyant,
et peut-être sa surprise était-elle mêlée de colère,

car elle pouvait croire à un rendez-vous pris chez
elle.

Quant à Max, je crois qu'il n'a donné de sa vie
une marque plus sensible de l'empire qu'il sait
prendre sur lui-même ; il s'avança d'un air fort aisé,
fit une légère inclinaison de tête à M. Dolfin, et, s'approchant de moi, me dit à demi-voix et en souriant :

« Les maris sont inévitables comme le destin. »

Puis il s'assit, et rien ne témoignait de la violence
qu'il se faisait, si ce n'est le gonflement d'une veine
sur ses tempes et une sorte de hérissement du sourcil
qui ne m'était pas inconnu.

M. Dolfin était pâle, mais calme, et me consultait
du regard ; je n'étais guère en état de lui répondre,
je respirais à peine ; je sentais qu'une lutte allait
s'engager, et je tremblais qu'elle ne fût pas égale.

Ce fut Mme d'Estrel qui rompit la première lance ;
sans aucun doute elle était fâchée, car elle oublia
dans cette occasion les délicatesses ordinaires de sa
bonté.

« Vous connaissez M. Dolfin ? dit-elle à Max en le
lui présentant du geste. Je crois vous avoir conté son
histoire.

— J'ai bien des excuses à vous faire, monsieur, dit
Max ; si je ne me trompe, je vous ai proposé un soir
de vous prendre à mon service ; il s'agissait, je crois,
d'une place d'aide-jardinier. Je dois dire à ma dé-

charge que vous portiez ce jour-là un sarrau de paysan, et que la nuit tombait.

—J'ai de bizarres fantaisies, lui répondit M. Dolfin d'un ton à la fois doux et ferme ; mais si j'aime à varier mes costumes, en revanche je ne change jamais de logement. J'habite à droite de Réauville, sur la hauteur, une petite maison isolée que vous avez dû remarquer. Si jamais vous aviez quelque autre place à me proposer ou que vous fussiez curieux de m'étudier de plus près, vous seriez sûr de m'y trouver.

—Pour le moment, je suis trop occupé, répliqua Max avec une nonchalance superbe. Je n'ai en tête que deux loups. Où sont mes deux loups, et est-il bien sûr que ce ne soient pas deux lièvres ? A vrai dire, les animaux m'ont toujours plus intéressé que les hommes.

Le serpent a ses mœurs, ses combats, ses amours....

—Mais Dieu lui a épargné les cas de conscience, reprit Mme d'Estrel. Quelle étrange maladie ! Croiriez-vous, marquis, qu'en dépit des supplications de sa famille et de mes remontrances, M. Dolfin est plus résolu que jamais à se faire trappiste ? Voyons, soyez notre arbitre, faites entendre raison à ce pauvre enfant ; je serais si heureuse de le rendre à sa mère ! »

Le *pauvre enfant* fut sur le point d'éclater. Il était au supplice, ses lèvres tremblaient ; mais son regard rencontra le mien, et il dévora sa colère.

« Madame, répondit-il avec un sourire triste, je ne
doute pas que M. de Lestang ne soit un très-habile
casuiste ; mais il vous a dit lui-même qu'il n'avait que
ses loups en tête. Aussi bien les secrets de ma conscience ne sont pas matière à causerie ; le moyen d'é-
gayer un si triste et si pitoyable sujet ! Avec tout son
esprit, M. de Lestang n'y réussirait pas.

— M. Dolfin a raison de décliner mon arbitrage,
reprit Max. Je n'entends rien aux affaires des autres ;
c'est à peine si je comprends les miennes. D'ailleurs
j'ai trop vu le monde pour rien blâmer. Un peintre,
homme du plus grand mérite, à qui l'on contait un
jour, d'un ton tragique, les monstrueux détails d'un
monstrueux parricide :

« Cela ne fait-il pas frémir la nature ? lui disait-on.

— Mon Dieu ! répondit-il froidement, tout dépend
du point de vue.

— Oui, madame, tout dépend du point de vue, et,
selon les cas, tout peut se justifier, tout peut se soutenir, la Trappe et le jeu du bouchon, la princesse Ba-
droulboudour et Margot, don Juan et Céladon, l'ange
et la bête, la nuit et le jour, le *Miserere* et le chant du
rossignol, la bagatelle et le parfait amour. La vie a
du bon ; mais que savons-nous si la mort ne nous
tient pas en réserve des plaisirs plus vifs ? Le rire
soulage ; mais les poëtes assurent que le monde vu
au travers d'une larme leur offre des beautés impré-

vues. Dans cette universelle incertitude, que chacun prenne conseil de son humeur ! Seulement, à quelque parti qu'on s'arrête, il est bon de savoir ce que l'on fait et d'en accepter résolument toutes les conséquences.

— Bien parlé, monsieur ! dit M. Dolfin. Si vous me connaissiez mieux, vous ne douteriez pas que je ne sache très bien ce que je fais, et que je n'en aie prévu comme à plaisir toutes les conséquences.

— Oh ! s'écria Mme d'Estrel, cela est bien vite dit ; mais il en est qu'on ne devine pas. On se croit bien sûr de soi, on compte sans cette *fièvre qui mine tout.* Les regrets, les dégoûts, les repentirs, — nous avons beau sarcler notre jardin, toutes ces ronces poussent sans qu'on y pense. Méchante herbe croît toujours.... Je vous en supplie, mon cher enfant, prenez le temps de la réflexion ; remettez-vous à voyager, à courir le monde ; des objets nouveaux feront diversion à votre tristesse, vous la guérirez en la trompant, et peut-être, dans un an d'ici, vous direz-vous, en vous frappant le front : Ce fou qui se croyait incurable, était-ce bien moi ?

— Pour ma part, madame, dit Max, j'ai moins foi que vous dans la vertu des voyages. Les idées que caressa notre jeunesse et qui eurent les prémices de notre esprit laissent en nous des traces ineffaçables. On peut avoir des passades, mais tôt ou tard on revient à ses premières amours. Oui, madame, qui s'est

senti une fois attiré vers la Trappe, la Trappe ne le
manquera pas. Traversez, contrariez sa passion ; il
finira toujours par épouser sa maîtresse. Qu'on s'a-
bandonne aux événements ou qu'on leur résiste, on
n'échappe pas à sa destinée. Après cela, il est bon
pour un apprenti de la Trappe d'avoir fait l'école
buissonnière; certaines aventures posent un homme,
et l'éclat de ses péchés rejaillit sur sa conversion, ce
qui n'est pas un médiocre avantage, car, Voltaire
l'a dit, rien n'est plus désagréable que d'être pendu
obscurément. Ajoutez que, la question de gloire mise
à part, rien n'est si pénible que des repentirs qui
mâchent à vide; il est sage de leur préparer d'avance
de l'aliment.... Un de mes amis, le comte de L..., que
je vous donne pour un vrai lunatique, se sentit un
jour frappé de la grâce. Le voilà qui renonce au
monde, dit adieu aux plaisirs, récite son chapelet, se
confesse une fois la semaine. Tout à coup il dispa-
raît, plus de nouvelles: dans quelle thébaïde était-il
allé pleurer ses péchés ? A quelque temps de là, je le
rencontrai en Italie, entre Rome et Florence, voya-
geant en tête-à-tête avec deux yeux bruns et une
tresse noire.

—Eh bien ! mon cher comte, lui dis-je, allez-vous
toujours à confesse?

—Ne voyez-vous pas, me répondit-il, que je ras-
semble des matériaux ?

—Il croyait plaisanter : deux ans plus tard, madame, il était moine. L'histoire ne dit pas ce qu'en pensa la tresse noire.

M. Dolfin se leva brusquement; la patience lui échappait. Je ne sais ce qu'il allait dire ou faire : il avait l'air d'un homme poussé à bout qui ne consulte plus que son désespoir. Je me levai aussi, prête à intervenir pour éviter un éclat. Heureusement un ecclésiastique entra dont le visage m'était inconnu. A sa vue, M. Dolfin recula d'abord d'un pas; puis, s'avançant vers lui :

« Vous ici, mon cher abbé !

— J'arrive en droiture de Corfou, lui répondit le prêtre en le saluant respectueusement, et vous m'excuserez si, avant de vous aller chercher à Réauville, j'ai tenu à rendre mes devoirs à Mme d'Estrel. On m'avait chargé d'un message pour elle. »

Et se tournant vers Mme d'Estrel, qui lui tendait la main :

« On vous avait instruite de mon voyage, madame. N'en avez-vous pas prévenu M. Dolfin?

— Je savais en effet, monsieur l'abbé, répondit-elle, qu'on vous avait chargé de faire une dernière tentative auprès de notre cher malade; mais je craignais sa mauvaise tête, et que, prévenu de votre arrivée, il ne se hâtât de brûler ses vaisseaux. »

Ces mots de *cher malade* et de *mauvaise tête* sonnèrent mal aux oreilles de l'abbé Néraud. Ses manières et son ton témoignaient de son extrême défé-

rence pour son ancien élève, et cette déférence frap-
pait d'autant plus que sa figure annonçait un homme
d'autorité, l'un de ces esprits qui ont peu d'idées, mais
qui en sont maîtres, et acquièrent par là de l'ascen-
dant sur les esprits que leurs idées gouvernent et
tourmentent. Depuis longtemps d'ailleurs l'élève était
hors de page, et il se peut faire que le maître admi-
rât en le combattant ce caractère entier qui avait
échappé à sa gouverne et lassé ses remontrances.
Aussi regarda-t-il Mme d'Estrel avec un étonnement
qui fit sourire M. Dolfin.

« Oui, je ne suis qu'un pauvre fou! s'écria le malade en secouant sur ses épaules son épaisse chevelure. » Et il ajouta en regardant Max :

« Mais il est de saintes folies qui ont le droit de
mépriser toutes les sagesses des gens du monde et
toutes les petites anecdotes des gens d'esprit. »

Puis prenant l'abbé par le bras :

« Remettez à plus tard votre conférence avec
Mme d'Estrel, lui dit-il avec une gaieté forcée ; allons
au plus pressé, monsieur l'abbé ; venez bien vite donner le fouet au pauvre enfant. »

Et à ces mots, moitié de gré, moitié de force, il
emmena le prêtre, qui nous salua d'un air interdit.

Je m'étais approchée d'une table et j'affectais de
feuilleter un album. Max échangea quelques mots à
voix basse avec Mme d'Estrel, puis il sortit à son
tour. Alors, m'avançant vers elle, je lui dis que j'étais

venue m'excuser de mes rudesses, mais qu'après ce
qui venait de se passer....

   « Oh! ne vous occupez pas de moi! interrompit-
elle avec une vivacité qui n'était pas dans son caractère. Votre calme m'épouvante. Que vous sembliez
peu vous douter de la gravité de votre situation! Mais
ne voyez-vous pas que depuis plus d'une semaine Max
se livre à lui-même de perpétuels et acharnés combats? A la lettre, il dévore son cœur. Quelle violence
il a dû se faire tantôt! J'ai pris l'offensive pour qu'il
ne la prît pas; mais demain, dans quelques heures
peut-être, sera-t-il capable de se résister? Le ressort a
été violemment comprimé; la détente sera terrible.
Dites-vous de grâce, ma chère fille, que votre vie
peut être est en danger.

   « Chère madame, lui répondis-je, ne vous mêlez
donc plus de mon triste sort : cela vous réussit mal.
Si vous n'aviez pas écrit à M. Dolfin, je ne l'aurais pas
rencontré ici. Allons, calmez-vous; je ne crains rien
et suis prête à tout. »

   Elle voulut revenir à la charge.

   « N'est pire sourd, lui dis-je en lui serrant la main,
que qui ne veut pas entendre. »

   De Chamaret à Grignan, la route fait un ruban en
ligne droite de près de quatre kilomètres de long. A
la faveur du crépuscule, j'apercevais au bout de ce ruban le cabriolet qui renfermait M. Dolfin et l'abbé
Néraud. A deux cents pas derrière eux, Max, monté

sur son alezan, cheminait au petit trot. Il finit par
s'arrêter, m'attendit, et fit le reste du chemin tantôt
devant, tantôt derrière la voiture; quelquefois il s'ap-
prochait, me jetait un rapide regard et mordait sa
moustache; il avait son visage d'autrefois, cette figure
de bronze qui m'était bien connue. Qu'allait-il se
passer? Mon cœur était gonflé d'amertume, et cette
amertume me faisait regarder l'avenir avec indifférence.

IV

Un profond silence régna pendant le dîner. Baptiste, qui nous servait, paraissait inquiet ; il consultait souvent le visage de Max : c'était son baromètre. Dans son trouble, un plateau lui échappa des mains, et, en me versant à boire, le bras lui tremblait si fort qu'il répandit de l'eau sur mon assiette. Évidemment les hirondelles volaient bas.

En sortant de table, Max me suivit au salon, où je repris ma tapisserie, qui n'avançait guère. Il tourna quelque temps autour de moi, puis sortit, et, bien qu'il ventât et que le froid fût piquant, il se promena près d'une heure sur la terrasse. Je l'entendais aller et venir le long de la maison ; sa démarche était vive et saccadée ; quelquefois le bruit d'une rafale se mêlait à celui de ses pas, et ces deux bruits se confondaient dans mon cœur. A plusieurs reprises je crus l'enten-

dre parler ; peut-être causait-il avec le vent ; les deux
orages se concertaient. Il me semblait qu'un danger
était suspendu sur moi. Mon sort allait-il se décider ?
J'avais le souffle court ; par instants, mes cheveux
me pesaient. Une grosse mouche épargnée par l'hiver vint se heurter brusquement contre l'abat-jour de
ma lampe, et je tressaillis. Les murs, les meubles, les
tableaux semblaient être dans l'attente comme moi ;
ils avaient un air solennel, un visage de circonstance,
et nous échangions des regards mornes. Deux fois
Max s'approcha de la porte : je crus qu'il allait entrer, et tout mon sang reflua vers mon cœur ; mais
après s'être arrêté sur le seuil il s'éloigna, et je lui
en voulus de m'avoir pour ainsi dire déçue dans ma
crainte.

« Ne sera-ce que demain ? pensais-je. Il est temps
d'en finir ; arrive que pourra ! il faut qu'il arrive quelque chose. »

Enfin Max rentra. Sans que nous nous en doutions,
nos esprits s'étaient rencontrés, car de la porte il me
cria :

« Cela ne peut durer plus longtemps, madame. La
mort vaudrait mieux. Vous êtes-vous avisée d'un dénoûment ? Moi, je ne trouve rien.

— Je ne vous comprends pas, lui répondis-je. Le
dénoûment que vous cherchez est tout trouvé. Dans
quelques jours, le goût des aventures et des entreprises
vous reviendra ; vous vous en irez faire une nouvelle

campagne, vous y cueillerez de nouveaux lauriers.
Quand vous serez las, vous reviendrez ici, et retrou-
verez votre maison, vos meubles et votre femme à leur
place. N'étions-nous pas convenus de cet arrangement?
En quoi vous déplaît-il? Pouvez-vous vous plaindre
qu'en votre absence je tienne mal votre maison, que
votre château se dégrade, que tout ici soit au pillage,
et que les termes de vos fermiers ne rentrent pas? »

Il n'eut pas l'air de m'avoir entendue.

« Je vous répète, madame, reprit-il en élevant la
voix, qu'il est temps d'en finir. Avez-vous des plans?
Quels sont-ils? Parlez!

— Mais quelle mouche vous a piqué? repartis-je.
On dirait que vous êtes en colère! Pourtant tout vous
vous réussit. Si je ne me trompe, vous avez eu bon
marché de M. de Malombré, et tantôt vos anecdotes
ont eu du succès. D'où vous vient cet accès d'humeur? »

Il prit un vase sur la cheminée. et, le jetant avec
violence sur le parquet, le broya sous ses pieds.

« Vraiment, nous sommes dans l'absurde jusqu'au
cou, s'écria-t-il d'une voix tonnante. Donnez-moi, de
grâce, un rival digne de moi; mais je ne sais à qui
me prendre. Sur mon honneur, c'est un amant de
paille que M. Dolfin, et je suis tenté de croire qu'il y
a quelqu'un derrière.

— C'est possible, répondis-je; cherchez bien. »

Il s'avança vers moi d'un air farouche.

« Ah! prenez garde, dis-je en souriant, vous allez me faire peur. »

Tout son corps était agité d'un mouvement fébrile. Il réussit à s'en rendre maître ; il se calma, changea de visage, et, s'asseyant à quelques pas de moi, il me dit d'un ton plus doux :

« Madame, voulez-vous qu'une fois **encore** nous raisonnions un peu?

— A quoi cela nous servira-t-il? dis-je en hochant la tête.

— Je veux être de bonne foi, reprit-il. M. Dolfin n'est pas précisément l'homme que je m'étais imaginé sur sa réputation de dévot. Il a du charme et je ne sais quelle grâce romantique qui peut surprendre une imagination de femme. Aujourd'hui, dans sa belle colère, avec ses yeux étincelants et sa chevelure en désordre, il avait l'air d'un lionceau qui pour la première fois hume l'odeur du sang. Comme il eût rugi, si vous n'aviez été là! Et puis quelle ingénuité, quelle candeur d'impressions! C'est une âme qui a gardé toute sa fleur. Faut-il vous dire comment s'appelle ce jeune homme? C'est Chérubin; malheusement, en prenant de l'âge, Chérubin s'est entêté de mysticisme ; cela gâte un peu son personnage : il entremêle dans ses rêves Rosine et le paradis. Un jour il s'avisera qu'il faut choisir : Rosine est belle, le paradis est plus sûr ; quel embarras! quels combats! Aujourd'hui dans un casque et demain dans un

froc.... Allez, je vous connais bien : vous ne ressemblez pas à toutes les femmes ; il vous fallait de l'extraordinaire ; le hasard vous a bien servie ; tout autre
que cet enfant eût perdu ses peines. Mais est-ce bien
sérieux ? Je vous le répète, votre imagination s'est
laissé surprendre : un amour de tête, voilà tout. Convenez-en. Vous m'avez assez puni. Avouez que vous
avez voulu me faire peur ! J'ai eu peur ; êtes-vous
contente ? »

Et se rapprochant de moi :

« Savez-vous ce que je vous propose ? Nous allons
partir ensemble pour l'Italie ; nous visiterons Rome,
Naples, Florence ; confiez-moi le soin de vous distraire, je saurai comment m'y prendre. Vos souvenirs s'effaceront bien vite. Peut-être en s'en allant
laisseront-ils la porte ouverte, je tâcherai d'en profiter. Et Chérubin ? Bah ! il aura pour se consoler des
avant-goûts du paradis.

— Que vous avez d'esprit, lui dis-je, et comme vous
savez varier vos airs ! Mais je suis bien ici, pourquoi
partirais-je ? »

Il ne se découragea point.

« Vous avez une raison supérieure, poursuivit-il, et
et je sais que j'ai des intelligences dans la place. Permettez-moi de vous dire crûment la vérité. M. Dolfin
est assez candide pour croire à l'amour platonique ;
dans l'ingénuité de son âme, il prend un tunnel pour
une maison. Je suppose qu'il s'aperçoive à temps de

24

son erreur; reviendra-t-il sur ses pas ? Non, il est des
entraînements auxquels on ne résiste point. Il traverse
le tunnel; jamais personne n'y est resté; le voilà de
l'autre côté. Que va-t-il arriver? Ah! si jamais il tou-
chait le fond du bonheur, croyez-moi, sa conscience
se réveillerait en sursaut. Et quel réveil! après
l'ivresse viendrait l'étonnement, l'effroi, le remords;
il regretterait amèrement ce qu'il appelait tantôt *sa
sainte folie*; il pleurerait ses illusions perdues et cette
douce erreur qui lui faisait voir dans son amour une
flamme toute céleste où les sens n'avaient point de
part; il croirait voir les séraphins, ses frères, se détourner de lui avec horreur, en lui reprochant sa victoire comme une honteuse défaite. Le pauvre enfant
maudirait la femme qui, en lui donnant le bonheur, lui
en a ôté l'attente et le rêve, la femme qui par ses fatales
caresses, a changé l'or pur en un plomb vil et l'ange
en un réprouvé... Non, une femme comme vous ne peut
courir de tels hasards. Ravir à Dieu son bien, quelle
entreprise! Tôt ou tard il faudrait le lui rendre, et vous
resteriez avec votre désespoir et votre courte honte....
Madame, quand partirons-nous pour Florence? »

Ses impitoyables dissections me révoltèrent; ma
blessure criait. Je m'étais promis de me contenir;
j'éclatai, et, voulant rendre blessure pour blessure,
je m'écriai en relevant la tête :

« Et que savez-vous, monsieur, si je ne me suis pas
donnée ? »

Le trait s'enfonça dans son cœur ; il bondit sous le coup, se dressa sur ses pieds comme soulevé par sa colère, et, reculant d'un pas, me cria:

« Cela n'est pas, cela ne peut être, puisque je suis ici, que je vous parle, et que je n'ai tué personne !

— Vous avez des absences qui m'étonnent, lui dis-je. Et moi, pourquoi suis-je ici ? Je m'imaginais qu'un homme d'honneur n'a que sa parole. »

Il me répondit d'une voix terrible :

« Et que m'importe ce que j'ai dit, ce que j'ai juré ! Vous prenez au sérieux ces enfantillages ? Mais vous ne savez donc pas qui je suis ? Ma parole, ma parole ! qu'ai-je promis ? Je ne vis que d'hier. Ne me parlez pas de mes fautes ; demandez-en compte à l'insensé que j'étais et que je ne suis plus ; c'est à lui d'en répondre, je ne le connais pas. Je ne sais et ne veux savoir qu'une chose : que vous êtes à moi. Malheur à l'homme qui effleurerait de ses lèvres l'un de vos cheveux ! Malheur à celui que vos yeux ont regardé, à qui votre bouche a souri ! Je ne me laisserai pas prendre mon bien ; je l'ai payé avec des larmes de sang. Demain nous partirons, et vous jurerez d'oublier ; je le veux, je n'ai qu'une parole, madame.... Ah ! vous croyez qu'on peut impunément me réduire au désespoir ! Il fallait me tromper, madame, il fallait avoir la générosité de mentir. Vous êtes donc aveugle, votre mauvais génie met un nuage sur vos yeux. Quel scrupule voulez-vous que j'aie ? Je ne crois à rien qu'à

ma douleur....» Et se frappant la poitrine : « Que ne
vous doutez-vous de ce qui se passe là ! Si vous saviez
à quoi j'emploie mes nuits, quelles sont mes pensées,
mes rêves.... Deux fois, oui, déjà deux fois, j'ai juré
de vous tuer.

— Tuez-moi, lui dis-je en haussant les épaules ;
mais j'aime, je suis libre, et je ne partirai pas. »

Il poussa un cri et courut à la cheminée : son couteau de chasse y était resté. Avant que j'eusse le
temps de penser à rien, il fut devant moi, le visage
bouleversé et le bras levé. J'eus peur ; ce fut, je crois,
ce qui me sauva ; j'étendis la main pour écarter le
couteau ; je me blessai légèrement, et mon sang
coula. La vue de ce sang me calma, la mort me fit
envie, et, me soulevant à moitié pour aller au-devant
du coup, je lui dis, en le regardant fixement :

« Frappez, ne me faites pas attendre ! »

Il contemplait ma main blessée ; son bras fut pris
d'un tremblement convulsif, et je ne puis rendre ce
que je vis dans ses yeux. La flamme s'en obscurcit
par degrés : sa fureur fit place à une amère tristesse.
Tout à coup il fit quelque chose d'étrange ; il regarda
le couteau, y aperçut une goutte de sang, et, comme
pour étancher une soif mystérieuse, il la porta à ses
lèvres et la but ; puis, jetant violemment le couteau
à terre, il s'enfuit.

Tout cela s'était passé si rapidement que je doutai
un instant si je n'avais pas rêvé ; ma main blessée,

que je dus entortiller d'un mouchoir, me rappela au
sentiment du réel. Comme je regrettais que tout mon
mal se réduisît à une égratignure ! « Pourquoi donc
avais-je retenu le couteau ? Je serais morte, pensais-
je, tout serait fini. » Hélas! tout était à recommencer.
— Si après un court répit je devais affronter de nouveau de pareilles émotions, mes forces y suffiraient-
elles? J'étais sûre de mon âme, je ne l'étais pas de
mes nerfs. Un instant de faiblesse, et ma défaite était
irréparable. Ah ! plutôt mourir !...

Mais ma vie n'était pas seule en danger. Comment
prévenir une rencontre que je. ne pouvais prévoir
sans frémir ? Je condamnais mon imprudence. Que
j'étais simple d'avoir pensé que Max respecterait ma
liberté ! Son orgueil outragé pouvait-il se croire lié
par les vaines promesses qu'autrefois j'avais si facile-
ment obtenues de son indifférence ? A quels entraînements avais-je cédé ? J'avais offert à mon chagrin
comme à un dieu une innocente victime que je m'é-
tais plu à envelopper dans mes malheurs. Pourquoi
m'étais-je moins occupée de protéger l'homme que
j'aimais que de braver et d'offenser l'autre ? Nuls
ménagements ; j'avais attisé le feu, j'avais pris plaisir
à tourner le poignard dans la plaie. Ma conscience
(ses reproches sont souvent bizarres) me reprochait,
elle aussi, de n'avoir pas su mentir, comme si, disait-elle, mon amour m'avait moins tenu au cœur que
ma vengeance, comme s'il ne s'était agi que de moi,

de déployer à mes propres yeux toute la noble fierté
de mon caractère et de me donner en spectacle à
moi-même. Ah ! s'il fallait du sang pour expier cette
funeste erreur, que le mien seul coulât ! Tout à l'heure
j'avais eu comme un avant-goût de la mort, et je n'y
avais point trouvé d'amertume.

Je montai dans mon appartement ; je renvoyai
Marguerite, je m'enfermai à double tour. Je me
jetai un instant sur mon lit et m'abîmai dans mes
pensées. Je cherchais une solution, je n'en trouvais
point. Qu'eussé-je trouvé ? Je ne savais pas même ce
que je voulais. Je me relevai, et pour tromper mon
agitation, peut-être aussi par une de ces supersti-
tieuses lubies d'un esprit tourmenté qui, ne trouvant
plus de ressource dans sa propre sagesse, recourt à
la vanité des oracles, je pris les yeux fermés un volume à l'un des rayons de ma petite bibliothèque.
Celui qui me vint sous la main était un vieux livre
qui avait fait les délices de mon enfance ; de jeunes
doigts, toujours impatients de tourner le feuillet, en
avaient fatigué toutes les pages. J'ouvris au hasard
ce volume, qui est un recueil d'anecdotes sacrées et
profanes, et je lus ceci : « Ainsi Balaam se leva le
matin, bâta son ânesse, et s'en alla avec les seigneurs
de Moab : mais la colère de Dieu s'alluma, parce
qu'il s'en allait, et un ange de l'Éternel s'arrêta dans
le chemin pour s'opposer à Balaam. Et l'ânesse vit
l'ange qui se tenait dans le chemin et qui avait son

épée nue à la main, et elle se détourna du chemin
et s'en alla dans un champ, et Balaam frappa l'ânesse
pour la ramener dans le chemin ; mais l'ange s'arrêta dans un sentier de vignes, et l'ânesse, ayant revu
l'ange, se serra contre la muraille, et elle serrait contre la muraille le pied de Balaam, qui continua à la
battre. Alors l'ange passa plus avant et s'arrêta dans
un lieu étroit, où il n'y avait pas moyen de se détourner ni à droite ni à gauche. Et l'ânesse, à la vue
de l'ange, se coucha sous Balaam, qui s'emporta de
colère, et la frappa de plus belle. Alors l'Éternel ouvrit les yeux de Balaam, et il aperçut l'ange qui se
tenait dans le chemin, et il s'inclina et se prosterna
sur son visage.... »

Je n'allai pas plus loin et remis le livre à sa place.
Qu'y avait-il de commun entre moi et le prophète
Balaam ? Je me traînai longtemps de chambre en
chambre, questionnant avidement mon cœur, qui ne
répondait pas, me proposant d'absurdes expédients
que je repoussais aussitôt, et comme dévorée par
mes incertitudes. Que cette nuit me parut longue ! Je
crus que le jour ne viendrait jamais. Comme il commençait à poindre, je me laissai tomber dans un
fauteuil; la fatigue l'emporta sur l'inquiétude : je
m'assoupis et finis par m'endormir profondément.
On est heureux, quand on souffre, d'avoir un corps
qui impose à l'âme ses faiblesses ; comment se représenter sans frémir la douleur d'un esprit pur qui

s'acharnerait sans relâche sur lui-même et à qui l'é-
puisement ne ferait jamais lâcher prise ?

Quand je m'éveillai, il faisait grand jour. Le sentiment de la vie rentra en moi comme un poison qui
se serait soudain répandu dans toutes mes veines.
J'eus peine à me lever; le froid m'avait engourdie,
j'étais brisée. Le souvenir de Max debout devant moi,
un couteau à la main, fit passer dans tout mon corps
un frisson d'épouvante. — Il faut partir, me dis-je,
et je m'étonnai de ne me l'être pas dit plus tôt. Il faut
partir. Max ne se possède plus; on ne raisonne pas
avec la folie. Que gagnerais-je à affronter de nouveau
ses fureurs? Et qui peut me répondre que, vaincue
par la terreur, je ne tomberais pas à ses pieds en demandant grâce? Une seule chose est certaine: à cause
de moi, la vie d'un homme est en danger. Je ne puis
le sauver qu'en fuyant avec lui.

Je ne comprenais plus mes hésitations; comment
avais-je fait pour ne pas me rendre à l'évidence? Je
tremblai que les événements ne m'eussent prévenue.
J'ouvris ma porte, je m'avançai à pas de loup sur la
galerie ; je crus entendre un bruit de voix dans l'appartement de Max. M'étant approchée, je m'assurai
qu'il causait avec Baptiste d'un ton grave, mais tranquille. Je rentrai chez moi, j'écrivis rapidement les
deux lignes que voici : « Je partirai cette nuit pour
Genève; rendez-vous sur-le-champ à Donzère, où
vous m'attendrez. Un mot de réponse. » Je glissai

ce papier comme un signet entre deux feuillets d'un volume de petit format que j'enveloppai et ficelai, après quoi je fis en hâte ma toilette. En traversant le vestibule, je rencontrai Marguerite, à qui je dis que j'allais prendre l'air, que je serais de retour dans deux heures. Elle n'eut pas l'air étonné; elle était accoutumée à mes promenades matinales.

Je descendis dans la cour, je fis seller Soliman, et me voilà partie. Je suivis un chemin creux et ombragé qui longe le mur d'enceinte et qu'on n'aperçoit pas des fenêtres du château. Je n'avais pas fait vingt pas que, retournant la tête, je vis venir le fils d'un de nos fermiers, garçon de quinze ans qui, sa hotte sur le dos, se rendait à Réauville. Je le chargeai de porter mon petit paquet à son adresse, lui dis d'attendre la réponse, que dans deux heures j'irais la chercher à la ferme. Il me promit de faire diligence et se remit en marche. Je le regardai s'éloigner, et tout à coup le rappelant, comme si j'avais voulu gagner du temps, je lui répétai mot pour mot mes instructions. Il m'assura en souriant qu'il m'avait bien comprise. Je le suivis encore quelques instants du regard. « C'en est fait, pensai-je, le sort en est jeté. » Et tournant le dos à Réauville, je poussai mon cheval dans un chemin de traverse.

Le mistral était tombé; tout annonçait une belle ournée. L'air vif du matin ranimait mes esprits et dissipait par degrés cet engourdissement et cette stu-

peur que j'avais sentis à mon réveil; mais dans la
situation où j'étais on ne recouvre des forces que
pour les tourner avec fureur contre soi-même, et en
quelques minutes je passai de l'abattement du désespoir à un état d'angoisse et de fièvre plus douloureux
encore. Un vent d'orage se leva dans mon cœur;
mes pensées s'entremêlaient et se heurtaient dans ma
tête comme fouettées par un tourbillon. Je cherchais
en vain à ressaisir les motifs et les sentiments qui
m'avaient déterminée, et qui peu d'instants auparavant me semblaient décisifs. Plus je m'étais effrayée
de la gravité sans ressource du mal, plus maintenant
la violence du remède m'épouvantait; n'emporterait-
il pas le malade ? A chaque pas, mon cœur devenait
plus lourd; c'était comme un poids de plomb sous
lequel je me sentais fléchir.

Je ne laissai pas de m'obstiner, et sans trop savoir
où j'allais, je pressai la marche de mon cheval. Le
sentier que je suivais débouche sur la grande route
de Montélimart; au moment de l'atteindre, Soliman,
par un bizarre caprice, s'arrêta court. Je redressai la
tête, je regardai cette longue voie poudreuse qui se
déroulait en serpentant sur les hauteurs et semblait
s'enfuir à l'horizon. Je me dis qu'elle allait à Valence, à Lyon, à Genève, en Suisse, et qu'elle passait
peut-être près de cette maison solitaire où il serait
doux à deux êtres qui s'aiment « de vieillir et de
mourir ensemble. » J'eus un frisson; il me parut

qu'elle menait aux abîmes. Cependant j'y voulus
faire quelques pas comme pour apprendre à ma vie
son chemin. J'excitai mon cheval et le mis au trot;
tout à coup il fit un écart si brusque que je faillis
tomber. Je lui sanglai quelques coups de cravache;
mais en le frappant je songeai soudain à l'ânesse
battue par le prophète : elle voyait devant elle l'ange
qui se tenait debout, son épée nue à la main. Sur la
route de Montélimart, il n'y avait ni ange ni épée,
mais une voix me criait : Impossible ! C'était mon
cœur qui me barrait le chemin.

Je tournai bride, revins précipitamment sur mes
pas. Arriverais-je à temps ? rattraperais-je l'enfant ?
Je croyais le voir s'enfuir devant moi comme dans un
rêve. Je poussai Soliman à travers champs; j'aurais
voulu lui donner des ailes. Enfin j'aperçus mon jeune
messager, qui ayant posé sa hotte, faisait une halte au
bas de la colline. L'instant d'après il se leva et commença de gravir la côte. Je mis mon cheval au pas;
je ne quittais pas l'enfant des yeux, c'était mon destin
qui cheminait devant moi. Sûre de pouvoir l'atteindre
et tenant dans ma main l'événement, je ne sentais
plus le besoin de me presser; le cœur me battait, je
n'avais qu'à vouloir, et j'en retardais le moment,
comme s'il m'avait plu de prolonger le tourment de
mon incertitude et de tenir quelques instants encore
l'avenir en suspens.

Mais l'enfant allait à peine dépasser les premières

maisons du village, que je m'élançai à toute bride.
Je le rejoignis en un clin d'œil et lui jetai quelques
pièces de monnaie en lui disant que, les hasards de ma
promenade m'ayant amenée à Réauville, je me char-
gerais moi-même de ma commission. Dès qu'il m'eut
remis le livre, je redescendis jusqu'à mi-côte, et,
m'arrêtant près d'une croix, je repris haleine comme
un cerf au ressui. Je contemplais la plaine, les montagnes, le cours de la Berre, le campanile du château, qui s'élevait du milieu des chênes. Il me parut
qu'il y avait une secrète attache entre ces lieux et
moi, que la souffrance y avait enraciné ma vie, et
qu'il m'était impossible de mourir ailleurs.

Et cependant, je ne sais quelle fureur me prenant,
je repartis subitement au galop, et j'arrivai en un
instant près d'une maisonnette blanche qui est située
à une portée de fusil du village. Le brave homme
chez qui logeait M. Dolfin ne m'était pas inconnu;
pendant une grave maladie qui l'avait tenu deux
mois alité, j'avais fait passer à sa femme quelques secours. Je l'aperçus au milieu de son champ, une pioche à la main. Du plus loin qu'il me reconnut, il se
découvrit, s'avança à ma rencontre, et comme il est
grand parleur, sans attendre mes questions, il me
donna d'une voix cassée des nouvelles de sa femme,
de ses moutons, de sa basse-cour, et enfin de son
locataire. Il le traitait d'étrange original, et, pour me
mieux convaincre de sa bizarrerie, me conta qu'il

s'était promené toute la nuit avec un prêtre et n'était rentré au matin que pour le prévenir qu'il passerait tout le jour à la Trappe.

« Ah! fort bien, lui dis-je d'une voix sourde; ce qui signifiait apparemment : Merci, un poids vient de se détacher de ma poitrine, je respire, j'ai devant moi vingt-quatre heures de répit; merci, jusqu'à demain point d'explication, point de rencontre ! L'homme pour qui je tremblais est en sûreté; il est à la Trappe, on n'ira pas le relancer à la Trappe.

« Portez-vous bien, dis-je au vieillard, et Dieu vous protége ! »

Et je pris le chemin de Lestang. Il me semblait, grand Dieu ! que quelque chose s'était brisé dans mon cœur, et j'aurais voulu broyer sous le sabot de son cheval tous les cailloux du chemin....

« Je suis venue le chercher, pensais-je, et il était à la Trappe ! »

Et le long de la route je ne cessai de me répéter avec une inexprimable amertume :

« Ah! Dieu soit loué, il était à la Trappe! »

V

En rentrant dans ma chambre, j'eus à subir les
soins de Marguerite et à éluder ses questions, car le
bandage que je portais à la main droite l'inquiétait.
A peine fut-elle sortie que je fondis en larmes. Il
était à la Trappe!... Et je comprenais tout, et je
m'étonnais de n'avoir pas compris plus tôt; le feu
d'un éclair était tombé sur mon cœur, je m'étais
soudain apparue à moi-même.

« Non, m'écriai-je, je ne l'aimais pas assez pour
me donner à lui, et désormais rien ne m'est plus possible dans ce monde! »

Le mystère de mes sentiments venait d'être comme
percé à jour. Je pouvais m'en raconter toute l'histoire. Il me souvenait comment, dans mes heures de
solitude, je m'étais créé un fantôme qui me faisait
battre le cœur, et comment plus d'une fois, en la

présence de l'homme dont ce fantôme avait le visage,
mon imagination s'était sentie froissée et secrètement
mortifiée. Elle avait tremblé de ne pas trouver en lui
tout ce qu'elle rêvait; elle lui avait reproché pour
ainsi dire d'exister, d'être plus réel que sa chimère,
de n'être pas tissu de cette vapeur légère et diaphane
dont sont faits les songes, et qui flotte dans l'espace
sans contours arrêtés, sans qu'on puisse jamais dire :
J'ai tout vu, c'est tout.

« Non, pensai-je, ce n'est pas l'homme, c'est le
rêve que j'aimais, et le rêve s'est à jamais évanoui. » Et
je me disais qu'apparemment, avant de naître ici-
bas, notre âme a entendu les concerts célestes,
qu'elle apporte dans la vie le souvenir de ces bruits
harmonieux, et que dans son tourment elle cherche
à les redire.

« On m'a fait taire, je me suis obstinée, le souvenir
du chant divin m'obsédait; j'ai cherché un cœur qui
m'en répétât quelques notes, mais l'instrument que
m'offrait le hasard s'est brisé entre mes mains. Peut-
être ce chant divin, la mort le sait-elle; la vie m'a
surprise par ses duretés, peut-être m'étonnerai-je des
complaisances de la mort. »

La cloche du déjeuner sonna. Je me regardai dans
la glace : j'étais bien pâle.

« Il en pensera ce qu'il voudra, me disais-je; je
n'ai plus de rôle à jouer, et la vérité ne peut plus
me nuire. »

Je descendis dans la salle à manger: on n'avait
mis qu'un couvert. Je m'assis, et, dès que je pus
surmonter mon émotion, je dis à Baptiste :

« M. de Lestang ne viendra pas déjeuner ?

— Non, madame, me répondit-il d'une voix creuse.

— Où est-il donc ?

— Il est parti ce matin pour un long voyage; je suis
resté pour faire ses malles, et ce soir j'irai le rejoindre.

— Ah! dis-je, » et, bien que les questions se pres-
sassent sur mes lèvres, il m'eût été impossible
d'ajouter un mot; je me sentais comme pétrifiée.
Après avoir essayé en vain de manger, je me levai
de table.

« M. le marquis a écrit à madame, me dit Baptiste.
Elle trouvera sa lettre sur la cheminée du salon. »

Et il ajouta en joignant les mains :

« J'aimerais à parler à madame; sera-t-elle assez
bonne pour m'entendre ?

— Plus tard, » lui dis-je.

Voici ce que contenait la lettre de Max :

« Je pars, nous ne nous reverrons plus. Il le faut
bien, je ne puis répondre de moi. Aujourd'hui, je frémis au souvenir de ce qui s'est passé hier soir; mais
demain? Je ne sais ce que je penserai demain. Je suis
capable de tout, et j'ignore même si je me repen-
tirais de rien. Je pars; entre vous et moi, je mettrai

l'océan. Rassurez-vous, je sais vouloir. Cela devait finir ainsi. Peut-être nous ressemblons-nous trop : tous deux fiers, entiers, ne sachant pas mentir. Que de malheurs a prévenus le mensonge! Mais ne ment pas qui veut.

« Vous m'avez souvent reproché mon orgueil, vous en avez souffert. C'est la faute de ma vie : tout m'a été trop facile; mais je vous jure qu'à cette heure il n'y a plus de vivant en moi que le cœur; longtemps il m'a servi de jouet, je suis tombé en sa puissance, il est aujourd'hui mon maître et mon supplice. En vain j'ai cherché à vous oublier, à vous arracher de ma pensée et de ma vie... Vous dirai-je ce que vous êtes pour moi? Tous les mots de la langue de l'amour ont été mille et mille fois profanés; il n'en est pas un seul qui ne me fît horreur. Je ne me tuerai pas; quelque chose se révolte en moi contre le suicide. Les occasions de bien mourir ne manquent pas. Il me plaît de courir une dernière aventure et de faire de ma mort une action.

« Oserai-je vous avouer qu'en partant je me flatte d'une espérance? Daignez m'entendre! Je persiste à croire que ce que vous avez pris pour de l'amour n'était que l'ivresse du malheur. Quand vous ne me reverrez plus et que vous serez certaine de votre liberté, peut-être rentrerez-vous en possession de votre cœur et serez-vous capable de lui commander. Je ne voudrais rien vous dire de blessant; mais un

25

homme qui s'est piqué de sainteté et qui cède au torrent d'une passion fera toujours triste figure dans les situations équivoques où elle l'engage : la religion avilit ceux qu'elle ne sanctifie pas, car, dans son horreur pour le mal, elle n'enseigne pas les vertus qui l'ennoblissent. D'ailleurs, quel que fût l'événement, vous ne trouveriez pas longtemps le bonheur dans une liaison libre; une femme qui se donne par amour renonce à tous les droits, accepte toutes les dépendances; tôt ou tard votre fierté révoltée vous ferait payer cher un instant de faiblesse et quelques jours heureux. Je ne vous parle pas de votre conscience; elle est cependant plus à craindre que vous ne pensez. Il y a en vous un goût naturel de l'ordre que vous ne pouvez méconnaître impunément; un jour ou l'autre, il vous rendrait insupportable un état précaire, sans règle certaine, abandonné au hasard des désirs et des caprices. Croyez-moi, votre raison peut beaucoup sur vous, un jour elle rentrerait dans ses droits, elle déciderait en maîtresse, et votre cœur lui rendrait ses comptes en tremblant.

« Vous voyez que je suis calme. Je raisonne, j'ai pris mon parti; il y a du repos dans le désespoir. Vous ne serez pas sourde à ma prière ; je demande une grâce, c'est une nouveauté dans ma vie. Délivrée de ma présence, de mes reproches, de mes menaces, vous reviendrez à vous, votre colère tombera, vous verrez les choses telles qu'elles sont. Que vous coûte-t-il d'attendre ? Le terme, il est vrai, est incertain ; mais fiez-vous à mon impatience. Je ne vous tiendrai pas longtemps en suspens. Passer quelques mois dans l'attente, quand l'événement est sûr.... Non, je ne vous demande pas trop. A chacun se tâche, vous compterez les jours, je me charge du reste.

« Je vous supplie de m'écrire un mot, un simple *oui*. Je sais qui vous êtes, je vous en croirai. Mes résolutions, je vous le jure, n'en seront pas changées ; mais ma douleur ne sera plus envenimée par une haine atroce contre l'homme que j'ai laissé vivre.

« Adieu. Le jour que je vous présentai un lis de montagne en vous offrant de vous consacrer ma vie, ce jour-là je vous aimais comme aujourd'hui. Vous vous êtes trop vite rendue ; j'ai méprisé le bonheur parce qu'il ne m'avait pas résisté. Comme il se venge ! Adieu. Quel mystère que la vie ! Soyez heureuse. Un jour peut-être.... Adieu ! »

Je lus et relus cette lettre ; j'en épelai chaque mot. Tout tournait autour de moi ; à plusieurs reprises je pressai le papier entre mes doigts comme pour me convaincre que cette lettre existait, que je n'étais pas le jouet d'un rêve.

Tout à coup je m'écriai : « C'est un homme, et un homme qui m'aime ! » Je dus prononcer ces mots d'un ton bien-étrange, car je tressaillis au son de ma

propre voix, et je cherchai des yeux qui avait parlé.
Je lisais et je pleurais. Nager dans la joie est une expression bien forte, monsieur l'abbé. Prenez-la au
pied de la lettre, si vous voulez vous représenter ce
que je ressentais. Une immense délivrance, une guérison inouïe, une résurrection miraculeuse, voilà ce
que me faisait éprouver cette lettre. « L'abîme m'avait
enveloppée de toutes parts, l'abîme avait rendu sa
proie, et ma vie venait de remonter hors de la fosse. »
Mes ressentiments, mes angoisses, mes détresses, un
rayon de soleil avait tout fondu, et mon cœur nageait
dans la joie.

Je sonnai; je fis venir Baptiste. Il se jeta tout ému
à mes pieds. Je vous ai dit combien ce pauvre homme
aimait son maître, et comme il épousait ses intérêts
et se mettait de part dans ses peines et dans ses
fautes.

« Nous avons été bien coupables envers madame,
me dit-il; mais ne sommes-nous pas assez punis?
A tout péché miséricorde! Ah! si madame avait vu
la figure de M. le marquis cette nuit! Il ne m'a pas
dit ses projets, si ce n'est qu'il partait pour l'Amérique; mais je crains bien qu'il n'en revienne pas,
car à quatre heures il m'a envoyé chercher le notaire
de Grignan.... Non, madame ne nous laissera pas
partir pour l'autre monde.

— Où est M. de Lestang? lui demandai-je.

— Il avait décidé, madame, d'aller tout d'une traite

jusqu'au Havre ; mais au dernier moment il m'a dit qu'il s'arrêterait aujourd'hui à Viviers, que j'eusse à l'y rejoindre ce soir, que nous en repartirons dans la nuit. J'ai deviné ses raisons : il voulait avoir plus tôt la réponse de madame. »

Viviers ! ce choix me frappa.

« Je vous accompagnerai, Baptiste, repris-je. Allez fermer vos malles, mais nous ne les emporterons pas. Si après m'avoir vue M. de Lestang persiste dans son projet de voyage, je me chargerai de les lui faire parvenir. »

Le bon Baptiste s'empara de mes deux mains et les baisa.

« Il ne tient qu'à madame, dit-il, de nous rendre tous heureux. » Et il ajouta en provençal : « Ce sera vraiment une aumône fleurie, *aumorno flourido* » (ce qui se dit de l'aumône que fait un pauvre à plus pauvre que lui).

Avec quelle impatience j'attendis le moment du départ ! J'allais, je venais, je regardais le ciel, les montagnes, les chênes verts, les amandiers en fleur, leur disant en moi-même : Vous doutiez-vous que cela finirait ainsi ? Je regardais surtout la pendule, je m'irritais de ses lenteurs. Pour tuer le temps, je pris la plume et barbouillai force papier.

J'écrivais à Mme d'Estrel. « Vous aviez raison, il m'aimait !.... Mais vous avez eu tort de vouloir presser le dénouement. Aucun des incidents de ce long procès ne pouvait m'être épargné ; ils étaient tous nécessaires pour que je pusse écrire au bas de cette lettre · Votre heureuse amie. »

J'écrivis à la baronne de Ferjeux : « Grand merci pour vos offres de sauvetage. Les filles d'antiquaire ne savent pas vivre, mais elles savent nager. Ne me plaignez pas, vous perdriez vos larmes ; je suis la plus heureuse des femmes. »

J'écrivis à mon père : « Quand donc arriverez-vous, méchant père! Faut-il qu'on vous aille chercher? Nous avons célébré hier l'anniversaire de notre installation à Lestang. Aujourd'hui je suis un peu lasse, comme au lendemain d'une fête ; mais ce sont là des fatigues qui plaisent. Némésis se porte bien; je suis tentée de croire qu'elle se mêle des affaires de votre heureuse fille, oh! très-heureuse! »

Les joies du cœur sont féroces. La nuit tombait, j'avais cessé d'écrire et attendais au salon que Baptiste vînt m'appeler. Je n'étais plus à Lestang, mais à Viviers, et j'avais oublié qu'il y eût une Trappe au monde. Tout à coup, comme l'autre jour et presque à la même heure, la porte qui donne sur la terrasse s'ouvrit, et M. Dolfin parut, les cheveux en désordre, l'air égaré. L'homme avec qui le matin j'avais voulu m'enfuir était en ce moment si loin de ma pensée, que je dus faire un effort pour le reconnaître. De quelles profondeurs du passé sortait-il?

S'arrêtant à deux pas du seuil, il me faisait signe

de venir. Comme je demeurais immobile il s'avança d'un pas incertain.

« Partons, me dit-il. Dans une heure, tout sera prêt. Est-il vrai que vous êtes venue ce matin à Réauville? Grand Dieu! je n'y étais pas! Quelle nuit! quel délire! L'abbé m'a arraché mon secret, je lui ai tout confessé. Pendant quelques heures, il est redevenu mon maître, mon juge ; j'ai tremblé devant lui; il a évoqué les vieux fantômes, il les a tous ameutés contre moi.... Pardonnez-moi cette rechute, madame: pendant toute une nuit, j'ai pu croire que vous aimer était un crime, et j'ai blasphémé contre vous ; mais l'ennmi s'est pris dans son propre piége; il m'a conduit à la Trappe; là je vous ai retrouvée, et les fantômes se sont évanouis. Tout conspire pour nous, l'abbé s'est endormi; les fatigues du voyage ont triomphé de ses inquiétudes. Partons; dans une heure d'ici, deux chevaux nous attendront sur la route de Montélimart; je crois les entendre; allez, tout se passera comme dans mon rêve.... »

Je lui répondis: « Depuis vingt-quatre heures, vous ne vous êtes occupé que de vous! » Et j'ajoutai: « Vous étiez maître de votre secret; mais aviez-vous le droit de disposer du mien? »

Il allait se jeter à mes pieds, mais je lui présentai la lettre de Max. Il la prit, s'approcha de la fenêtre; ses doigts tremblaient, il avait les lèvres frémissantes, et plus d'une fois il passa sa main sur ses yeux comme

pour en écarter un nuage qui l'empêchait de lire.
Quand il eut fini, il froissa le papier et le jeta à terre ;
puis il vint se placer devant moi, le regard fixe, me
dévorant des yeux, jusqu'à ce qu'étendant le bras et
renversant la tête, il s'écria :

« Vous l'aimez !

— Je vous jure, lui répondis-je, que je ne le savais
pas. »

Il était pâle comme un mort, et je crus qu'il allait
tomber. Je courus à lui, je lui pris la main ; il se
dégagea, s'éloigna à reculons en disant : « Qui donc
m'avait envoyé ce rêve ? » Et il dit encore : « Si ce
matin.... Mais j'étais à la Trappe ! Ne faites pas sem-
blant de me plaindre ; il y a de la joie dans vos
yeux. Demain, ce soir peut-être.... Remerciez-
moi ; j'ai bien joué mon rôle ; vous ne me reproche-
rez pas de vous avoir été inutile. » — Et il partit
d'un effrayant éclat de rire, puis se sauva en courant comme un fou. Oui, les joies du cœur sont
féroces ; je le regardai s'enfuir le long de la terrasse,
j'essayai de le rappeler, je prononçai deux fois son
nom, mais deux minutes après je ne pensais plus
à lui.

Dix heures sonnaient à la cathédrale de Viviers
quand je me présentai à la porte de l'auberge où était
descendu Max. Il était debout, appuyé contre un des
battants. A ma vue, il se retira brusquement, tra-
versa le vestibule, gravit devant moi un escalier, et

m'ayant introduite dans une chambre dont il referma vivement la porte :

« Vous ici ! s'écria-t-il avec violence. Qu'êtes-vous venue faire ici ?

— Je vous apporte ma réponse, lui dis-je.

— Vous avez eu tort, reprit-il en s'agitant, vous avez eu tort, c'est une imprudence.

— Suis-je en danger ? lui demandai-je.

— Vous pensez trop à vous, me répliqua-t-il d'un ton amer. Et il ajouta : Mais croyez-vous donc que je sois un homme de bronze ? J'ai fait un effort dont moi seul peut-être étais capable. En ferai-je deux ? Que diriez-vous si, après vous avoir revue, je me décidais à rester ? »

Je ne répondis pas à sa question.

« Et vous-même, lui dis-je, que feriez-vous si je me décidais à vous refuser cette grâce que vous m'avez demandée ? »

Il tordit sa moustache.

« Je ne sais, répondit-il. De grâce, ne me jetez pas de défi.

— Tout à l'heure, repris-je, j'ai fait mes adieux à M. Dolfin, je ne le reverrai plus. »

Il se tut un instant.

« Merci, dit-il enfin ; mais cela prouve que vous ne l'aimiez pas.

— C'est possible. Cependant j'éprouve le besoin de me distraire. Voulez-vous que nous partions pour l'Italie ?

— Non, madame, dit-il d'un ton résolu. C'est un expédient absurde que j'ai eu tort de vous proposer. Mendier un cœur qui se refuse, quelle lugubre folie! Mon Dieu! on ne dispose pas de son cœur, je ne le sais que trop; vous avez pris la peine de me le prouver. Vraiment, vous ne vous rendez pas compte de ce que vous êtes pour moi. Je vous aime comme on aime sa maîtresse à vingt ans, avec cette différence qu'un jeune homme tient plus à la personne qu'au cœur, et qu'à mon âge on a la fureur d'être aimé; mais pensez-vous donc que jamais l'amant pourra persuader au mari qu'il n'a pas le droit d'exiger? Les situations sont plus fortes que tous les raisonnements. Dans trois jours, je voudrais m'imposer; depuis hier soir, j'ai peur de moi. Non, ne tentons pas cette expérience; ce serait m'exposer à jouer un triste ou un odieux personnage. Mourir est plus court; c'est après tout si peu de chose que la vie!

— Ainsi quels sont vos plans? lui-je.

— Je me propose de passer en Amérique. On y est à la veille de grands événements. Je tâcherai de pénétrer jusqu'à Richmond; je suis curieux de voir un siège de près. Une belle mort, voilà ma dernière fantaisie. Peut-être réussirai-je à me satisfaire. A vrai dire, je ne suis pas bien sûr que ces pauvres gens aient raison; mais que voulez-vous? je me sens une immense sympathie pour tous les vaincus. »

Sa voix s'altérait; il se dirigea vers la porte en me

disant : « J'ai des ordres à donner; où est Baptiste? »

Je me jetai entre la porte et lui. Nous nous regardâmes un instant en silence. « C'est lui, c'est moi, pensai-je. Que nous avons été longtemps absents! » Et je m'élançai dans ses bras en pleurant et disant :

« Tu as bien raison de croire qu'on ne dispose pas de son cœur, puisque je t'aime encore! »

Il est en aval de Viviers, monsienr l'abbé, un étroit vallon où passe la route de Saint-Andéol. Il est couronné à droite et à gauche de roches noirâtres, caverneuses, bizarrement déchiquetées, percées par endroits d'arcades à jour. Pendant toute une matinée nous errâmes le long de ce vallon. Dans les endroits abrités croissent de maigres oliviers. Au-dessus d'un précipice paissait un innombrable troupeau de moutons dont nous entendions les sonnailles et les bêlements; la mousse des rochers était tapissée de violettes. Au midi, du côté de Saint-Andéol, la vallée nous laissait voir par une étroite ouverture un ciel de saphir teinté de rose d'une ineffable douceur. De longues heures s'écoulèrent qui nous parurent courtes, et nous ne nous fîmes pas une question. Le passé était anéanti ; l'avenir s'ouvrait devant nous comme le ciel doux où s'enfonçaient nos regards.

Trois mois se sont passés. J'imagine que dans le canton de Grignan il n'y a pas un mécontent. M. de Malombré, assure-t-on, a découvert que c'était bien la vigne qu'il aimait. Mme d'Estrel me dit souvent des. : *En bien!* auxquels je ne réponds pas ; avec toute sa clairvoyance, elle ne nous comprend guère.

Il y a quinze jours, un pli m'est arrivé de Sainte-Marie-du-Désert. C'est, vous le savez, le nom d'une maison de trappistes près de Toulouse. Ce pli renfermait un ruban couleur feuille-morte et les lignes que voici :

« Dieu voulait mon cœur ; je le lui ai longtemps disputé. Sa colère s'est allumée, et il a consumé ma vie. Épée du Seigneur, quand rentrerez-vous dans le fourreau ? Je pleure et je prie ; peut-être guérirai-je. Voici votre ruban ; c'est aujourd'hui seulement que Dieu m'a donné la force de m'en dessaisir. Que ce Dieu jaloux soit content ! » Je ne pus cacher mon émotion. Max m'arracha le billet et le lut.

« Bah ! dit-il, ne plaignez pas trop le *pauvre enfant*. Il n'y a pas de votre faute ; quel qu'eût été le nœud de la pièce, le dénoûment aurait été le même. » Pendant le reste du jour, j'eus quelques absences ; il finit par se fâcher. Il me parle souvent en maître ; c'est le même air, mais sur d'autres paroles, et désormais cet air me plaît.

Le lendemain, mon père arriva. Au débotté, il courut à sa chère Némésis, et dans une pathétique allocution la remercia de m'avoir si bien gardée ; mais son discours fini, il devint pensif, se gratta le front, fit plusieurs fois le tour de la statue, la regar-

dant sous toutes les faces, comme s'il avait eu peine
à la reconnaître.

« Qu'est-ce qui vous prend, monsieur? lui dit Max.
Aurions-nous par hasard endommagé votre déesse? »

Mais lui :

« Pauvres antiquaires! s'écria-t-il. Ce que c'est que
de nous! Croiriez-vous qu'il me vient des doutes?....
Examinez, monsieur mon gendre, ces deux bourre-
lets qui marquent la naissance des ailes et qui sont,
hélas! tout ce qu'il en reste. Pour la première fois je
m'avise que ce pouvait bien être des ailes de papillon.
Cela étant, il en faudrait conclure que le bras droit,
dont la moitié manque, ne tenait pas une lance, mais
une lampe, et partant que ma Némésis est une Psyché, et que je suis un imbécile.

— Une Psyché! dit Max. Avec cet air féroce?...

— Pas si féroce, dit mon père, mais grave, son-
geur, inquiet, comme l'exigeait la circonstance.

— En ce cas, quelle singulière patronne vous aviez
donnée à Isabelle!

— Pas si singulière, répondit-il encore. Psyché a
voulu connaître ce qu'elle aimait; elle a tout perdu et
par bonheur tout retrouvé : exemple périlleux, j'en
conviens, et cependant on ne possède véritablement
que ce qu'on a risqué de perdre.

— Va pour Psyché! dit Max. Votre nouvelle explication me plaît et me semble juste. Je vous dirai
pourquoi dans cinq ans d'ici. »

Hier nous avons conduit mon père au château de Grignan, puis à la grotte de Roche-Courbière; nous y fîmes une halte, et comme il avait apporté dans sa poche un volume de sa chère Sévigné, il pria Max de nous faire la lecture. Max ouvrit le volume au hasard et tomba sur ce passage :

« Je ne connais plus ni la musique ni les plaisirs; j'ai beau frapper du pied, rien ne sort qu'une vie triste et unie, tantôt à ce triste faubourg, tantôt avec les sages veuves. J'ai un coin de folie qui n'est pas encore bien mort. » A ce mot, je lui lançai un regard; celui qu'il me rendit était rassurant. Mon père, qui avait surpris cet échange, me jeta son bonnet au visage en disant : « Quand donc finira cette lune de miel? »

Je crois à mon bonheur, monsieur l'abbé. J'y crois parce que j'y crois, j'y crois aussi parce que depuis quelques jours j'ai une passion folle pour les fruits verts, et que lorsque je suis seule avec Max, nous sommes trois.... Je fais quelquefois des retours sur le passé; ma conscience s'inquiète après coup; c'est sa fantaisie, et je me dis, non sans quelque confusion, que si Mme d'Estrel, que si l'abbé Néraud.... Enfin il y a des *si* qui m'alarment; mais je n'y pense pas longtemps, et mes scrupules s'évanouissent dans mon bonheur, comme au matin notre soleil de Provence boit d'un seul trait toutes les vapeurs de la nuit.

Qu'en pensez-vous? J'attends votre arrêt.

FRAGMENT DE LA RÉPONSE DE L'ABBÉ DE P.....

Non, je n'ai pas frémi. Il me semble assez prouvé. ma chère enfant, que vous n'êtes pas une sainte ; mais je crois qu'il ne faut pas s'exagérer les dangers que vous avez courus.

Je crois qu'on peut agir souvent contre son caractère, mais qu'il revient toujours dans les moments décisifs.

Je crois que c'est une étrange chose qu'une femme en colère, mais que les mouvements involontaires de l'âme ne sont pas un consentement.

Je crois qu'il est sage de vouloir, mais qu'aimer est plus sûr encore.

Je crois qu'il est des abîmes où l'on se perd, mais qu'il plaît souvent à Dieu de nous en approcher, parce qu'il n'est de vertu éprouvée que celle qui a vu le mal de près, et que tout ce qui nous aide à nous connaître est bon.

Je crois enfin que dans les âmes pures, et peut-être dans le monde entier, Dieu n'a pas d'autre ennemi que lui-même ; mais je crois aussi que je ne prêcherai jamais sur ce texte ni chez les Indiens ni ailleurs.

FIN.

TABLE

26

COULOMMIERS. — TYPOGRAPHIE PAUL BRODARD.

www.ingramcontent.com/pod-product-compliance
Lightning Source LLC
Chambersburg PA
CBHW050752030726
47505CB00002B/512